SPANISH FICTION ANDERSON
Anderson, Kevin J., 1962-
Ruinas

OCT 1 2 1998

Withdrawn/ABCL

RIO GRANDE VALLEY
LIBRARY SYSTEM

D0046596

Jet

Withdrawn/ABCL

EXPEDIENTE X™

PLAZA & JANES

E X P E D I E N T E Ⓧ

RUINAS

KEVIN J. ANDERSON

**Traducción de
Sonia Murcia**

3 9075 02100565 4

RIO GRANDE VALLEY
LIBRARY SYSTEM

Título original: *Ruins*
Diseño de la portada: © 1996, Richard Hasselberger
Ilustración de la portada: © 1996, Cliff Nielson

Segunda edición: septiembre, 1996

© 1996, Twentieth Century Fox Film Corporation
Publicado por acuerdo con Harper Collins Publishers, Inc.
© de la traducción, Sonia Murcia
© 1996, Plaza & Janés Editores, S. A.
Enric Granados, 86-88. 08008 Barcelona

Queda rigurosamente prohibida, sin la autorización escrita de los titula-
res del «Copyright», bajo las sanciones establecidas en las leyes, la reproducción parcial o total de esta obra por cualquier medio o procedi-
miento, comprendidos la reprografía y el tratamiento informático y la
distribución de ejemplares de ella mediante alquiler o préstamo públicos.

Printed in Spain – Impreso en España

ISBN: 84-01-46284-3 (col. Jet)
ISBN: 84-01-47374-8 (vol. 284/4)
Depósito legal: B. 33.854 - 1996

Fotocomposición: Alfonso Lozano

Impreso en Litografía Rosés, S. A.
Progrés, 54-60. Gavà (Barcelona)

L 473748

RIO GRANDE VALLEY
LIBRARY SYSTEM

A Christopher Schelling, editor de varios libros míos, quien siempre mantuvo la serenidad y el sentido del humor, ¡incluso al tratar con un autor!

AGRADECIMIENTOS

Este libro no se habría escrito sin la ayuda, dedicación y flexibilidad de la gente de Expediente X de Fox Television: Chris Carter, Mary Astadourian, Frank Spotnotz, Jennifer Sebree, Debbie Lutzky y Cindy Irwin, así como de los ases de la edición de Harper-Prism: John Silbersack y Caitlin Deinard Blasdell.

Lil Mitchell transcribió mi dictado en un tiempo récord. Kristine Kathryn Rusch y Dean Wesley Smith me ofrecieron su casa durante la peor tormenta en décadas para que pudiera entregar mi trabajo dentro de un plazo muy apretado (electricidad o no electricidad). Paula Vitaris aportó su valioso dominio del español, aunque aun así seguramente yo me las arreglé para cometer errores. Debbie Gramlich y Chris Fusco me proporcionaron el material imprescindible para escribir la novela. Y por último mi esposa, Rebecca Moesta, me ofreció su amor y apoyo durante sus propios plazos de entrega.

1

Ruinas de Xitaclán,
Yucatán, México. Viernes, 17.45

Tras varios días de intensas excavaciones, apenas habían arañado la superficie de la antigua ciudad. Pero Cassandra Rubicon ya había visto lo suficiente para saber que las ruinas guardaban secretos inimaginables acerca de los orígenes del imperio maya.

En el extremo oeste del Yucatán, donde la meseta de piedra caliza da paso a montañas volcánicas y húmedas junglas, la ciudad perdida había permanecido oculta por la naturaleza durante más de mil años. Los ayudantes nativos habían llamado al lugar Xitaclán, y se habían mostrado asombrados y temerosos.

Cassandra repitió la palabra en silencio, deleitándose con las imágenes que evocaba: antiguos sacrificios, pompa y esplendor, sacerdotes engalanados con jade y plumas verdes de quetzal. *Xitaclán.*

A última hora de la tarde sólo Cassandra trabajaba en el interior de la pirámide de Kukulkán; iluminaba el camino con su linterna a medida que se adentraba en ella muy despacio para explorar. Aquel lugar estaba repleto de secretos. En la calcárea acidez del aire, Cassandra saboreaba los misterios que aguardaban a que ella los descubriese.

Con la linterna enfocada hacia adelante, Cassandra mesó con una mano cubierta de polvo su pelo color canela, que el sudor había humedecido; su padre siempre decía que aquel cabello no era del color de la especia que suele encontrarse en las tiendas de comestibles, sino de la corteza recién arrancada del canelo. Sus ojos pardos con reflejos verdes parecían de un magnífico mineral rico en cobre.

En el exterior, sus compañeros de expedición de la Universidad de San Diego se encargaban de trazar un mapa de la planta general de la ciudad, con su plaza ceremonial, sus templos y obeliscos monolíticos de piedra caliza, conocidos como estelas, esculpidos con temibles imágenes de míticas serpientes emplumadas. Habían encontrado un patio de juego de pelota cubierto por la maleza, donde los antiguos mayas habían practicado su sangriento deporte en el que los perdedores... o los ganadores, según algunas interpretaciones históricas, eran sacrificados a los dioses.

El hallazgo de Xitaclán, un verdadero tesoro arqueológico, proporcionaba demasiadas ruinas incluso para que un equipo numeroso y bien financiado pudiese explorarlas en menos de un año. Pero Cassandra y sus cuatro jóvenes compañeros harían todo lo posible mientras durasen los exiguos fondos cedidos por la universidad.

Numerosas estelas cubiertas de musgo se elevaban por toda la selva en estratégicos puntos astronómicos, mientras que otras se habían venido abajo; sin embargo, todas ellas contenían espléndidas y apasionantes inscripciones. Christopher Porte, el epigrafista del equipo, las copiaba en el ajado cuaderno de notas que llevaba encima a todas horas para luego tratar de interpretarlas.

Sin embargo, la obra maestra de Xitaclán era la magnífica pirámide escalonada de Kukulkán, que se elevaba majestuosa en el centro de la ciudad. Aunque cubierta de hierba y maleza, se hallaba en un excelente estado de conservación; su arquitectura rivalizaba con la de las grandes pirámides de Chichén Itzá, Tikal y Teotihuacán, pero la diferencia radicaba en que ésta no había sido tocada. Las terribles supersticiones de los nativos la habían protegido de los curiosos. Hasta ese momento.

Coronando la plataforma más alta de la pirámide se erigía sobre múltiples pilares el templo de la Serpiente Emplumada, con sus asombrosos relieves y ornados frisos que representaban calendarios, mitos, historia. La propia Cassandra había dado ese nombre al templo tras observar los abigarrados bajorrelieves que mostraban al dios Kukulkán y a su séquito de fieles y guardianes en forma de reptiles emplumados, lo cual en la mitología maya era un símbolo corriente de poder. Aquellas intrincadas esculturas aportaban una nueva riqueza a las leyendas de Quetzalcoatl/Kukulkán que circulaban entre los antiguos pobladores de América Central.

El equipo de Cassandra había descubierto también una cisterna extraordinariamente profunda detrás de la pirámide, un pozo negro natural de piedra caliza lleno de un agua negra y aceitosa cuyas lóbregas profundidades escondían, según sospechaba Cassandra, un sinfín de objetos, entre ellos, muy probablemente, los huesos de víctimas de sacrificios. Tales pozos de piedra caliza, también llamados «cenotes», eran corrientes en las ciudades mayas del Yucatán, pero el de Xitaclán se diferenciaba de éstos en que jamás había sido saqueado por buscadores de tesoros ni estudiado por arqueólogos.

La expedición planeaba descender a las profundidades de aquel pozo una semana más tarde, y la propia Cassandra tomaría parte de las exploraciones... pero por el momento aún tenía mucho que catalogar de sus descubrimientos iniciales. Los hallazgos eran cada vez más impresionantes, y suponían para todos más trabajo, aunque no contaban con tiempo ni con dinero suficientes.

De modo que Cassandra se concentraba en explorar las entradas de la pirámide.

Si su equipo no lograba agotar el estudio de aquellas ruinas en su primera visita, alguien más en la competitiva comunidad arqueológica no dudaría en regresar con una expedición mayor, dotada de más fondos y mejor equipamiento, lo cual tal vez eclipsase por completo el trabajo de Cassandra.

Las cuadrillas de trabajadores nativos reclutados por el guía local del equipo de Cassandra, Fernando Victorio Aguilar, supuesto aventurero y «expedidor», llevaban ya días trabajando, segando la maleza, talando caobas y ceibas, cortando helechos con sus machetes, arrancando enredaderas para despojar a la ciudad de Xitaclán de la mortaja con que el tiempo y la naturaleza la habían cubierto.

Sin embargo, nada más ver los relieves que representaban serpientes emplumadas, los trabajadores nativos habían retrocedido aterrorizados. Cuchichearon entre ellos con temor, e incluso cuando Cassandra les propuso aumentar su exigua paga, se negaron a acercarse al lugar o a ayudar en la limpieza de las ruinas, hasta que finalmente huyeron. Más tarde, también escapó el propio Aguilar, abandonando al equipo de arqueólogos en el corazón de la selva.

En su trabajo, Cassandra siempre había respetado las tradiciones y creencias de los nativos de esa región, pero su entusiasmo ante los descubrimientos había cobrado tal intensidad que consideraba frustrantes tales supersticiones, y se sentía cada vez más impaciente.

Los arqueólogos continuaron trabajando solos. Tenían provisiones para varias semanas y un transmisor para pedir ayuda si llegaban a necesitarla. Por el momento, Cassandra y sus cuatro compañeros disfrutaban de su soledad.

Ese mismo día, Kelly Rowan, segundo arqueólogo del equipo y el hombre con quien Cassandra compartía su tienda desde hacía poco, dedicaba las últimas horas de luz del día a estudiar los jeroglíficos mayas que se encontraban en la escalinata exterior de la pirámide. Christopher Porte permanecía inclinado a su lado con el ajado cuaderno entre las manos, tratando entusiasmado de interpretar las inscripciones cinceladas en la roca mientras Kelly utilizaba cepillos y delicadas herramientas para limpiarlas.

Cait Barron, historiadora y fotógrafa del equipo, aprovechaba la luz del atardecer para trabajar en una de sus acuarelas. De carácter tranquilo, Cait realizaba su trabajo con gran profesionalidad y sentido práctico. Carrete tras carrete, plasmaba los descubrimientos y la tarea de sus compañeros con rapidez y eficiencia, pero una vez concluida la jornada, prefería valerse de la pintura para recrear el espíritu del lugar.

Era una antigua tradición de los exploradores del Yucatán prestar enorme atención a todo aquello que veían, tal vez para descubrir cualquier detalle que las simples placas fotográficas bidimensionales no podían captar. Hasta el momento Cait había llenado tres carpetas con hermosas pinturas que evocaban la historia de la civilización maya: dípticos que comparaban el aspecto actual de la ruinas con el que imaginaba que debía de haber tenido la ciudad en su época de esplendor.

Mientras el equipo continuaba con su silenciosa pero frenética actividad, los sonidos de la selva se intensificaban a medida que la luz se desvanecía. Las criaturas diurnas corrían a sus madrigueras para protegerse de los depredadores nocturnos, que despertaban y empezaban a buscar su comida. Las moscas, que tan molestas resultaban durante el día, daban paso a nubes de mosquitos ávidos de sangre que zumbaban en el aire más fresco de la tarde.

Sin embargo, dentro de la pirámide de Kukulkán, las húmedas sombras no sabían del paso del tiempo, y Cassandra continuaba con sus investigaciones.

Después de que ella y Kelly hubiesen abierto con una palanca la puerta exterior tanto tiempo sellada, con cuidado de no dañar la mampostería o los bajorrelieves, Cassandra había pasado la mayor parte del tiempo registrando a fondo los escombros del interior, adentrándose con cautela, avanzando con tiento de una intersección a la siguiente. Llevaba días abriéndose paso lentamente a través de cámaras y bóvedas, trazando el mapa del intrincado laberinto que constituía las entrañas de la enorme estructura de piedra.

Durante la tarde sólo había interrumpido brevemente su trabajo para comprobar los progresos de Kelly y Christopher, que trataban de descifrar los jeroglíficos de la escalera, y de John Forbin, el estudiante recién graduado en arquitectura e ingeniería que se encargaba de localizar el resto de estructuras semiderruidas. En sus paseos, John se adentraba en la selva para señalar la ubicación de las ruinas en el arrugado mapa topográfico que llevaba consigo a todas horas. John carecía de imaginación para adjudicar un nombre a cada descubrimiento, de modo que recurría a simples designaciones numéricas, como «templo XI» o «estela 17».

Cassandra echó un vistazo a su reloj-brújula y siguió penetrando en el laberinto, sin dejar de apuntar hacia adelante con su potente linterna como si de un arma se tratara. El frío haz de luz recorría bloques de piedra caliza toscamente tallados y las bastas vigas de apoyo. Sombras rígidas de enorme tamaño parecían saltar sobre ella cada vez que movía la linterna, y mientras avanzaba con precaución, olía el aire enmohecido. Algo oscuro pasó rozando una gran grieta en la pared.

Cassandra llevaba en la mano un pequeño magnetófono, así como una hoja de papel cuadriculado en que marcaba sus movimientos. Hasta ese momento la mayor parte de los túneles que había explorado habían resultado ser callejones sin salida, diseñados tal vez para confundir a los intrusos, o quizá cámaras selladas que contenían grandes tesoros. Sin embargo, y ello resultaba mucho más excitante desde el punto de vista de un arqueólogo, esos corredores sin salida tal vez albergasen criptas funerarias o bóvedas en que se almacenaban volúmenes completos de antiguos manuscritos.

Si su equipo era capaz de encontrar un códice maya intacto, uno de esos libros espléndidamente ilustrados escritos en papel de corteza de mora, los conocimientos sobre esa civilización se centuplicarían. Sólo se sabía de la existencia de cuatro códices mayas. Muchos otros habían sido destruidos por misioneros españoles demasiado celosos en sus intentos por acabar con toda creencia diferente de la suya. Xitaclán, sin embargo, había sido abandonada mucho tiempo antes de que los conquistadores llegasen al Nuevo Mundo.

Cassandra tenía el pelo y las mejillas cubiertos de polvo. Sentía los brazos y las piernas completamente rígidos y doloridos a causa de demasiadas noches de dormir en un lecho demasiado duro, y su piel estaba inflamada por cientos de picaduras de insectos. Ya no recordaba cuánto hacía que no tomaba una ducha caliente o bebía algo fresco.

Pero las maravillas que había descubierto merecían todos esos sacrificios. «La arqueología no está hecha para quejicas», pensó.

Su padre siempre le decía que era una lástima que

una mujer tan hermosa como ella se consumiese entre las telarañas de antiguas civilizaciones, pero ella se reía de él. Su padre era todo un personaje, y un arqueólogo cuya fama había decidido a su hija a seguir sus pasos. El gran Vladimir Rubicon era una autoridad renombrada en el estudio de los pueblos prehistóricos de América, especialmente de la antaño floreciente civilización anasazi, aunque al comienzo de su carrera había estudiado la cultura maya.

Cassandra no quería limitarse a continuar el trabajo de su padre, sino que deseaba destacar en el campo de la arqueología por sus propios méritos. Su primera pasión había sido la geología, analizar la composición del terreno que se ocultaba bajo las selvas de América Central, pero al avanzar en su investigación descubrió que sabía tanto de los antiguos mayas como Kelly, el autoproclamado experto en arqueología de la expedición.

Juntos habían formado una pareja impresionante, capaz de convencer al consejo de la Universidad de San Diego para que financiara su modesta expedición a México. El equipo estaría formado exclusivamente por estudiantes deseosos de trabajar por la posible acreditación y el derecho a publicar artículos de investigación totalmente novedosos sin recibir a cambio más que un salario de hambre. La eterna perdición de los universitarios.

Por fortuna, habían sido inesperadamente bendecidos con más fondos provistos por el gobierno del estado mejicano de Quintana Roo, donde se habían descubierto las ruinas de Xitaclán. Con ese dinero Cassandra había podido adquirir un equipo de submarinismo, contratar a los trabajadores nativos y pagar a Fernando Victorio Aguilar... por su inestimable ayuda. Bufó de rabia al pensar en ello.

Hasta el momento la expedición había sido un éxito, y al parecer todos los miembros del equipo compartirían una página en los libros de historia.

Cassandra siguió abriéndose camino hacia el interior del templo al tiempo que describía en voz alta cuanto veía. Deslizaba los dedos por los bloques de piedra, y el tono de su voz reflejaba la emoción o el asombro que producía en ella todo aquello que descubría. Las maravillosas construcciones que contenían otras construcciones dentro de la pirámide de Kukulkán le recordaban a una muñeca rusa, y agotaban su repertorio de adjetivos.

De pronto, en el haz de luz de la linterna reveló que los muros interiores a su izquierda eran de un color muy distinto. Entusiasmada, Cassandra comprendió que había dado con el templo interior. Sin duda debía de tratarse de la estructura inicial sobre cuyos cimientos había sido erigida la pirámide de Kukulkán.

Los antiguos mayas a menudo construían templos más altos e impresionantes sobre viejas ruinas debido a su creencia de que con el paso del tiempo la magia se concentraba en ciertos lugares. Xitaclán, que en sus comienzos había sido un centro religioso aislado en el corazón de la selva, había llegado a convertirse en una especie de imán donde tenían lugar las principales ceremonias rituales del imperio maya.

Hasta que sus pobladores lo habían abandonado de manera repentina y misteriosa... dejándolo intacto y vacío para que ella lo descubriera siglos más tarde.

Esforzándose por hablar con un tono pausado y analítico, Cassandra se acercó el magnetófono a los labios. «Los bloques de piedra son aquí más suaves, y parecen cortados con mayor cuidado. Tienen un acabado brillante parecido al barniz, como si un calor intenso los hubiese vitrificado.» No pudo evitar sonreír al advertir que no había estado examinando la roca como arqueóloga sino como geóloga.

Acarició la superficie fundida de la piedra, y con voz entrecortada continuó grabando sus impresiones: «Normalmente habría esperado encontrar fragmentos de la cal o estuco que los mayas utilizaban para decorar sus templos... pero no veo restos de pintura, ni relieve alguno. Las paredes son completamente lisas.»

Siguió el perímetro interior. La atmósfera era cada vez más pesada, pues el lugar había permanecido cerrado durante siglos. Cassandra estornudó y el sonido resonó en el laberinto como una explosión. Una lluvia de polvo cayó de los bloques del techo y ella confió en que las antiguas vigas de apoyo resistieran.

«Éstos son claramente los restos del primer templo –dijo en voz alta–, la estructura interna que una vez fue el corazón de Xitaclán, la primera construcción levantada en este emplazamiento.»

Con gran entusiasmo, Cassandra siguió la espiral interna, deslizando los dedos por la fría y resbaladiza superficie de la piedra. Se mantuvo junto al nuevo muro, que en realidad era el más antiguo, sin dejar de preguntarse qué secretos contendría el corazón de la pirámide.

Las evidencias que había descubierto hasta el momento indicaban que la gloria de Xitaclán no era un nuevo trampolín en la cultura maya. Las historias sobre la legendaria ciudad se hallaban tan profundamente enraizadas en la mente de los nativos que la gente del lugar aún hablaba de la maldición y de los espíritus que se aferraban a la ciudad. Se decía que mucha gente había desaparecido en esa zona, pero Cassandra atribuía todo ello a la mitología local.

¿Qué había impulsado a los antiguos mayas a situar su centro religioso en aquel pedazo de selva carente de interés, sin carreteras ni ríos, sin minas de cobre u oro cerca? ¿Por qué allí?

Más adelante, el suelo del pasadizo aparecía cubierto

de escombros que impedían el paso. Cassandra sintió que se le aceleraba el pulso. Ahora que había llegado al centro de la pirámide necesitaba saber qué había más allá. Era posible que estuviese a punto de realizar un gran descubrimiento... pero no lo lograría si no podía llegar hasta el final.

Se metió el magnetófono en un bolsillo y la hoja de papel cuadriculado dentro de la camisa, dejó la linterna en el suelo y empezó a retirar los pequeños bloques de piedra caliza de la parte superior del montón de escombros. No hizo ningún caso de las nubes de polvo y arenisca que levantaba, pues ya no le asustaba la suciedad.

Finalmente consiguió abrir un hueco lo bastante grande para introducir en él su delgado cuerpo. Subió gateando hasta la abertura y enfocó la linterna hacia el otro lado; se dio un golpe en la cabeza pero por fin consiguió deslizar medio cuerpo hasta un nuevo corredor que descendía con una marcada pendiente.

Más allá, la cámara, mucho mayor que las otras que había encontrado en la pirámide, parecía lo bastante amplia para albergar a decenas de personas. De ella salía una rampa en espiral que se hacía aún más profunda. Cassandra recorrió la nueva cámara con el haz de luz y la sorpresa hizo que estuviese a punto de dejar caer la linterna. Jamás había visto nada parecido.

La luz revelaba muros hechos con láminas de metal medio despegadas, vigas dobladas y paneles cristalinos. Cuando apartó el haz de luz, partes de la cámara recientemente descubierta continuaron despidiendo un resplandor tenue y misterioso.

Según los conocimientos que Cassandra poseía sobre la historia y cultura antiguas, aquellos extraños artefactos le parecían imposibles. No se sabía que los mayas hubiesen utilizado metal alguno, pues satisfacían sus necesidades principalmente con obsidiana y pedernal. Pero lo que Cassandra tenía ante los ojos era sin duda metal liso y sin señal de óxido, como si hubiese sido elaborado en una fundición moderna. Se trataba de una aleación poco corriente, y en cualquier caso no tenía nada que ver con el oro y el bronce sin refinar que utilizaban los mayas.

Perpleja, contempló fijamente lo que tenía delante, asomada a un agujero apenas lo bastante grande para un tejón. Retrocedió a fin de encontrar un punto de apoyo en la abertura, y mientras sostenía la linterna con una mano, con la otra sacó el pequeño magnetófono y lo acercó a su boca. Presionó el botón para grabar.

«Esto es asombroso –dijo, y luego hizo una larga pausa en busca de palabras–. Estoy viendo un metal plateado, pero no es oscuro como la plata deslustrada sino que posee un brillo blanquecino, como el del aluminio o el platino. Sé que es imposible, ya que la antigua cultura maya no tenía acceso a esos metales.»

De pronto recordó haber leído que algunas piezas halladas en tumbas egipcias habían brillado como si fuesen nuevas a pesar de haber estado encerradas durante milenios; sin embargo, una vez expuestas al aire saturado de contaminantes sulfurosos, las piezas habían perdido su brillo y se habían deteriorado en semanas. «Nota: debemos explorar esta cámara con extrema precaución –dijo–. Al parecer puede tratarse de un hallazgo excepcional.»

Deseaba desesperadamente entrar en la cámara, pero el sentido común le advirtió que no lo hiciera.

«He decidido no entrar por el momento –prosiguió, esforzándose por no reflejar su desilusión–. No debe alterarse nada hasta que todo el equipo esté aquí para ayudarme y dar su opinión acerca de los aspectos dudosos. Voy a regresar en busca de Kelly y John. Ellos me ayudarán a quitar los escombros de esta abertura y a reforzar el techo con vigas. Necesitaremos a Cait para fotografiar los objetos tal como están antes de que alguien más entre.»

Tras una larga pausa, agregó: «Para que conste, permitidme anunciar que creo que lo hemos encontrado… Creo que éste es el gran descubrimiento.»

Apagó el magnetófono y respiró hondo. Después de retroceder a gatas, se sacudió la ropa, rindiéndose de inmediato al polvo y la arenisca que la cubrían. Empezó a desandar el camino y mientras serpenteaba a través del laberinto en busca de la salida, se esforzó por mantener la calma. Pensó en su querido y viejo padre, enjuto pero fuerte, e imaginó lo orgulloso que se sentiría cuando supiese que su hija había hecho descubrimientos que rivalizaban… incluso eclipsaban a los que él había hecho en el momento más brillante de su carrera.

Apretó el paso. El eco de sus pisadas resonaba en los corredores de piedra. A medida que se acercaba a la salida inferior de la pirámide, los rayos del sol brillaban ante sus ojos como la luz de un tren que se aproximaba. Entonces echó a correr y salió al aire libre dando tropiezos.

–¡Eh, Kelly! –gritó–. ¡He encontrado algo! ¡Tienes que reunir al equipo, rápido! ¡Espera a ver esto!

Nadie respondió. Cassandra se detuvo, perpleja, y permaneció inmóvil y en silencio por un momento. Luego se agarró al borde de la entrada de la pirámide en busca de apoyo.

Las ruinas parecían nuevamente abandonadas. Sólo se oía el murmullo de la selva. Cassandra miró hacia los niveles más altos de la pirámide con la esperanza de divisar a la pareja encargada de estudiar los jeroglíficos de las escaleras… pero la pirámide se hallaba desierta.

Para entonces el ocaso comenzaba a dar paso al crepúsculo. Sólo una delgada curva de luz permanecía por encima de las copas de los árboles al oeste, como un faro anaranjado que iluminaba la escena.

Cassandra no vio a nadie; no había rastro de los miembros de sus compañeros, ni de los trabajadores nativos.

—¡Kelly, John, Christopher! —llamó—. Cait, ¿dónde estáis?

Se protegió los ojos del sol y miró hacia la explanada donde aquella misma tarde Cait había ubicado un caballete para trabajar en sus acuarelas. Ahora el caballete yacía aplastado en el suelo, y Cassandra distinguió claramente una pisada de bota llena de barro en mitad de una de las pinturas de Cait.

Cada vez más intranquila, Cassandra escudriñó una vez más la empinada escalera que ascendía por el costado de la pirámide. Allí, Christopher y Kelly habían limpiado y cincelado las inscripciones con enorme cuidado y las habían reproducido en sus cuadernos, traduciendo a medida que avanzaban la crónica de la mítica historia de Xitaclán.

Ni rastro de Kelly, ni de Cristopher... No había nadie a la vista.

Al otro lado de la plaza donde el joven John Forbin había estado examinando las ruinas derrumbadas de un templo menor, Cassandra distinguió la caja donde guardaba sus instrumentos de trabajo, las pequeñas estacas de madera y las cintas de colores que marcaban puntos de intersección... pero no encontró señal alguna del estudiante de ingeniería.

—¡Eh! ¿Kelly? ¡Esta maldita broma no tiene ninguna gracia! —gritó Cassandra. Se le hizo un nudo en el estómago. Se sentía completamente aislada, engullida por la selva que la rodeaba. ¿Cómo podía la bulliciosa y verde jungla estar tan condenadamente silenciosa?—. ¡Eh!

De repente oyó algo... pasos que se acercaban rodeando la pirámide procedentes de la zona donde se hallaba el profundo cenote para los sacrificios. Exhaló un suspiro de alivio. Ahí estaban sus amigos después de todo.

Pero entonces aparecieron las oscuras siluetas de hombres desconocidos… Bajo la débil luz Cassandra apenas podía distinguir sus rasgos, pero vio sin lugar a dudas que iban armados con rifles.

Los hombres apuntaron sus armas hacia ella. Uno de ellos habló en un inglés con marcado acento español.

–Vendrá con nosotros, señorita.

–¿Quiénes son ustedes? –preguntó Cassandra, que a duras penas podía contener su furia. Empuñó la linterna como si fuese un garrote–. ¿Dónde están mis compañeros? Somos ciudadanos americanos. ¿Cómo se atreven…?

De repente, uno de los hombres levantó su rifle y disparó. La bala rebotó en uno de los bloques de piedra de la pirámide, apenas a quince centímetros del rostro de Cassandra. Una lluvia de lascas salpicó su mejilla.

Cassandra soltó un grito, se agachó y retrocedió de nuevo hasta el interior del templo, buscando refugio en la ancestral oscuridad. Corrió por el largo túnel mientras desde el exterior le llegaban fuertes gritos en español. Luego, más disparos.

El corazón le latía violentamente, pero Cassandra no desperdició su energía mental en tratar de adivinar quiénes podían ser aquellos hombres o qué querían. No se atrevía a pensar en lo que les habrían hecho a Cait, a John, a Christopher… y a Kelly. Más tarde pensaría en todo eso… si sobrevivía.

Volvió la cabeza. Apenas podía distinguir a los hombres fuera del templo. Los vio aparecer frente a la entrada, discutiendo entre ellos. Uno abofeteó a otro y luego alzó un puño en ademán de cólera. Se oyeron más gritos en español.

Cassandra giró en una esquina muy cerrada. La luz

de la linterna se agitaba delante de ella; había olvidado apagarla al salir de la pirámide. Quizá los desconocidos no tuviesen linternas, pero podían ver el reflejo de la suya en los muros de piedra, de modo que la apagó y siguió avanzando a ciegas.

Más disparos de rifle sonaron a sus espaldas. Las balas rebotaban en las paredes de la pirámide. Por muy mala puntería que aquellos hombres tuviesen, una bala de aquéllas podría matarla de todos modos.

Cassandra no tenía otra opción que seguir avanzando por aquel oscuro laberinto, adentrándose en las profundidades apenas exploradas. Giró en una esquina, luego otra, y finalmente encendió de nuevo la linterna, aunque aún oía los sonidos de sus perseguidores. Miró una vez más hacia atrás y vio luces anaranjadas cuyo reflejo parpadeaba en las paredes; supuso entonces que los hombres armados habían decidido encender cerillas y mecheros para seguir su huella.

Cassandra jugaba con ventaja... por el momento. Ella había estado ahí abajo antes, llevaba una linterna, y tenía una vaga idea de hacia dónde se dirigía: regresaba al centro de la pirámide.

Pero desde allí no podría ir a ninguna parte.

Adentrarse aún más en el laberinto sólo la llevaría a una trampa segura. Tenía que pensar, valerse de su ingenio para burlar a aquellos hombres, quienesquiera que fuesen.

Sacó el pequeño magnetófono de su bolsillo y rebobinó la cinta, con la esperanza de que las indicaciones que había grabado embargada por la emoción la ayudaran a encontrar el camino que conducía a la extraña cámara que había permanecido oculta durante siglos. Quizá pudiese esconderse allí hasta que aquellos hombres desistieran en su búsqueda.

Sin embargo, existía la posibilidad de que los desconocidos dejaran a alguien vigilando la puerta de la pirámide y luego regresaran mejor equipados para encontrar a la arqueóloga. En ese caso, buscarían sin tregua hasta dar con ella y la acribillarían a balazos. O aún peor, quizá se limitaran a acechar hasta que al cabo de unos días saliera tambaleándose, casi enloquecida de hambre y sed.

Cassandra no podía pensar en eso. Tenía que sobrevivir.

Siguió avanzando. Pulsó el botón de reproducción, atenta a las indicaciones que había registrado en el magnetófono. Sólo oyó un débil ruido con un silbido de fondo. ¡Sus palabras no estaban! Algo había borrado la cinta.

–¡Maldita sea! –gruñó, y añadió un punto más a la lista de cosas que no comprendía pero en las que no podía detenerse a pensar. Bien, la ruta estaba lo bastante fresca en su memoria como para encontrar el camino sin más ayuda.

Debía hacerlo.

Los serpenteantes pasadizos de la pirámide externa descendían con una ligera pendiente, y estaban llenos de bloques de piedra caídos y escombros. Cassandra tropezaba y se arañaba las manos contra las ásperas paredes, pero no se detenía ni por un instante. Oyó otro disparo. ¿Por qué seguían malgastando munición? Era imposible que la tuvieran a tiro. Tal vez se hubiesen asustado con el eco de sus propios pasos. Los hombres asustados con armas eran los más peligrosos.

Por fin encontró las paredes lisas y vitrificadas del templo interior y supo que casi había alcanzado su destino… aunque lo que pretendía hacer allí era una cuestión completamente diferente.

Al enfocar el haz de su linterna hacia adelante descubrió la pequeña abertura que había excavado recientemente. Parecía una herida abierta…

No. Era su única posibilidad de escapar.

Haciendo rechinar los dientes y casi sin aliento, trepó por el montón de escombros y se deslizó a través del agujero como una serpiente. Antes, el hueco le había parecido demasiado estrecho, pero esta vez el pánico la apremiaba. Las rocas le arañaron los codos y los hombros, pero no le importó.

Se abrió camino por encima de la barricada de escombros hasta la cámara y se dejó caer. Sus pies hicieron eco al tocar el suelo… un suelo inexplicablemente metálico.

La atmósfera se volvió sofocante una vez más.

La luz de la linterna se reflejaba en las superficies pulidas, entre las que había curvas y esferas tan perfectas que debieron de estar mucho más allá de las posibilidades técnicas de la cultura maya. La luz empezó a parpadear, como si las pilas se agotasen por momentos.

Una nueva descarga de disparos resonó lejana en los muros de piedra del serpenteante laberinto. Siguieron más disparos, esta vez posiblemente más cercanos, aunque ella no podía estar segura debido a la pantalla reflectora que formaba los sinuosos túneles.

En el interior de la misteriosa cámara, Cassandra se hallaba en terreno totalmente inexplorado. Se apresuró a avanzar hacia el último pasadizo, la rampa en forma de caracol que se hallaba en el centro exacto de la pirámide y descendía muy por debajo del nivel del suelo. Sin detenerse a pensar, Cassandra bajó por ella a toda prisa, alejándose cada vez más de sus perseguidores.

Esperanzada, se preguntó si aquella rampa conduciría a alguna salida desconocida de la pirámide, quizá muy por debajo del muro de piedra caliza del pozo negro.

El eco de un nuevo disparo llegó hasta ella. Lógicamente, Cassandra sabía que los hombres no podían hallarse cerca. Sin duda los había dejado muy atrás, pero el miedo la impulsaba a descender cada vez con mayor rapidez por la rampa... hasta que ésta se abrió dando lugar a una enorme gruta que sólo vislumbró brevemente.

Las paredes reflejaban una serie de esferas de cristal, figuras brillantes, tiras de metal dispuestas en formas geométricas a lo largo de bloques de piedra caliza... Pero Cassandra únicamente percibió un breve destello de cuanto la rodeaba antes de que su linterna se apagase, como si algo hubiese agotado por completo las pilas del mismo modo que la cinta del magnetófono había sido misteriosamente borrada.

Cassandra respiró hondo; se sentía perdida, claustrofóbica. Avanzó a ciegas, con paso vacilante, en busca de una señal que le indicara el camino. Encontró una abertura, una pequeña puerta. La cruzó con la esperanza de encontrar alguna fuente de luz.

De pronto, un resplandor deslumbrante la encandiló, y en un instante Cassandra vio que había penetrado en una habitación sin salida del tamaño de un armario... o de un ataúd. La luz brotaba a raudales desde el otro lado de las paredes lisas y suaves.

Cassandra se preguntó, demasiado tarde, si aquello no sería peor que caer en manos de los hombres armados.

La luz fría, helada, caía sobre ella en forma de cascada como si de un líquido se tratase, congelándola... y todos sus pensamientos cesaron.

2

(X) *Oficina central del FBI,*
Washington DC. Martes, 9.14

Cada vez que la agente especial Dana Scully se aventuraba en las entrañas del cuartel general del FBI para ver a su compañero, Fox Mulder, se sentía como si estuviese haciendo algo ilícito… o cuando menos poco sensato.

Dana recordaba la primera vez que había acudido allí, al sanctasantórum privado de Mulder, un nuevo y joven agente investigador inexplicablemente asignado a los expedientes X. «Aquí tienes al más indeseado del FBI», había declarado él a modo de presentación. Por entonces, el agente Mulder la había considerado una espía enviada por los peces gordos del departamento, que no perdonaba el apasionado interés que sentía por los fenómenos inexplicados.

En los tres años que Scully y Mulder llevaban trabajando juntos habían investigado decenas de casos y confiado en su ayuda mutua más veces de las que podían recordar. Mulder seguía creyendo firmemente en los fenómenos sobrenaturales y en los extraterrestres, en tanto que Scully, siempre constante, continuaba en su búsqueda de explicaciones racionales. Aunque a menudo no coincidían en sus conclusiones, funcionaban extraordinariamente bien como equipo.

Scully visitaba el angosto despacho de su compañero lo bastante a menudo como para que el desorden que allí reinaba no le sorprendiese. Sabía ella muy bien qué esperar, y esa mañana el despacho de Mulder no la defraudó.

Había objetos relacionados con las inusuales investigaciones de Mulder esparcidos por toda la habitación: cintas de vídeo, análisis de ADN, historiales médicos, fotos de primeros planos de cicatrices de viruela sobre piel marchita, y borrosas instantáneas de supuestos platillos voladores. Un trozo de metal doblado al parecer procedente de los restos de una nave espacial descubiertos en Wisconsin descansaba sobre un estante. Una decena de carpetas que contenían documentos de misterios sin resolver esperaban a ser guardados en los archivadores negros inclasificables que constituían la razón de ser de Mulder: los expedientes X.

Dana dio unos golpecitos en el marco de la puerta abierta y entró, mesándose la melena pelirroja.

–No estoy segura de tener la energía suficiente para enfrentarme a este caos tan temprano, Mulder –dijo.

Mulder hizo girar la silla en que estaba sentado, escupió una cáscara de pipa y se puso de pie.

–Deberías tomar más cereales hidrolizados en el desayuno –respondió con una sonrisa–. Te darían energía para enfrentarte a cualquier cosa.

Scully no podía evitar sentirse inquieta cuando Mulder sonreía de ese modo, pues normalmente significaba que su compañero estaba concentrado en alguna teoría nueva o poco ortodoxa… una teoría a la que, casi con toda seguridad, ella tendría que oponerse.

Al bajar la vista Dana advirtió que Mulder había apilado en su escritorio textos de arqueología, libros sobre mitología antigua y mapas detallados de Améri ca Central. Trató de hacer una rápida composición de lugar, preparada para lo que su compañero propusiera para su siguiente investigación.

—Echa un vistazo a esto, Scully —dijo él al tiempo que le tendía un objeto del tamaño aproximado de su puño, intrincadamente tallado y pulido, hecho con una clase de piedra jabonosa de color blanco verdoso—. Tienes tres oportunidades para acertar.

Ella cogió la pesada reliquia y la sostuvo en las manos. La superficie de la piedra estaba tan pulida que al tacto parecía que la hubiesen untado con aceite. La talla mostraba la forma sinuosa de una incongruente serpiente emplumada. Unos colmillos curvados y puntiagudos como agujas sobresalían de su boca, confiriendo a la criatura un aspecto feroz.

El artesano había sido todo un maestro; el diseño se adaptaba perfectamente a los contornos irregulares del trozo de roca. Dana deslizó la punta del dedo por una de las muescas al tiempo que se preguntaba a qué clase de prueba estaba sometiéndola Mulder.

—¿Qué crees que es? —preguntó él.

—Me rindo. —Dana examinó atentamente el objeto una vez más, pero seguía siendo un misterio—. ¿Un adorno de árbol de Navidad?

—Frío.

—De acuerdo —dijo ella, tomándose el asunto más en serio—. Creo que reconozco la piedra. Es jade, ¿verdad?

—Muy bien, Scully. No sabía que enseñaran mineralogía en la facultad de medicina.

—Yo tampoco sabía que la incluyesen en los cursos de psicología conductista —replicó ella, y luego devolvió su atención al objeto—. Parece muy antiguo. Representa una figura mitológica, ¿verdad? Por los libros que tienes sobre la mesa, me aventuraría a decir que es de origen... ¿azteca?

—Maya, para ser exactos —informó Mulder—. Se calcula que esta pieza tiene unos mil quinientos años de antigüedad. Los mayas veneraban el jade. Lo consideraban una piedra sagrada, y sólo la utilizaban para fabricar los objetos más preciados.

—¿Era tan valiosa como el oro? —preguntó Scully, preguntándose adónde quería llegar Mulder.

—Mucho más valiosa. Los mayas solían llevarla alrededor de la cintura como cura para el cólico y otras enfermedades. Incluso colocaban un trozo de jade en la boca de los nobles muertos porque creían que en la otra vida la piedra les serviría como corazón.

—Hay mucha gente con el corazón de piedra. —Dana observó el objeto que tenía en la mano—. Es evidente que debió de suponer un gran esfuerzo obtener un diseño tan complejo.

Mulder asintió con la cabeza e hizo a un lado uno de los libros que había sobre el escritorio para poder apoyar el codo.

—Sí, debió de ser todo un reto para los artesanos —dijo—. El jade es una piedra excepcionalmente dura, de modo que los tallistas no podían usar sus herramientas tradicionales de obsidiana o pedernal. —Mulder tendió la mano y dio leves golpecitos con la uña sobre la talla que sostenía Scully—. En lugar de eso, tuvieron que utilizar polvos abrasivos y herramientas desechables… decenas de ellas: sierras de madera, cinceles de hueso, cuerdas con que frotar repetidamente la superficie para limar pequeñas estrías… Y luego debieron de pulir la pieza valiéndose de fibras de caña. Menudo trabajo.

—De acuerdo, Mulder, esto no es una simple estatuilla tallada en madera por diversión. Supongo que la imagen que representa debe de tener algún significado especial. Una serpiente con plumas… ¿Veneraban los mayas a las serpientes?

—No exactamente —respondió él—. Como puedes

ver, no se trata de una serpiente normal. Es la famosa figura mitológica asociada con el dios Quetzacoatl. Así es como lo llamaban los aztecas. Los mayas utilizaban el nombre de Kukulkán, un dios sabio. Algunas fuentes dicen que Kukulkán instruyó a los mayas en la ciencia de los calendarios y la astronomía. –Ofreció una pipa a Scully, pero al ver que ella negaba con la cabeza, se la metió en la boca–. Los sacerdotes mayas, que a su vez eran astrónomos, hacían cálculos tan exactos que la precisión de sus calendarios no fue superada hasta este mismo siglo. Incluso construyeron mecanismos con engranajes para realizar sus cómputos basados en ciclos parcialmente superpuestos de cincuenta y dos años. Kukulkán debió de ser un profesor excepcional… o sabía algo que el resto de la gente ignoraba. –Hizo una breve pausa y prosiguió–: Los mayas también poseían un extraordinario talento para las matemáticas; de hecho, fueron la única civilización antigua que inventó el concepto de cero. Eso, por supuesto, es muy importante para equilibrar nuestro talonario de cheques.

–No el mío –dijo Scully. No sin esfuerzo encontró un lugar donde sentarse, tras mover una caja de cartón llena de pedazos de escayola con enormes huellas de pisadas. Echó un vistazo a las piezas, decidió que prefería no arriesgarse a preguntar a Mulder sobre ellas, y agregó–: Todo esto es muy interesante, Mulder, pero ¿qué tiene que ver con nuestro caso un trozo de piedra de jade de mil quinientos años de antigüedad con la forma de una serpiente emplumada? ¿Acaso la gente ha empezado a ver serpientes emplumadas en los patios de sus casas? ¿O es que has descubierto alguna discrepancia en nuestro calendario que sólo puede explicarse por medio de las antiguas esculturas mayas?

Mulder cogió de las manos de su compañera la talla de jade y la posó cuidadosamente sobre sus libros de consulta sobre América Central.

–En circunstancias normales –dijo–, no tendría nada que ver con uno de nuestros casos, pero esta reliquia en particular ha sido confiscada recientemente en la frontera del estado mejicano de Quintana Roo, en la península del Yucatán. El traficante arrestado asegura que el objeto procede de las ruinas de una ciudad maya llamada Xitaclán, descubiertas en el corazón de la selva por una expedición arqueológica. Según informes oficiales mejicanos, desde hace décadas vienen produciéndose en la zona misteriosas desapariciones. Y debido al carácter aislado y primitivo del lugar, apuesto a que muchas otras han pasado totalmente inadvertidas.

–Aún no estoy segura de ver la conexión, Mulder. –Scully esperó y cruzó las piernas con aire despreocupado.

–La mayoría de los indígenas se niegan a acercarse a Xitaclán –explicó Mulder–, pues aseguran que es un lugar maldito, o sagrado, depende de la interpretación que elijas. Sus leyendas hablan de terribles serpientes emplumadas, del dios Kukulkán y de los espíritus errantes de las víctimas de sacrificios cuya sangre tiñó las piedras del templo.

Scully cambió de posición en la vieja silla y dijo:

–Dudo que el departamento tenga intención de enviarnos a investigar una antigua maldición maya.

–Hay más que eso. –Los ojos de Mulder brillaron–. Un equipo de arqueólogos norteamericanos acababa de empezar a excavar Xitaclán bajo el auspicio de la Universidad de California en San Diego. Según los primeros informes, el lugar permanece intacto y en él se halla la clave de muchos misterios de la civilización maya. Podría tratarse del primer intento de ésta de construcción en gran escala. Y sin duda era el escenario de frecuentes sacrificios. –Sonrió, como si se dispusiese a dar el golpe de gracia–. Además, mi análisis químico preliminar de este objeto reveló algunas anomalías interesantes, como una extraña estructura cristalina e impurezas imposibles de identificar que implican que este material no procede del Yucatán ni de las ruinas...

Dana observó el suave color verde de la piedra.

–¿Crees acaso que este objeto procede del espacio exterior? –preguntó.

Mulder se encogió de hombros y echó un montón de cáscaras de pipa húmedas a la papelera, pero sin querer olvidó unas cuantas sobre la mesa.

–El equipo arqueológico desapareció sin dejar rastro hace una semana. Ni una señal de socorro, ni un indicio de que se encontraran en apuros. Tú y yo debemos ir a buscarlos.

–Pero, Mulder, ¿no deberían encargarse de esto las autoridades mejicanas?

–Ayer me telefoneó el padre de Cassandra Rubicon –dijo él–, la joven que dirigía el equipo de investigación. Al parecer también es arqueólogo, y muy famoso. Hizo unas cuantas llamadas telefónicas y contactó con la oficina de investigación del FBI en San Diego. Cuando lo oyeron hablar de «antiguas maldiciones» y «ruinas mayas», me adjudicaron el caso. –Scully lo miró fijamente y él arqueó las cejas–. Tengo una cita con Skinner esta tarde. Mañana tú y yo conoceremos a Vladimir Rubicon. Está aquí, en Washington.

Scully echó un vistazo a la escultura de jade, a los libros sobre mitología y luego al rostro de Mulder, que no podía disimular su entusiasmo.

–No creo que sirva de nada tratar de disuadirte –dijo.

–De nada en absoluto –respondió Mulder.

–En ese caso, supongo que siempre he querido ir a México.

El director adjunto Skinner estaba sentado tras su escritorio, tamborileando ritualmente con la punta de los dedos sobre los formularios pulcramente rellenados a máquina que tenía delante. No se levantó cuando Mulder entró en el despacho.

«Mala señal», pensó Mulder. Pero Skinner lo había engañado tantas veces que decidió que era preferible no hacer conjeturas.

Aquel hombre casi calvo podía comportarse como el mejor de los amigos o como el peor de los enemigos. Skinner sólo pasaba información a Mulder cuando lo consideraba verdaderamente importante.

En esos momentos, Mulder necesitaba gozar de su favor; Scully y él tenían que viajar a la península de Yucatán.

Skinner miró al agente Mulder a través de sus gafas de montura metálica.

—No sé si se da cuenta de lo delicado que resulta el tema en que se ha metido, agente Mulder.

Mulder se detuvo frente a la mesa de su superior. Manteniendo una expresión neutral, observó las fotografías enmarcadas del presidente y el ministro de Justicia colgadas en la pared.

—Mi intención es proceder con la debida discreción, señor.

Skinner asintió con la cabeza, dando a entender que ya lo había considerado así.

—Asegúrese de hacerlo —dijo—. El departamento da la máxima importancia a este caso, pues las personas desaparecidas, y posiblemente asesinadas, eran ciudadanos norteamericanos. He conseguido que usted y Scully sean acreditados como agregados legales de la embajada de Estados Unidos en Ciudad de México. —Skinner alzó un dedo—. Pero no olvide lo delicado de esta situación dadas las actuales tensiones políticas y económicas. El gobierno mejicano es siempre muy susceptible en lo que se refiere a posibles intrusiones de agentes de Estados Unidos en su país. No es necesario que le recuerde el número de agentes estadounidenses que han sido asesinados por capos de la droga en América Central. La zona a que se dirigen, en el estado de Quintana Roo, es en estos momentos un hervidero político. El gobierno local se encuentra en una situación especialmente vulnerable debido a un movimiento separatista cuya fuerza parece estar aumentando gracias al suministro ilegal de armas.

—¿Insinúa que los miembros de la expedición arqueológica podrían haber sido víctimas de la agitación política? —preguntó Mulder.

—Lo considero mucho más probable que la historia de la antigua maldición maya —declaró Skinner—. ¿O no iba usted a sugerir eso?

—Quizá sí, quizá no —respondió Mulder—. Debemos considerar todas las posibilidades.

Skinner sacó una serie de autorizaciones de viaje y vales para gastos, y se los entregó a Mulder, quien advirtió que el papeleo ya había sido firmado.

—Espero que se ciña estrictamente al protocolo, agente Mulder —dijo Skinner—. De lo contrario, será inmediatamente relevado del caso.

—Sí, señor.

—Si ofende a alguien en puestos importantes, no sólo tendrá que responder ante el FBI, sino también ante el Departamento de Estado. Eso si antes no lo encierran en una cárcel mejicana.

—Trataré por todos los medios de evitarlo, señor —dijo Mulder al tiempo que se metía los formularios bajo el brazo.

—Una cosa más, agente Mulder —dijo Skinner con expresión indescifrable—. Buen viaje.

3

X *Oficinas de «El Pistolero Solitario», Washington DC. Martes, 16.40*

–Cuando todo lo demás falla, el agente especial Mulder viene a nosotros en busca de respuestas verdaderas –dijo Byers, reclinándose en su silla. Se alisó el traje y la corbata, pasó un dedo por su pulcra barba rojiza, y alzó la mirada con calma.

Mulder entró en las oscuras oficinas de *El Pistolero Solitario*, una publicación dedicada a revelar la verdad de los complots y conspiraciones en que el gobierno estaba implicado.

Scully había dicho en una ocasión a Mulder que consideraba a los excéntricos responsables de aquella revista como los tipos más paranoicos que había conocido en su vida. Pero Mulder había comprobado en varias ocasiones que la información confidencial que manejaban los tres Pistoleros Solitarios a menudo lo ponía sobre pistas que los canales oficiales jamás habrían sugerido siquiera.

–Hola, chicos –saludó Mulder–. ¿Quién va a hacerse con el poder mundial esta semana?

–Yo creo que Mulder no quiere perdernos de vista –replicó Langly, paseándose cansinamente por la habitación. Alto, flacucho y vestido de modo informal, Langly era la clase de tipo que podría encajar perfectamente en cualquier pandilla de piratas informáticos o de seguidores de un grupo de rock. Se ajustó las gafas de montura negra y añadió–: Sencillamente lo hace para protegerse.

Langly tenía el pelo rubio y alborotado como si se lo hubiese lavado en una batidora. Mulder jamás lo había visto llevar otra cosa que raídas camisetas con inscripciones de algún grupo marginal de rock.

–Pues en mi opinión lo que ocurre es que le gusta nuestra compañía –masculló Frohike, quien estaba manipulando varias piezas de una sofisticada cámara fotográfica que había sobre uno de los estantes metálicos que se encontraban detrás de los escritorios.

Entretanto, Langly conectó el enorme magnetófono de doble bobina a fin de grabar toda la conversación.

–Sí, vosotros tres sois la clase de gente que me gusta –dijo Mulder con una sonrisa encantadora.

Byers siempre vestía traje y corbata. Hablaba con voz suave y era inteligente, la clase de hijo del que cualquier madre se habría sentido orgullosa… de no ser por su resuelta oposición a varias organizaciones gubernamentales y su obsesión por las conspiraciones extraterrestres.

Frohike, de gafas, pelo muy corto y facciones duras, no tenía aspecto de encajar en ningún grupo social. Hacía mucho tiempo que estaba loco por Dana Scully, pero en el fondo todo se reducía a palabras. Mulder sospechaba que Frohike se convertiría en una temblorosa masa de nervios si alguna vez Scully aceptaba salir con él. Sin embargo, Mulder se había sentido profundamente conmovido cuando aquel hombre bajito había llevado un ramo de flores a Scully cuando ésta yacía en estado de coma tras regresar de su abducción.

Los Pistoleros Solitarios no figuraban en las guías telefónicas ni había señal alguna que los identificase en la puerta de su oficina. Los tres hacían su trabajo con gran discreción. Grababan todas las llamadas telefónicas que recibían y siempre que se movían por Washington DC utilizaban alguna tapadera.

Las estanterías metálicas que cubrían las paredes del despacho contenían el equipo de vigilancia y los monitores de ordenador, conectados a gran número de bases de datos. Mulder sospechaba que los Pistoleros Solitarios jamás habían recibido autorización oficial para acceder a muchos de los sistemas, lo cual les permitía obtener información celosamente guardada por organizaciones gubernamentales y grupos industriales.

La mayor parte de las sillas que había en la oficina estaban ocupadas por cajas repletas de sobres marrones y etiquetas impresas con direcciones. Mulder sabía que en los sobres no figuraban las señas del remitente.

—Has venido en el momento justo, agente Mulder —dijo Frohike—. Estamos a punto de enviar por correo nuestro nuevo número. Nos iría bien un poco de ayuda.

—¿Puedo echar un vistazo al contenido? —pidió Mulder.

Langly sacó una vieja cinta magnetofónica de una de las grabadoras, etiquetó la lata plana de metal e instaló una nueva cinta.

—Ésta es una edición especial de *El Pistolero Solitario.* Nuestro número monográfico sobre Elvis.

—¿Elvis? —dijo Mulder, sorprendido—. Creía que estabais por encima de todo eso.

—Ninguna conspiración es indigna de nosotros —dijo Byers con orgullo.

—Ya lo veo —respondió Mulder.

Langly se quitó las gafas y las limpió en el faldón de su camiseta, que anunciaba una gira de conciertos de los Soup Dragons. Miró al agente con los ojos entornados, volvió a ponerse las gafas de montura negra, y dijo:

–No creerás lo que hemos descubierto, Mulder. Cuando hayas leído nuestro análisis retrospectivo lo verás todo desde una perspectiva completamente diferente. Yo llevé a cabo la mayor parte de la investigación y he redactado casi todos los artículos. Creemos que alguien está presentando a Elvis como una figura mesiánica… gente poderosa cuya identidad todavía desconocemos. A lo largo de la historia de la humanidad encontramos casos parecidos: el rey perdido que reaparece tras su supuesta muerte para dirigir de nuevo a su pueblo. Podría ser una base muy poderosa para crear una religión nueva y subversiva.

–¿Quieres decir como la leyenda según la cual el rey Arturo regresaría de Avalon? –inquirió Mulder–. ¿O la de Federico Barbarroja, que dormía en la cueva de una montaña hasta que su barba creciera y rodeara la mesa, momento en que él regresaría para salvar al Sacro Imperio Romano?

Langly frunció el entrecejo.

–Esos dos son casos fallidos, porque los mesías en cuestión jamás regresaron como habían prometido. Sin embargo, tomemos el ejemplo de Rusia: el zar Alejandro II derrotó a Napoleón y supuestamente murió… pero durante años los campesinos contaban que habían visto a un mendigo errante o a un monje que declaraba ser el auténtico zar. Era una leyenda bastante popular. Y, por supuesto, están los relatos bíblicos de Jesucristo, que murió y regresó para seguir guiando a sus discípulos. No hace falta que te recordemos cuántas visiones de supuestos Elvis se producen cada día. Creemos que han sido preparadas para proporcionar la base de un nuevo culto fanático.

–Todo el mundo desea un bis –dijo Mulder. Cogió uno de los sobres marrones y extrajo un ejemplar de la revista para examinar la foto de Elvis que aparecía en la portada. Luego echó un vistazo al primer artículo–. De modo que estáis diciéndome que alguien trata de establecer que el nacimiento de Elvis fue en realidad el Segundo Advenimiento.

–Ya sabes lo crédula que es la gente, Mulder –intervino Frohike–. Piensa en ello. Algunas de las canciones de Elvis tienen un marcado acento bíblico, como *Love me Tender*, por ejemplo, o *Don't be Cruel.* Casi podrían formar parte del Sermón de la Montaña.

–Y si lo sitúas en un contexto moderno –terció Byers, inclinándose–, cualquier canción de éxito llega a mucha más gente de la que escuchó el Sermón de la Montaña.

–Ah –repuso Mulder–. Entonces, ¿qué intenta decirnos Elvis en realidad con el *Jailhouse Rock* o *Hound Dog*?

–Esas canciones requieren un poco más de trabajo –explicó Langly–. Nuestras interpretaciones aparecerán en el próximo número. Te dejarán asombrado.

–Ya lo estoy.

Byers se encogió de hombros y dijo:

–Nosotros no emitimos juicios, agente Mulder, sólo exponemos hechos. Corresponde a nuestros lectores sacar sus propias conclusiones.

–¿Sobre vosotros o sobre las conspiraciones que presentáis?

Frohike apuntó a Mulder con una enorme cámara y sacó una fotografía.

–Para nuestros archivos –dijo.

Mulder sostenía en las manos la revista recién impresa.

–¿Puedo quedarme con este ejemplar? –preguntó.

–El tuyo debería estar en el correo –dijo Frohike.

–¿Por qué no te animas y te suscribes de una vez, Mulder? –sugirió Langly–. Haz algo de provecho con una pequeña parte de lo que te paga el FBI.

Byers sonrió.

—No, deberíamos asegurarnos de que alguien tan importante como el agente Mulder recibe su ejemplar puntualmente. Además, no me sentiría cómodo teniendo su nombre y dirección en nuestra lista de suscriptores.

—¿Por qué? ¿Temes que entonces no podrías vender la lista de las direcciones a la agencia de editores?

—Nuestros lectores pertenecen a una clase muy determinada de gente, Mulder —explicó Byers—. La clase de gente que podría no querer que sus nombres se incluyeran entre otros que también están interesados en las conspiraciones que revelamos. Hacemos un gran esfuerzo para asegurarnos de que nuestra lista de suscriptores no caiga en las manos equivocadas. Cada uno de nosotros guarda una tercera parte de los nombres en archivos electrónicos separados, con claves de acceso distintas en sistemas informáticos diferentes. Ninguno puede acceder a los archivos de los otros dos; nos limitamos a aportar las etiquetas de envío ya impresas.

—Las imprimimos fuera, en la copistería —añadió Frohike.

—Toda precaución es poca —dijo Langly.

—Desde luego —asintió Mulder.

—Bueno, deberíamos empezar a cerrar los sobres —sugirió Langly—. Nos complacería muchísimo que nos ayudaras, Mulder.

Mulder levantó una mano.

—No, gracias, sólo he venido en busca de información. No tengo mucho tiempo.

—¿Y cómo podemos ayudar a salvar a ciudadanos inocentes de las infames maquinaciones del gobierno fantasma? —inquirió Byers—. Al menos por esta tarde.

Mulder cambió de sitio una de las cajas y se sentó.

—¿Qué habéis oído sobre América Central, el Yucatán, y en especial sobre Xitaclán, unas ruinas mayas recientemente descubiertas? Un equipo de arqueólogos ha desaparecido y tengo en mi poder un objeto que podría ser de origen extraterrestre.

–Déjame pensar –dijo Langly, mesando sus largas greñas rubias–. Yo me especialicé en arqueología en la universidad.

Byers lo miró con expresión de escepticismo.

–Creí que te habías especializado en ciencias políticas.

–A mí me dijiste que habías estudiado ingeniería electrónica –terció Frohike.

Langly se encogió de hombros.

–Así es, me interesaban temas muy diversos.

Byers frunció el entrecejo y miró de nuevo a Mulder.

–¿América Central? He oído muchos rumores sin confirmar sobre hechos acaecidos en esa zona. En uno de los estados del Yucatán existe un movimiento separatista llamado Liberación Quintana Roo. Al parecer está produciéndose una escalada de violencia… coches bomba, cartas de amenaza. Como imaginarás, el complejo militar de Estados Unidos proporciona armas a los combatientes por la liberación a un precio exorbitante.

–¿Por qué habrían de hacerlo? –preguntó Mulder.

–Para crear inestabilidad política. Para ellos se trata de un juego –afirmó Byers; un brillo de cólera iluminó sus ojos–. Y no olvidemos que algunos de los narcotraficantes más importantes de la zona se han convertido también en traficantes de armas. Acaparan tecnología, material de primera con el que nosotros ni siquiera habríamos soñado hace una década.

–Yo sí lo soñé –dijo Frohike.

–¿Y qué relación tiene todo esto con lo que te interesa, Mulder? –preguntó Langly.

–Como he dicho, los miembros de una expedición arqueológica estadounidense desaparecieron hace una semana. Habían desenterrado de las ruinas algunos objetos que ahora están apareciendo en el mercado negro. Los indígenas no se acercan al lugar, pues al parecer una antigua maldición pesa sobre él. La ciudad fue abandonada hace mil años, y ahora se habla de la venganza de Kukulkán y las feroces serpientes emplumadas que lo protegían.

—Conociéndote, Mulder, me sorprende que no estés allí persiguiendo antiguos astronautas —dijo Langly.

—Mi mente está abierta a cualquier posibilidad —respondió el agente—. Existen muchos misterios relacionados con la cultura y la historia de la civilización maya, pero no estoy necesariamente dispuesto a aceptar ninguno de ellos, al menos por el momento. Con los astronautas de la Antigüedad y la maldición maya… por no mencionar a los narcotraficantes y las operaciones militares y movimientos revolucionarios de los que Byers hablaba, el Yucatán parece un lugar lleno de emociones.

—Entonces, ¿vais a ir tú y la encantadora agente Scully a investigar? —preguntó Frohike con tono esperanzado.

—Sí, mañana salimos para Cancún.

—Así se emplea el dinero de los contribuyentes —dijo Langly con un bufido.

—Me encantaría ver a la agente Scully con un saludable bronceado tropical —aseguró Frohike.

—Cálmate, Frohike —dijo Mulder, disponiéndose a marcharse. Ya era media tarde y el tráfico en la carretera de circunvalación sería horrendo. Pensó que debía volver a la oficina e investigar un poco más—. Gracias por la información.

Cuando Mulder se detuvo junto a la puerta, Byers lo llamó, se puso en pie, se alisó la corbata y dijo:

—Agente Mulder, si encuentras algo interesante, asegúrate de hacérnoslo saber. Para nuestros archivos.

—Veré qué puedo hacer —respondió Mulder.

4

X   *Finca privada de Xavier Salida,*
Quintana Roo, México. Martes, 17.10

El viejo coche patrulla con distintivo oficial de la policía mejicana ascendía por el empinado camino de entrada bordeado de árboles. La fortaleza amurallada de uno de los narcotraficantes más poderosos se erigía como una ciudadela en la espesa selva.

El vehículo avanzaba penosamente por el húmedo camino de grava, escupiendo grasientas nubes de gases gris-azulados por el tubo de escape. Había sido pintado recientemente, pero de forma desigual, lo que hacía que no pareciese todo lo nuevo que debería.

En el asiento del pasajero se hallaba reclinado Fernando Victorio Aguilar, con la apariencia de calma y naturalidad que, según su experiencia, siempre le ayudaba a hacer mejores negocios. Se frotó las resbaladizas mejillas con los dedos; hacía sólo una hora que se había afeitado, y le encantaba el tacto suave y liso de su piel. El intenso pero agradable perfume de su colonia llenaba el coche y disfrazaba otros aromas menos fragantes que Carlos Barreio, el jefe de la policía estatal de Quintana Roo, había acumulado durante su día de trabajo.

Barreio conducía despacio, esquivando con tranquilidad los charcos cenagosos que había en el camino. Lucía su uniforme como si fuera un general satisfecho con su posición, de la que alardeaba de un modo que él creía sutil. Había muchas cosas en Barreio que a Aguilar no le parecían nada sutiles.

En el asiento trasero viajaba el joven Pepe Candelaria, ayudante de Aguilar, un indio joven y tenaz que se sentía obligado a hacer cuanto el jefe de policía le ordenaba. Se hallaba sentado con actitud protectora al lado del embalaje que contenía el valioso objeto, pero más parecía un delincuente al que hubiesen obligado a subir en la parte trasera del coche patrulla después de arrestarlo.

Aunque de acuerdo con las leyes del país había motivos más que suficientes para arrestar tanto a Pepe como a Aguilar, ambos sabían sin la menor sombra de duda que el jefe de policía Barreio jamás les detendría, pues tenía demasiado que perder.

El vehículo se detuvo ante una imponente verja de hierro forjado que cortaba el camino de acceso que conducía al otro lado de un muro de piedra. Barreio bajó la ventanilla, sin dejar de gruñir mientras hacía girar la manivela de la portezuela. Hizo una seña con el brazo al vigilante, que iba armado con un pesado rifle, y éste lo reconoció de inmediato.

Aguilar contempló a través del parabrisas el grueso muro que rodeaba la enorme fortaleza de Xavier Salida. Los enormes bloques de piedra estaban cubiertos de grabados geométricos ornamentales, inscripciones y esculturas mayas, representaciones de jaguares y serpientes emplumadas, e imágenes de sacerdotes vestidos con tocados de plumas de quetzal y taparrabos tachonados con láminas de oro batido. Algunos de los bloques esculpidos eran auténticos, arrancados de ruinas olvidadas y cubiertas por la maleza en mitad de la selva; otros eran hábiles falsificaciones que Aguilar había encargado.

Xavier Salida nunca advirtió la diferencia. Resultaba fácil engañar al gran narcotraficante, a pesar de su inmenso poder.

—¿Tiene una cita, señor Barreio? —preguntó el vigilante.

Carlos Barreio frunció el entrecejo. Tenía un gran bigote y el abundante cabello oscuro echado hacia atrás, oculto bajo la gorra de policía.

—Yo no necesito ninguna cita —replicó Barreio con tono despectivo—. El excelentísimo señor Salida me ha dicho que siempre soy bienvenido en su casa.

Aguilar se inclinó hacia el lado del conductor, ansioso por evitar una discusión tan fastidiosa como inútil.

—Hemos traído otro de esos tesoros antiguos que tanto gustan al señor Salida —dijo asomando la cabeza por la ventanilla—. Y se trata de una pieza particularmente interesante. —Lanzó una significativa mirada hacia el asiento trasero, donde el embalaje estaba oculto bajo una manta. El enjuto Pepe Candelaria deslizó un brazo protector sobre el bulto.

—¿Qué es? —preguntó el vigilante.

—Sólo puede verlo su excelencia el señor Salida. Se enfadaría mucho si uno de sus guardias echara un vistazo a la mercancía antes de que él tenga ocasión de comprobar su valor. —Aguilar se llevó una mano al ala del sombrero de piel de ocelote y esbozó una sonrisa.

El vigilante se agitó, nervioso, se pasó el rifle de un hombro a otro, y por fin abrió la verja de hierro forjado para que Barreio pudiera pasar con el coche patrulla.

El jefe de policía aparcó el vehículo en el amplio patio amurallado. Los perros ladraron y aullaron en su perrera; Salida tenía media docena de dobermans de pura raza que utilizaba para intimidar a quienes se mostraban renuentes a sus deseos. Por los alrededores se paseaban varios pavos reales, que se apiñaban cerca de una fuente.

Aguilar se volvió hacia los otros ocupantes del coche.

—Éste es un trato complicado, de modo que dejad que hable yo. Cuando nos reunamos con Salida, me encargaré de las negociaciones. Ya que este objeto es raro y poco corriente, no hay manera de determinar su verdadero valor.

—Limítate a sacar lo máximo que puedas —gruñó Barreio—. Las armas cuestan dinero, y Liberación Quintana Roo las necesita.

—Sí, sí, tus queridos revolucionarios. —Aguilar se alisó la pechera de su chaleco color caqui y luego se ajustó el sombrero asegurándose de que su largo cabello negro estuviese aún recogido en la pulcra coleta. Luego dirigió la mirada hacia la enorme mansión de paredes encaladas.

Había supuesto un enorme esfuerzo burlar a los arqueólogos estadounidenses para robar los objetos de Xitaclán, pero lo había conseguido. Los extranjeros ya no causarían más problemas. Esa pieza en particular era una de las últimas reliquias extraídas de la pirámide, o de la «cámara de las maravillas», como la había llamado con voz temblorosa el indio antes de desaparecer de nuevo en la selva, sin revelar jamás dónde había descubierto los tesoros.

Pero ahora su gente tenía nuevamente en sus manos la ciudad de Xitaclán, y toda la libertad para explorarla... y explotarla. Después de tantos riesgos como habían corrido, había llegado el momento de recoger los beneficios.

Aguilar y Barreio se apearon, mientras Pepe cargaba torpemente con la caja. El misterioso objeto era sorprendentemente ligero para su tamaño, pero el joven tenía los brazos y las piernas demasiado cortos. Ni Aguilar ni Barreio se ofrecieron a ayudarlo.

Los balcones de la planta superior de la casa de Salida estaban adornados con flores que caían en cascada por encima de las barandillas y sobre la blanca fachada de adobe. En un pequeño balcón colgaba una hamaca, y en otro había varias sillas de mimbre.

El guardia armado apostado en la puerta se adelantó.

—¡Hola! —saludó Aguilar con una estudiada sonrisa—. Hemos venido para ver a su excelencia el señor Salida.

—Me temo que no tiene un buen día —dijo el guardia—. Si los recibe, tal vez sufran las consecuencias de su enfado.

—Nos recibirá —aseguró Aguilar, sonriendo de nuevo—. Si quieres alegrarle el día, deja que vea lo que traemos para él.

El guardia echó un vistazo a la caja con expresión de recelo. Antes de que pudiera preguntar qué era, Aguilar dijo:

—Otro trofeo para tu señor. Más impresionante incluso que la estatua de la serpiente emplumada que le entregamos. Y ya sabes lo mucho que apreció esa pieza.

En el patio, uno de los pavos reales empezó a alborotar, soltando un estridente graznido que sonó como si un pollo estuviese siendo aplastado lentamente por una hormigonera. Aguilar se volvió y observó que el gran pájaro extendía su asombroso plumaje. Se había posado en la cima de una estela, un alto pilar de piedra que mostraba inscripciones mayas e imágenes que rodeaban una cabeza de jaguar de aspecto feroz.

La estela tenía unos tres metros de altura y pesaba varias toneladas. Había empezado a inclinarse, aunque el arquitecto paisajista de Salida la había anclado firmemente en el suelo. Decenas de hombres sudorosos habían trabajado durante horas para transportar en secreto el monumento hasta el patio amurallado del narcotraficante.

El pavo real graznó una vez más, haciendo ostentación de sus plumas. Aguilar pensó en arrancárselas una a una.

El guardia los hizo pasar a un frío vestíbulo y luego los acompañó por una magnífica escalera curvada hacia la planta superior, donde se hallaban el despacho y las dependencias privadas de Xavier Salida. La luz del sol se filtraba por las estrechas ventanas y hacía brillar las motas de polvo que flotaban en el aire.

Los pasos resonaban con un sonido hueco. La casa parecía sumida en el silencio… hasta que llegaron a la planta superior. Mientras avanzaban por el pasillo, empezaron a oír los gritos de Salida.

El guardia lanzó una mirada de contrariedad a los tres visitantes.

—Ya les dije que el señor Salida no tenía un buen día. Una de nuestras avionetas ha sido derribada a tiros cerca de aquí. Hemos perdido un piloto y muchísimos kilogramos de mercancía.

—Yo no tuve nada que ver —dijo Barreio, a la defensiva—. ¿La DEA?

El guardia miró de nuevo al jefe de policía.

—El señor Salida tiene sus propios sospechosos.

Llegaron a la sala de estar, en la que una puerta doble de caoba ricamente tallada permanecía entornada. Aunque amortiguados, los gritos del narcotraficante eran perfectamente audibles.

—¡Grobe! Tiene que ser Pieter Grobe. ¡Nadie más se habría atrevido! —Salida hizo una breve pausa, como si estuviese escuchando, y prosiguió—: No me da miedo intensificar nuestra rivalidad. Debemos vengarnos, pero sin amenazas. Sencillamente, hazlo. —Colgó el auricular violentamente y el sonido metálico resonó por unos instantes. Luego las habitaciones quedaron nuevamente sumidas en un silencio asfixiante.

Aguilar tragó saliva, se ajustó el sombrero y dio un paso al frente. Confió en que si sonreía y tomaba la iniciativa podría animar al narcotraficante. El guardia permaneció donde estaba, con el rifle al hombro, impidiéndoles el paso. Sacudió la cabeza en señal de advertencia.

–Todavía no. No es prudente.

Al cabo de un instante los compases de una ópera emergieron de la habitación. Una soprano cuya voz chillona sonaba incluso peor que los graznidos del pavo real del patio, cantaba acerca de alguna inimaginable miseria humana en un idioma que Aguilar no entendía.

Estaba seguro de que Salida tampoco entendía qué decía aquella mujer, pero al magnate de las drogas le encantaba darse humos de hombre culto e intelectual. La ópera continuó durante cinco minutos casi insoportables y luego fue bruscamente interrumpida para dar paso a una melodía mucho más relajante.

Al oír el cambio de música, el guardia de seguridad asintió con la cabeza y mientras abría el ala derecha de la pesada puerta de caoba, les indicó con un gesto que pasaran.

Carlos Barreio y Aguilar entraron a la vez, pero éste sabía que era quien llevaba la voz cantante. Detrás de ellos, Pepe se esforzaba por transportar la caja que contenía el precioso y exótico objeto.

Xavier Salida se volvió para mirarlos; cruzó las manos por delante y esbozó una sonrisa que casi parecía auténticamente cordial. Aguilar se sorprendió al ver la rapidez con que el narcotraficante había cambiado de humor tras la ira de que había dado muestra momentos antes.

–Hola, amigos –dijo Salida. Iba elegantemente vestido; la camisa era de seda y los pantalones tenían un corte perfecto. Llevaba un bonito chaleco de cuyo bolsillo colgaba la cadena de oro de un reloj.

Aguilar saludó con una inclinación de la cabeza y se quitó el sombrero en actitud reverencial.

–Nos alegra que nos reciba, excelencia –dijo–. Le hemos traído otro objeto maravilloso. Estoy seguro de que jamás ha visto nada parecido.

Salida rió entre dientes.

–Fernando Victorio Aguilar, cada vez que traes algo a mi casa dices lo mismo.

Aguilar sonrió.

–¿Y alguna vez me he equivocado? ¿Acaso no compra siempre lo que le ofrezco? –Hizo una seña a Pepe de que se adelantara y dejase la caja sobre una mesa de cristal que había cerca del escritorio del narcotraficante.

Carlos Barreio se irguió, tratando de ofrecer un aspecto imponente con su uniforme de policía, mientras Aguilar miraba en torno a la habitación; contempló la colección de excelentes grabados artísticos en sus suntuosos marcos dorados, las esculturas mayas sobre pedestales y una serie de piezas de arte precolombino en vitrinas de cristal. Salida exponía en vitrinas las que más le gustaban, pues no tenía idea de cuáles eran realmente valiosas y cuáles simples baratijas llamativas. Un botellero repleto de vinos carísimos ocupaba una esquina de la sala.

Aguilar sabía que aunque Xavier Salida hacía ostentación de su poder y riqueza, había sido analfabeto hasta que comenzó a hacer fortuna con el tráfico de droga. Se contaba que había contratado a un profesor particular para que le enseñara a leer; el tipo había realizado un trabajo brillante, pero por desgracia, tras consumir demasiado tequila en la cantina del pueblo, había cometido la imprudencia de bromear acerca de la falta de educación del magnate de la droga... y Salida había hecho que lo quitaran de en medio.

A partir de entonces se habían sucedido otros maestros que habían impartido al narcotraficante cursos de apreciación artística y musical, transformándolo en un ciudadano honorable y refinado. Comía carísimo caviar de Sevruga, bebía excelentes vinos, escuchaba música clásica en los equipos estereofónicos más modernos, y pretendía ser un experto en objetos de arte.

Aguilar se había aprovechado de ello y lo había adulado para sacar así partido de su falta de pericia. Con tal de no admitir su ignorancia, Xavier Salida casi siempre compraba los objetos que Aguilar le ofrecía.

Pero en esa ocasión se trataba sin duda de una pieza verdaderamente especial.

Pepe se apartó de la mesa de cristal, empapado en sudor, con la respiración acelerada y arrastrando los pies. Se secó las palmas de las manos en los pantalones y esperó a recibir más instrucciones.

El narcotraficante señaló la gran caja con un ademán y dijo:

—Bien, adelante, Fernando… ábrelo, veamos qué has encontrado esta vez.

Aguilar se volvió hacia Pepe con impaciencia, agitando las manos. El joven ayudante se acercó nuevamente a la caja y clavó en ella las uñas para levantar las tachuelas haciendo palanca. La tapa se abrió. El muchacho puso a un lado el material de embalaje y luego sacó cuidadosamente el objeto mágico. Aguilar sonrió con magnanimidad.

El magnate de las drogas contuvo la respiración y avanzó un paso atraído y fascinado. Aguilar notó que se le aceleraba el pulso. Aquélla era exactamente la reacción que había esperado.

Pepe posó el objeto sobre la mesa y retrocedió, enjugándose de nuevo las sudorosas manos en los pantalones. Se trataba de una caja rectangular completamente transparente de poco más de treinta centímetros de lado. A la luz brillaba con los colores de un prisma, como si estuviese hecha con delgadas láminas de diamante.

Las piezas que había dentro eran sumamente extrañas: engranajes, conexiones hechas de fibras de vidrio y cristales destellantes. A Aguilar le parecía el reloj más complejo del mundo, construido totalmente con cristal. En el costado de aquella urna transparente habían sido taladrados unos agujeros diminutos. Otros cuadrados móviles señalaban las esquinas y parte de la pared superior. Unos símbolos grabados semejantes a algunas de las incomprensibles inscripciones mayas marcaban parte de las caras de cristal transparentes. Nada de todo aquello tenía sentido alguno.

–¿Qué es? –preguntó Salida; luego acarició un costado y retiró los dedos de inmediato, como si quemara–. ¡Está frío! A pesar del calor que hace, está frío.

–Es un objeto extraordinariamente misterioso, excelencia –aseguró Aguilar–. Jamás había visto nada igual, a pesar de que soy un experto en el campo de la arqueología. –En realidad, Aguilar no era un experto en arqueología, pero sí era cierto que nunca se había topado con un objeto como aquél. Xitaclán albergaba demasiadas cosas extrañas.

El narcotraficante se inclinó boquiabierto sobre el raro artefacto.

–¿De dónde proviene? –preguntó por fin, extasiado, y Aguilar supo que el negocio estaba asegurado...

–De las ruinas de Xitaclán, recientemente descubiertas. En estos momentos estamos retirando la mayor parte de las piezas más valiosas. Sin embargo, estoy seguro de que no tardará demasiado en aparecer una nueva expedición arqueológica que se llevará el resto de los objetos.

El rostro de Carlos Barreio reflejó su agitación.

–Quieren robarlos a Quintana Roo –intervino Carlos Barreio, sin poder disimular su indignación–. Llevárselos de la tierra que pertenecen.

Aguilar confió en que el jefe de policía no comenzara con otro de sus interminables sermones políticos.

–Sí, pero antes de que eso suceda nosotros salvaremos cuanto podamos –dijo Aguilar con una sonrisa–. Y usted, por supuesto, es uno de nuestros más ilustres ciudadanos, señor Salida.

Fernando Victorio Aguilar había crecido en las calles de Mérida. Cuando niño, su madre, que era prostituta, le había enseñado a robar para de ese modo llevar una vida menos miserable. Pero él había aprendido rápidamente que robar era robar, tanto si se trataba de una fruta en el mercado como de un Mercedes-Benz. Su filosofía, había dicho Aguilar una noche entre risas mientras compartía una botella de mezcal, era que si uno va a robar un mango, también puede robar un reloj de diamantes a un turista y utilizar el dinero para comprar mangos durante toda la vida. Si robar era robar, ¿por qué no llevarse lo mejor?

Sin embargo, a pesar de su educación Aguilar era en cierto modo un ladrón vergonzante, y no podía evitar sentir una pizca de remordimiento después de ver la ira, el pesar y el miedo en las caras de los turistas a quienes asaltaba y de los tenderos a los que robaba.

Con el tiempo, Fernando Victorio descubrió con gran regocijo que robar valiosas piezas arqueológicas ofrecía una perspectiva completamente distinta. Era robar a gente a quien no le importaba, pues llevaba mucho tiempo muerta. Podía hacer mucho más dinero con ello, y resultaba menos arriesgado que robar a un turista en Cancún.

A no ser, por supuesto, que un entrometido equipo de arqueólogos estadounidenses estuviese en el lugar equivocado en el momento equivocado...

Finalmente, Xavier Salida se decidió a comprar la

reliquia, y ofreció un precio inicial que estaba muy por encima de lo que Aguilar había esperado conseguir. Carlos Barreio apenas pudo dominarse, pero su compinche aún se las arregló para incrementar el precio en un quince por ciento.

Cuando el guardia los condujo de regreso al coche de policía aparcado en el patio, todo el mundo estaba feliz. El magnate de las drogas se había animado notablemente tras adquirir aquella nueva obra de arte, mientras que Aguilar y Barreio estaban más que satisfechos con la suma obtenida por ella.

El jefe de policía traspuso la verja de hierro y condujo por el largo camino de grava. Cuando alcanzaron la carretera de tierra al pie de la colina, Aguilar ordenó a Barreio que detuviera el coche y se volvió para hablar con su joven ayudante, que viajaba en el asiento trasero.

—Apéate aquí, Pepe. Quiero que regreses a Xitaclán de inmediato. Ya has visto cuánto dinero hemos conseguido por este objeto. Debe de haber más. No confío en nadie más que en ti. Ve a ver qué más encuentras en las ruinas… y apresúrate.

Pepe abrió la portezuela para apearse, pero antes metió la mano debajo del asiento y sacó el viejo machete que siempre llevaba con él.

—Pero… ¿quiere que vaya hasta allí a pie?

Aguilar frunció el entrecejo.

—Puedes llegar allí en un día. Dos si eres lento. Haz autoestop, si quieres, ¡pero date prisa! ¿O es que tienes miedo? Conseguirás una buena gratificación.

Pepe tragó saliva y luego negó con la cabeza.

—Haré lo que me pide, señor.

—Ya sabes dónde encontrarme —dijo Aguilar. Metió la mano en su bolsa y sacó un puñado de billetes—. Toma, esto es para tu familia. Habrá mucho más, pero no deberías quedártelo para ti solo. Saluda a tu encantadora madre y a tus hermanas de mi parte. Puede que pronto les haga otra visita.

Pepe le dio las gracias, giró sobre sus talones y se adentró corriendo en la selva. Aguilar se caló de nuevo el sombrero y luego se soltó la coleta. Se arrellanó en el asiento, enormemente satisfecho de sí mismo. Era posible que incluso se premiase con otro afeitado.

—A Cancún —dijo—. Vamos a gastar un poco de nuestro dinero, ¿eh?

Carlos Barreio esbozó una sonrisa de satisfacción.

—Gástate tu parte.

—Pienso hacerlo —respondió Aguilar, y se alejaron por la estrecha carretera de tierra que atravesaba la densa selva.

5

X *Museo de Historia Natural,
Washington DC. Miércoles, 10.49*

El jaguar de piedra contemplaba a los espectadores con sus redondos ojos de jade. Su boca abierta revelaba unos afilados colmillos de pedernal, y la pintura escarlata de su estilizado cuerpo casi había desaparecido con el paso de los siglos. Un letrero identificaba la estatua como una reliquia procedente de la tumba de un importante rey maya en la ciudad de Uxmal.

—Me recuerda a un gato que tenían mis vecinos —dijo Mulder.

Un grupo de escolares guiado por un profesor de aspecto desolado irrumpió en la sala donde se exponían los tesoros precolombinos, gritando y persiguiéndose los unos a los otros a pesar de los arduos esfuerzos del profesor por mantenerlos callados y respetuosos.

Frente a unas coloridas pinturas que mostraban unas altas pirámides escalonadas con un fondo de selva, había varios maniquíes ataviados con vistosos tocados de plumas. Otro mural representaba a los conquistadores españoles, que parecían astronautas con sus brillantes armaduras plateadas.

Por los altavoces montados dentro de los dioramas retumbaban metálicos toques de tambor grabados, sonidos de flautas y cantos indios, así como el eco de los pájaros e insectos de la selva. Hebras de luz simulaban puestas de sol centroamericanas.

En el medio de la sala una estela esculpida de piedra caliza —o tal vez se tratara de una reproducción en yeso— se elevaba casi hasta las vigas del techo. Varios focos estratégicamente dispuestos iluminaban los bajorrelieves y las tallas que representaban el calendario maya y los mapas astronómicos.

Scully se inclinó para escudriñar una extraña escultura de piedra que se hallaba en el interior de una vitrina rectangular de plexiglás; se trataba de una figura en cuclillas, con el mentón alargado y una nariz ganchuda, que llevaba sobre la cabeza lo que parecía ser un brasero. Scully echó un vistazo a su reloj, luego a su compañero, y arqueó las cejas.

—Los arqueólogos cuentan el tiempo por siglos —dijo Mulder—. Para ellos llegar diez minutos tarde a una cita no significa nada.

Como atraído por aquellas palabras, un hombre delgado y curtido apareció detrás de ellos y se asomó por encima del hombro de Scully para observar la figura de nariz ganchuda.

—Ah, ése es Xiuhtecuhtli, el dios maya del fuego. Es una de las deidades más antiguas del Nuevo Mundo. —Los ojos asombrosamente azules del hombre reflejaban auténtica sorpresa, como si supiese qué decir pero no encontrase el modo de hacerlo. Un par de gafas colgaba de una cadena alrededor de su cuello. Hizo una pausa y prosiguió—: Este personaje era el señor del paso del tiempo; las ceremonias que se celebraban en su nombre eran particularmente importantes, pues constituían la culminación del ciclo de cincuenta y dos años. Esa noche, los mayas extinguían sus fuegos en toda la ciudad, dejándola fría y a oscuras. Entonces el sumo sacerdote encendía una llama completamente nueva. –Arqueó las cejas y esbozó una sonrisa diabólica–. Ese fuego tan especial se encendía… sobre el pecho de un prisionero. La víctima se hallaba atada a un altar, y el fuego consumía su corazón, que aún latía. Los mayas creían que la ceremonia hacía que el tiempo siguiera avanzando.

–Muy interesante –dijo Scully.

El hombre tendió la mano.

–Ustedes deben de ser los agentes del FBI. Mi nombre es Vladimir Rubicon. Siento llegar tarde.

Mulder estrechó la mano que el individuo les ofrecía y halló el apretón del viejo arqueólogo fuerte y firme, como si se hubiese pasado la vida moviendo pesados bloques de piedra.

–Soy el agente especial Fox Mulder. Ella es mi compañera, Dana Scully.

Scully estrechó la mano de Rubicon mientras Mulder estudiaba el porte y los rasgos del eminente arqueólogo. Tenía la barbilla estrecha y acentuada por una delgada perilla. El largo cabello despeinado, canoso pero no totalmente blanco, le cubría las orejas.

–Les agradezco que se hayan reunido conmigo. –Parecía nervioso, como si no supiera de qué modo ir al grano–. Si pudiesen hacer algo para ayudar a encontrar sana y salva a mi hija Cassandra, me sentiría siempre en deuda con ustedes.

–Haremos cuanto podamos, señor Rubicon –aseguró Scully.

Él señaló la sala con ademán cansado, triste y preocupado. Parecía estar evitando una conversación a la que temía.

–Por las tardes trabajo como voluntario en el museo, pues los cursos que imparto este semestre me lo permiten. La verdad es que no tengo tiempo, pero alimentar el interés de los nuevos estudiantes es una inversión en nuestro futuro. Es la única forma de que nosotros, los viejos arqueólogos, podamos conservar una cierta seguridad en nuestros empleos. –Sonrió forzadamente, y Mulder tuvo la sensación de que hacía ese comentario a menudo.

–Necesitaremos más información sobre su hija, doctor Rubicon –dijo Mulder–. ¿Podría decirnos qué había descubierto exactamente en ese nuevo emplazamiento? ¿Buscaba algo en concreto?

–Por supuesto. Veamos… –Rubicon abrió los ojos de par en par, como un búho–. A juzgar por las fotografías que Cassandra me envió, Xitaclán es una magnífica ciudad antigua. El hallazgo de la década en lo que a objetos precolombinos se refiere. Desearía haber estado allí.

–Si se trataba de un descubrimiento tan importante, doctor Rubicon, ¿por qué se le asignó a un equipo tan pequeño? –preguntó Scully–. La expedición de la Universidad de San Diego no parece que estuviera demasiado bien equipada o financiada.

Rubicon suspiró y dijo:

–Agente Scully, sobreestima la importancia que las universidades confieren a investigar los testimonios del pasado. ¿Le sorprendería saber que en el Yucatán, Guatemala y Honduras aún hay unos mil yacimientos arqueológicos todavía sin excavar? Esa parte del mundo fue el centro de la cultura maya, donde se construyeron las ciudades más impresionantes del Nuevo Mundo. Podríamos decir que el Yucatán es como la Grecia antigua, pero prácticamente inexplorada. En Grecia ya no hay nada por descubrir. En cambio, en la mayor parte de América Central la selva es aún la reina suprema. La jungla lo invade todo, se ha tragado todas las ciudades antiguas ocultándolas a los ojos de los hombres.

—Doctor Rubicon —dijo Mulder—, tengo entendido que entre los indios de la zona corren extrañas leyendas y supersticiones acerca de la antigua ciudad abandonada. He oído hablar de maldiciones y avisos sobrenaturales. ¿Cree posible que su hija haya descubierto en sus excavaciones algo… fuera de lo corriente? ¿Algo que podría haberla metido en líos? ¿Está al corriente de las numerosas desapariciones que se han producido en esa zona del Yucatán?

Scully suspiró y se guardó sus comentarios, pero Mulder miró al viejo arqueólogo con sumo interés.

Vladimir Rubicon tragó saliva y respiró hondo, como si hiciese acopio de fuerzas.

—Sí, estoy perfectamente al corriente de las numerosas desapariciones… y me horroriza la posibilidad de que mi Cassandra haya sido víctima de un destino espantoso. He visto muchas cosas extrañas en este mundo, agente Mulder, pero me inclino a creer que Cassandra ha tenido la desgracia de topar con traficantes de objetos. El mercado negro de antigüedades es muy activo. Supongo que el que mi hija y su equipo estuvieran excavando en un yacimiento arqueológico sin explotar, debió de atraer a los traficantes como la miel a las moscas. —Rubicon se rascó la perilla y miró a Mulder con expresión preocupada—. Me causan más miedo los hombres armados que cualquier mito.

Cerca del mural que representaba a los conquistadores españoles, uno de los niños abrió una puerta lateral en que se leía «Salida exclusiva de emergencia», lo cual activó la alarma contra incendios. El profesor se apresuró a arrastrar lejos de allí al niño, que se había puesto a llorar, mientras las sirenas comenzaban a sonar. Los demás escolares se apresuraron a reunirse alrededor del profesor, asustados. Un guardia de seguridad llegó corriendo.

—A veces creo que para un viejo arqueólogo sería

más tranquilo trabajar de nuevo sobre el terreno –dijo Vladimir Rubicon, jugueteando con las gafas que colgaban de su cuello. Esbozó una sonrisa y miró alternativamente a Scully y a Mulder–. Bien, entonces… ¿Cuándo nos marchamos? Desearía llegar a Xitaclán cuanto antes. Estoy ansioso por encontrar a mi hija.

–¿*Nos* marchamos? –inquirió Scully.

Mulder le puso una mano sobre el brazo y dijo:

–Ya lo he arreglado, Scully. Él conoce esa región a la perfección y sabe dónde estaba trabajando Cassandra. Ni el mejor guía podría sernos de tanta ayuda.

–Tengo dinero ahorrado. Pagaré mi viaje –dijo el arqueólogo sin poder evitar cierto tono de desesperación–. Necesito saber qué ha sido de mi hija, si está viva o… muerta…

Mulder miró a Scully, quien lo observaba con atención. De repente ella comprendió que su compañero simpatizaba con el anciano arqueólogo y su búsqueda de la desaparecida Cassandra. Muchos años atrás, Mulder también había perdido a alguien muy allegado…

–Sí, doctor Rubicon –dijo el agente–. Puede que no me crea, pero comprendo exactamente por lo que está pasando.

6

X *Aeropuerto Internacional de Miami, Florida. Jueves, 13.49*

Vladimir Rubicon insistió en que no causaría ningún problema y se ofreció cortésmente a ocupar el asiento central entre Mulder y Scully. Al parecer se le daba muy bien doblar su cuerpo larguirucho para encajar en espacios estrechos. Mulder pensó que probablemente había adquirido esa facultad durante sus primeros años como arqueólogo, cuando sin duda debió de introducirse por agujeros estrechos, dormir con otros colegas en estrechas tiendas de campaña, o protegerse de la lluvia acurrucándose debajo de árboles.

Mientras los pasajeros entraban en fila en el avión, Mulder, como era su costumbre, se acomodó en el asiento junto a la ventanilla, con la esperanza de vislumbrar algo interesante en el cielo. Echó un vistazo al resto de pasajeros del vuelo chárter y vio relucientes hileras de pelo grisáceo y chaquetas tan anticuadas que no pasaría mucho tiempo antes de que volviesen a ponerse de moda.

Pero en vez de comportarse como ancianos recatados, sentados en silencio como si esperasen a que empezara el servicio religioso, ese grupo de jubilados era tan ruidoso como una pandilla de niños en un autobús escolar. Todos ellos llevaban en la solapa etiquetas autoadhesivas en las que rezaba: «¡Hola! Me llamo...»

Mulder se volvió hacia su compañera, y dijo:

–Scully, creo que pocas situaciones deben de ser tan peligrosas como encontrarse en un avión lleno de jubilados con destino a Cancún. –Se abrochó el cinturón de seguridad, listo para enfrentarse a un vuelo agitado.

Una vez en el aire, el avión se alejó de los despejados y soleados cielos de Florida, llevándoles más allá de los cayos, rumbo sudeste a través del Caribe, hacia un horizonte cubierto de un manto de nubes que ocultaba la península del Yucatán. Scully se recostó en su asiento y cerró los ojos, aprovechando aquel momento de tranquila relajación.

Mulder recordó que en el primer caso que habían investigado juntos (la misteriosa desaparición de varios estudiantes de instituto que en opinión de él habían sido abducidos por extraterrestres), habían tomado un avión hacia Oregón. Durante el vuelo, el aparato había dado bandazos y perdido altitud. Mulder había permanecido confiado y sereno, mientras Scully se aferraba a los brazos de su asiento.

Sentado entre ellos, Vladimir Rubicon se colocó las gafas de lectura y echó una ojeada a un bloc de notas. Garabateó nombres de personas, lugares, gente que recordaba de expediciones anteriores.

–Hace mucho tiempo que no trabajo en América Central, pero el estudio de la cultura maya ha sido una de mis principales actividades –dijo–. Quizá alguno de mis antiguos contactos pueda ayudarnos a llegar hasta Xitaclán. Como sabrán, no aparece en ningún mapa.

–Hábleme un poco de su trabajo, doctor Rubicon

—pidió Scully—. Me temo que no estoy tan familiarizada con la arqueología como me gustaría.

El viejo arqueólogo sonrió y se acarició la perilla gris y amarillenta.

—¡Esas palabras son como música para los oídos de un viejo, mi querida agente Scully! El interés principal de mis investigaciones se centra en el sudoeste de Estados Unidos, especialmente la zona de las Cuatro Esquinas del norte de Arizona, Nuevo México, el sur de Utah y Colorado. Los indios que poblaron esa zona tenían una cultura espectacular, y en gran medida todavía es un misterio. —Las gafas se deslizaron por su nariz, y él volvió a ajustarlas con un dedo—. Al igual que los mayas, los indios anasazi constituían una civilización vital y floreciente, al igual que otros de los pueblos primitivos del sureste, pero inexplicablemente abandonaron sus ciudades. Otros grupos de esa zona habían desarrollado un extenso comercio, como los sinagua, los hohokam... y dejaron importantes ruinas, especialmente en Mesa Verde y el cañón de Chelly.

»Cimenté mi fama, por decirlo de algún modo, desenterrando y reconstruyendo antiguos emplazamientos en el norte de Arizona, alrededor de Wupatki y Sunset Crater. La mayoría de los turistas que pasan por allí sencillamente se dirigen al Gran Cañón del Colorado e ignoran todos los enclaves históricos... lo cual es bueno para los arqueólogos, ya que los turistas suelen tener las manos muy largas y llevarse fragmentos y recuerdos. —Se aclaró la voz—. Personalmente, me sentí fascinado por Sunset Crater, un gran volcán cerca de Flagstaff. Sunset Crater entró en erupción el invierno de 1064 y prácticamente destruyó la activa civilización anasazi... una especie de Pompeya. Su cultura jamás se recuperó del todo, y su final definitivo llegó un siglo más tarde, como consecuencia de las grandes sequías que arruinaron sus cosechas. Si la memoria no me falla, creo que convirtieron el lugar en monumento nacional porque algún director de cine de Hollywood quería llenar el cráter con dinamita y volarlo para una película.

Scully desplegó la bandeja que tenía delante cuando la azafata llegó con el carrito de bebidas.

—Hace novecientos años —continuó Rubicon—, después de que Sunset Crater entrara en erupción, los indígenas americanos se dispersaron por el suroeste. Pero el aspecto positivo fue que la ceniza volcánica hizo la zona mucho más fértil para los campesinos. Al menos hasta que llegó la sequía.

Como Mulder había temido, una vez el piloto apagó la luz que obligaba a tener los cinturones abrochados, los jubilados se levantaron y empezaron a intercambiar asientos, a cotillear, a pasearse por el pasillo y a hacer largas colas frente a los lavabos.

Para su horror, a alguno se le ocurrió empezar a cantar «viejos temas», como *Camptown Races* y *Moon River*, que desgraciadamente todos parecían conocer muy bien.

Vladimir Rubicon se vio obligado a gritar para que los agentes Mulder y Scully pudieran oírle por encima de las voces.

—Mi pequeña Cassandra —prosiguió— me acompañó en algunas de mis últimas excavaciones arqueológicas. Su madre nos dejó cuando ella tenía diez años; no quería tener nada que ver con un loco que se pasaba la vida escarbando la tierra en ruinas perdidas, jugando con huesos y reconstruyendo vasijas rotas. Pero a mi hija le fascinaba tanto como a mí, y me acompañaba siempre que podía. Supongo que eso despertó su deseo de seguir mis pasos. —Rubicon tragó saliva y se quitó las gafas—. Si le ha ocurrido algo malo, no podré evitar sentirme culpable. Ella se especializó en las civilizaciones de América Central y siguió los vestigios de las culturas azteca, olmeca y tolteca hacia el sur, adentrándose en

México, donde dichas culturas se sucedían a medida que una conquistaba a la otra y adoptaba lo mejor de ella. Nunca he sabido si Cassandra lo hacía por el amor al trabajo en sí o si trataba de impresionarme para que me sintiese orgulloso de la hija que tenía. O si la verdadera causa era que quería competir conmigo. Espero tener la oportunidad de descubrirlo.

Mulder frunció el entrecejo, pero no dijo nada.

Cuando llevaban cerca de una hora de vuelo, los jubilados perpetraron un acto que Mulder consideró equivalente a un secuestro. Uno de los hombres mayores, que llevaba una gorra de béisbol, se plantó junto al puesto de los asistentes de vuelo y se apoderó del auricular telefónico que se utilizaba para hablar por el sistema de megafonía del avión.

–¡Bienvenidos todos a Viva Sunset Tours! –dijo con una sonrisa al tiempo que se llevaba una mano a la visera a modo de saludo–. Soy vuestro monitor Roland... ¿lo estáis pasando bien?

Los jubilados soltaron vítores tan fuertes que parecieron sacudir el avión. Alguien aplaudió, mientras otros se pusieron a chiflar.

–Considéralo una segunda niñez –murmuró Scully. Mulder se limitó a menear la cabeza.

El monitor Roland anunció que la tripulación del avión había accedido amablemente a dejarles usar el sistema de megafonía para que pudieran pasar la restante hora de vuelo jugando al bingo.

A Mulder se le cayó el alma a los pies. Los sufridos asistentes de vuelo desfilaron por el pasillo, repartiendo bolígrafos y tarjetas con números impresos. El monitor Roland parecía estar pasándoselo en grande.

Después de un rato, la cháchara que se escuchaba a través de los altavoces dejó de ser molesta para convertirse en un murmullo de fondo fácil de olvidar... excepto cuando una mujer regordeta saltó literalmente de su asiento y agitando su tarjeta comenzó a gritar: «¡Bingo! ¡Bingo!»

Mulder miró fijamente por la ventanilla, pero no vio más que nubes blancas y un océano azul.

–Me pregunto si estaremos cerca del Triángulo de las Bermudas –susurró, y a continuación esbozó una sonrisa para demostrar que estaba bromeando.

Si Scully hubiese estado sentada a su lado, seguramente le habría dado un codazo en las costillas.

Vladimir Rubicon dio cuenta de las galletas saladas que el asistente de vuelo había repartido, bebió un sorbo de café y, tras aclararse la garganta, se volvió hacia Mulder.

–Agente Mulder –dijo–, usted también parece arrastrar una profunda tristeza. ¿Acaso ha perdido a algún ser querido?

Mulder miró al anciano y se limitó a responder:

–Sí, he perdido a alguien.

Rubicon posó una mano sobre el brazo del agente del FBI y no insistió más. Mulder era reacio a hablar de la abducción de su hermana, a hablar de la brillante luz y el modo en que aquélla se había elevado en el aire y había salido flotando por la ventana mientras él vislumbraba la silueta del alienígena que la llamaba desde la reluciente puerta.

Mulder había enterrado esos recuerdos durante mucho tiempo y sólo los había reconstruido mediante largas sesiones de hipnosis regresiva. Scully sospechaba que el recuerdo que su compañero guardaba del suceso tal vez fuese poco fiable, y las sesiones de hipnosis sencillamente habían reforzado imágenes en que él deseaba creer.

Pero Mulder debía confiar en su memoria. No tenía otra cosa a que recurrir que su fe en que Samantha aún estaba viva y que algún día él la encontraría de nuevo.

–Lo peor es la incertidumbre –dijo Rubicon, interrumpiendo los pensamientos de Mulder–. Esperar y esperar y no tener noticias.

Otro voz a sus espaldas gritó: «¡Bingo!», y Roland, el monitor, se puso a comprobar meticulosamente los números. Al parecer el ganador de cada ronda tendría derecho a una copa gratis cuando llegasen al centro turístico de Cancún. Mulder esperaba fervientemente que el grupo se alojara lo más lejos posible del hotel donde él, Scully y Rubicon habían hecho sus reservas.

Por fin el avión inició el descenso y Mulder distinguió la lejana costa de la península de Yucatán perfilándose sobre las azules aguas del Caribe.

–Al menos usted puede hacer algo para encontrar a su hija –dijo Mulder a Rubicon–. Tiene un punto de partida.

Rubicon asintió con la cabeza, cerró su bloc de notas y se lo metió en el bolsillo.

–Es agradable volver a viajar –dijo–, salir por ahí, recorrer mundo… Ha pasado mucho tiempo desde la última vez que hice un trabajo de campo. Creía que mis emocionantes días de Indiana Jones habían terminado para siempre. –Sacudió la cabeza; parecía triste y muy cansado–. He desperdiciado demasiado tiempo enseñando, dando conferencias sobre objetos descubiertos y llevados a un museo por otra gente. Me he convertido en un viejo senil que vive de su gloria pasada y no hace otra cosa que ocuparse en trabajos de poca importancia. –Pronunció aquellas palabras con amargura–. Ojalá hubiese necesitado otro motivo que la desaparición de mi hija para volver a la acción.

Scully se inclinó hacia él.

–Haremos cuanto esté en nuestra mano para encontrar a Cassandra, doctor Rubicon. Descubriremos la verdad.

7

X *Selva de Yucatán, cerca de Xitaclán.
Jueves por la noche*

De noche la selva albergaba infinidad
de sonidos, sombras y amenazas…

La azulada luz de la luna penetraba como agua entre las altas ramas de los árboles. Pepe Candelaria se
sentía como si hubiese sido transportado a otro univer-
so en el que se hallaba completamente solo.

Se detuvo para orientarse. Veía las estrellas, pero
apenas podía distinguir la senda entre la maleza. Sin
embargo, el muchacho conocía muy bien el camino que
conducía a las ruinas de Xitaclán. Su infalible sentido de
la orientación era una habilidad innata, común entre sus
antepasados indios.

Las ramas de espinos se enganchaban en las mangas
de algodón de su camisa impidiéndole avanzar, pero él
las cortaba con el machete de su padre y continuaba su
camino.

Le honraba enormemente que su amigo y jefe Fernando Victorio Aguilar tuviese tanta confianza en él.
Pepe era el guía y asistente favorito de Fernando, aunque un nivel tan exclusivo de confianza a menudo significaba que tenía que cumplir sus tareas sin ayuda de

nadie. A veces parecía que Aguilar se aprovechaba de él, pues los trabajos que le asignaba eran excesivos para un solo hombre, pero Pepe era incapaz de negarse, entre otras cosas porque le pagaba muy bien.

Pepe Candelaria tenía cuatro hermanas, una madre gorda y un padre muerto. En su lecho de muerte, mientras sudaba y gemía a causa de la fiebre que se extendía bajo su piel, el padre de Pepe le había hecho prometer que cuidaría de su familia, y tanto su madre como sus hermanas se habían ocupado de que lo hiciese.

Pepe se agachó para esquivar una maraña de ramas, y en ese momento algo pequeño y con muchas patas cayó sobre su hombro. Pepe lo apartó con un enérgico manotazo sin detenerse a ver qué era. En la selva, las picaduras de arañas e insectos eran a menudo venenosas, o por lo menos dolorosas.

La luna seguía elevándose, pero proyectaba escasa luz a través del velo de nubes altas que se movían con rapidez en el cielo. Si tenía suerte y trabajaba duro, quizá pudiera regresar a casa antes del amanecer.

Pepe seguía abriéndose paso a través de la selva por sendas antiguas que no figuraban en ningún mapa, utilizadas durante siglos por los descendientes de los mayas y toltecas que habían creado allí su civilización, antes de perderla a manos de los españoles.

Por desgracia, todas las rutas habituales se alejaban del lugar sagrado de Xitaclán, de modo que Pepe tenía que abrirse camino a golpes de machete; en esos momentos lamentaba no haberse tomado tiempo para afilar la hoja.

Su padre había muerto a causa de la picadura infectada de un escorpión. Ronald, el sacerdote de la misión, había dicho que era «la voluntad de Dios», mientras que la desconsolada madre de Pepe había declarado que se trataba de una maldición de Tlazolteotl, la diosa de los amores prohibidos, una señal de que su esposo le había sido infiel.

A causa de ello la mujer se había negado a estar en la misma habitación en que su marido agonizaba. Luego, siguiendo la tradición, había pedido que lo enterraran dentro de la casa. A consecuencia de ello la familia no había tenido más remedio que abandonar la pequeña vivienda... y Pepe había tenido que procurar a su madre y sus hermanas un nuevo hogar.

Construir una nueva casa había sido sólo la primera de las nuevas cargas económicas que el muchacho se había visto obligado a soportar a fin de reparar la deshonra de su padre y cumplir con la promesa que había hecho a éste.

Era su deber. Pero no resultaba fácil.

El dinero que recibía de Fernando Victorio Aguilar le había permitido alimentar a su familia, darle un hogar e incluso comprar un loro a Carmen, su hermana menor. Ella adoraba al pájaro y le había enseñado a llamar a su hermano por su nombre, lo cual era motivo de gran regocijo, salvo cuando se ponía a chillar en mitad de la noche.

Las frondas secas de una palmera se rozaban produciendo un sonido parecido al de una serpiente de cascabel. Mientras luchaba con las enredaderas colgantes, Pepe deseaba ardientemente oír los chillidos del loro, la suave respiración de sus hermanas dormidas y los profundos ronquidos de su madre. Pero antes tenía que llegar a Xitaclán para satisfacer el pedido de su amigo Fernando.

El muchacho comprendía muy bien cuál era su misión. Mientras su excelencia Xavier Salida estuviese interesado y ansioso por comprar, Fernando debía conseguir más objetos de las antiguas ruinas. Y Pepe era quien mejor podía ayudarlo a ello.

La antigua ciudad se hallaba desierta, pues afortunadamente el equipo de arqueólogos estadounidenses ya no estaba allí. Fernando no podía permitir que los forasteros se llevasen más tesoros, en tanto que Pepe sencillamente no quería que los intrusos tocasen los preciosos objetos, los catalogaran y estudiasen como si se tratase de extraños escombros de una civilización perdida. Al menos los clientes de Fernando apreciaban los tesoros por lo que eran.

Si Pepe no hubiese contado con aquel trabajo su familia sin duda habría muerto de hambre. Sus hermanas, incluida la pequeña Carmen, se habrían visto obligadas a trabajar como prostitutas en las calles de Mérida. Él mismo podría haber sido esclavizado en los campos de marihuana de Xavier Salida, Pieter Grobe o cualquier señor de la droga. Recuperar valiosos objetos mayas de unas ruinas abandonadas mucho tiempo atrás parecía más seguro y honrado.

La madre de Pepe adoraba a Fernando, coqueteaba con él y elogiaba su colonia y su sombrero de piel de ocelote. Aseguraba que los trabajos que encomendaba a su hijo eran un regalo de los dioses, o de Dios, según si en ese momento pensaba en las antiguas creencias o en la religión católica. Pepe sencillamente aceptaba su suerte, sin preguntarse acerca del origen.

Los domingos, cuando todo el pueblo se reunía en la iglesia para celebrar la misa, Pepe se divertía con los fantásticos relatos de la Biblia que hacía el padre Ronald, pero dudaba que tuviesen alguna importancia en la vida que él llevaba en la tierra. Los coros de ángeles y los santos con túnicas blancas podían estar muy bien para personas que viviesen vidas confortables y asistieran a iglesias con aire acondicionado, pero allí, en la espesa selva, en las entrañas mismas de la tierra, las creencias más antiguas y primitivas parecían gozar de mayor crédito.

Sobre todo en momentos como ése.

Una rama crujió por encima de su cabeza y se posó sobre otras ramas más pequeñas. Las hojas susurraban a la vez que algo invisible se movía a través de las copas de los árboles, una serpiente, tal vez, o quizá un mono o un jaguar...

Pepe se adentró chapoteando en un estrecho riachuelo y de inmediato supo dónde se encontraba y cuánto faltaba para llegar a su destino. Xitaclán se hallaba muy cerca, justo por delante de él.

Los matorrales de hibisco que crecían a la orilla del arroyo se agitaron y algo pesado se sumergió ruidosamente en el agua. Pepe reconoció los ojos de reptil y la lisa y brillante silueta de un caimán que salía a cazar de noche. Sin duda estaría hambriento, y a juzgar por las ondulaciones que se formaron en el agua en dirección a él, debía de ser grande. Pepe avanzó todo lo aprisa que pudo por el cieno, trepó hasta la orilla y se precipitó entre los matorrales para alejarse de aquella criatura parecida a un cocodrilo.

Oculto en la maleza, Pepe siguió oyendo movimiento, el crujir de ramas, hojas que caían. Confió en que no se tratara de un jaguar que merodeaba en la noche en busca de una presa, dispuesto a caer sobre él y abrirlo en canal con sus garras poderosas. Entonces, de repente, oyó los chillidos de unos monos que Pepe, al huir del caimán, había despertado. El muchacho dejó escapar un suspiro y sintió que un escalofrío recorría su cuerpo. La antigua religión había reverenciado a los jaguares, pero él no habría considerado una bendición topar con uno en mitad de la noche.

Durante siglos los sacerdotes católicos habían hecho todo lo posible por reprimir la práctica continuada de las viejas creencias indígenas. En el pueblo, el padre Ronald los apabullaba con historias del fuego del infierno y de condenación eterna siempre que hallaba indicios de rituales sangrientos o de actos de autoflagelación, que en ocasiones llegaban a la amputación de dedos de las manos o de los pies con afilados cuchillos de obsidiana.

Los aldeanos se disculpaban, cumplían con su penitencia, se mostraban dóciles y avergonzados ante los sacerdotes... pero eso no cambiaba su modo de pensar. Sus corazones no habían cambiado desde la llegada de los españoles quinientos años antes. En ocasiones la sangre de los sacrificios limpiaba manchas que las lluvias de la selva no podían borrar.

Pepe recordaba claramente que mientras su padre yacía moribundo, su madre se había arrodillado fuera de la choza, junto a la puerta, había deslizado una pequeña rama espinosa por la boca hasta desgarrarse la lengua y había escupido sobre la tierra su propia sangre ofrecida en sacrificio.

Sin embargo, no había servido de nada. Pepe se preguntaba si los antiguos dioses habían pedido más sangre de la que su madre estaba dispuesta a ofrecer.

En su época de esplendor los dioses mayas se habían deleitado con la sangre de las víctimas, prisioneros que, luego de que les hubiesen arrancado el corazón, eran arrojados a los sagrados pozos de piedra caliza que se encontraban junto a los grandes templos.

Ahora, de toda aquella gloria sólo quedaban ruinas y unos pocos objetos. Quizá los dioses se hubiesen cansado de tanta sangre...

Por fin, después de una hora de escabullirse como un ladrón a través de la maleza, Pepe llegó a la olvidada metrópoli de Xitaclán. Tras hacer a un lado las anchas y resbaladizas hojas de un banano, contempló el claro iluminado por la luna; los toscos morones de templos caídos, las paredes esculpidas representando la máscara de nariz ganchuda del dios de la lluvia, al que llamaban Chac; los numerosos motivos de serpientes emplumadas, ahora semiocultos bajo el musgo y las enredaderas, y la impresionante pirámide de Kukulkán, que se elevaba en la noche, cubierta por la vegetación.

El equipo de arqueólogos había talado algunos de

los árboles más altos al comenzar las excavaciones; también había quitado los arbustos salvajes que cubrían el lugar desde hacía siglos. Las zanjas parecían heridas abiertas en la tierra, salpicada de tocones.

Hacía sólo unos días que los arqueólogos se habían ido, pero la selva ya había empezado a recuperar su territorio.

En el centro de la plaza de Xitaclán, la pirámide escalonada dominaba la escena. Las plataformas regularmente espaciadas se habían desmoronado parcialmente en un costado; enormes bloques de piedra habían sido arrancados por la fuerza de las raíces y las plantas trepadoras. Pero en la cumbre de la pirámide de Kukulkán, el dios de la sabiduría, flanqueado por sus guardianes las serpientes emplumadas, permanecía intacto.

Pepe debería entrar en la pirámide y registrar los estrechos pasadizos hasta encontrar unos cuantos rincones más que contuvieran objetos de jade, cerámica o azulejos con inscripciones. Para cualquier cosa que encontrase Fernando Aguilar inventaría una leyenda o una historia extraordinaria, incrementando así su posible valor. Pepe sencillamente tenía que llevarle los tesoros, por lo cual recibía su parte del dinero.

Con paso ágil, el joven indio avanzó hasta el claro de la plaza. De pronto levantó la vista al percibir un movimiento, sombras misteriosas que bajaban deslizándose por los escalones semiderruidos de la pirámide.

Permaneció inmóvil, pero las sombras seguían descendiendo, en dirección a él.

Por encima de su cabeza, las ramas crujieron una vez más como si algo se deslizara entre ellas. En el suelo, los altos helechos plumosos se agitaban como si algo de gran tamaño se arrastrara lentamente a través de la frondosa maleza.

Pepe entornó los ojos y miró en torno. Se enjugó el

sudor frío de la cara y sostuvo en alto el machete de su padre, listo para defenderse del ataque de un jaguar o un jabalí. Respiró hondo, con todos sus sentidos completamente alerta, se alejó un paso más de los árboles y miró hacia arriba para asegurarse de que ningún depredador pudiera saltar sobre él desde lo alto.

La luna se escondió tras una nube, privando así a Pepe de su luz débil pero tranquilizadora. El joven se detuvo y aguzó el oído; la selva parecía cobrar vida y movimiento, repleta de criaturas que se deslizaban hacia él. En la nueva oscuridad, Pepe percibió un débil resplandor que perfilaba la silueta de la pirámide de Kukulkán, como una niebla luminosa que se elevase desde la oscura boca del cenote.

Con el corazón en un puño, Pepe se alejó unos pasos de las ramas que colgaban de un alto chicozapote, mirando alrededor en busca de refugio. Se encontraba lejos de cualquier aldea, de cualquier ayuda. ¿Podría esconderse en el interior de la pirámide o de uno de los otros templos? ¿O acaso en el patio de juego de pelota cubierto de escombros, donde los atletas mayas habían practicado un violento deporte ante multitudes enfervorizadas? ¿Debía correr de nuevo hacia la selva, alejarse de Xitaclán? Pepe no sabía adónde ir.

Cuando despuntara el alba, la selva baja sería un lugar mucho más seguro. Pero no en esos momentos, no de noche. Jamás por la noche... él debería haberlo sabido.

Entonces vio dos largas siluetas acercarse sobre las ruinas de otro templo, cubiertas por el musgo y el tiempo. Se deslizaban con movimientos semejantes a los de un reptil, espasmódicos y a la vez delicados, completamente distintos, sin embargo, de los del caimán que Pepe había visto en el arroyo de la selva.

En el extremo del patio de pelota se erigía una estela cubierta de inscripciones y bajorrelieves, un monolito de piedra que los mayas habían utilizado para hacer constar su calendario, sus conquistas, su religión. Una tercera sombra surgió del costado de la estela.

Pepe blandió el machete de su padre con la esperanza de ahuyentar así a aquellas criaturas. En vez de eso, las sombras empezaron a avanzar hacia él más deprisa.

Las nubes se dispersaron y la luz fantasmal de la luna iluminó la plaza excavada. El corazón de Pepe latió con violencia, y en su asombro masculló con voz entrecortada palabras en la antigua lengua que sus padres habían hablado. En la plaza, ante él, vio monstruos que parecían surgidos de los mitos y leyendas que había oído contar en su infancia.

Las serpientes emplumadas se movían con la velocidad de rayos, más grandes que cocodrilos pero con un poder e inteligencia que superaban a cualquier otro depredador. Se acercaban a él majestuosas, sin vacilar.

–¡Kukulkán! –gritó Pepe–. ¡Kukulkán, protégeme!

Las tres serpientes emplumadas dejaron escapar un silbido siseante y se irguieron revelando unos colmillos tan afilados como el cuchillo de los sacrificios.

Pepe supo entonces qué debía hacer. Con un respeto incluso mayor que su terror, utilizó el filo del machete para abrirse un tajo en el brazo; la sangre brotó de inmediato, pero él no experimentó dolor alguno. Tendió el brazo para ofrecer su sangre como sacrificio, confiando en apaciguar de ese modo a los sirvientes de Kukulkán, tal como había oído que se hacía en los antiguos rituales de la vieja religión.

Pero en vez de aplacar a las criaturas, el olor de la sangre las hizo enloquecer. Bajo la luz de la luna Pepe vio sus plumas brillantes, sus dientes afilados, las largas garras...

Esa noche los antiguos dioses tendrían su sacrificio. El machete cayó al suelo, y las serpientes emplumadas se lanzaron sobre el indio.

8

X *Cancún, México.*
Jueves, 16.21

Scully observó divertida que Mulder suspiraba aliviado cuando el numeroso grupo de jubilados descendió en fila del avión y se encaminó sin prisa hacia la zona de recogida de equipaje del aeropuerto de Cancún. Esperaron junto a una serie de puestos donde los empleados de aduana revisaron y sellaron sus pasaportes antes de permitir que recogieran sus maletas.

El hombre del mostrador selló el pasaporte de Mulder y se lo devolvió.

–Por favor, prométame que nunca dejarán que me ponga pantalones a cuadros y me embarque en un crucero como el de *Vacaciones en el mar* –dijo Rubicon, esforzándose por hacer un chiste–. Juro que jamás me jubilaré.

Decenas de taxistas y personas que ofrecían excursiones turísticas se arremolinaban alrededor de los turistas. Tras recuperar su equipaje, el grupo de jubilados invadió el pasillo que llevaba hasta el aparcamiento de autobuses y subió a bordo de su autocar de lujo. Unos cuantos muchachos, que sin duda no eran empleados del aeropuerto, se apresuraron a cargar el equipaje con la esperanza de recibir una propina.

Después de recoger sus maletas y pasar por la aduana, Mulder, Scully y el anciano arqueólogo fueron en busca de la furgoneta que los llevaría al hotel. Ninguno de los dos agentes del FBI hablaba español, pero casi todos los letreros y tiendas facilitaban la información en esta lengua y en inglés. En el instante en que uno de ellos parecía confuso, aparecían dos o tres mejicanos que con una sonrisa cordial les ofrecían su ayuda. Rubicon hizo gala de sus conocimientos lingüísticos empleándolos para conseguir instrucciones y cambiar moneda. El anciano arqueólogo parecía encantado de resultar útil.

Hicieron el camino hasta el hotel Costa Caribeña en una pequeña furgoneta junto con una pareja de recién casados que estaban completamente absortos el uno con el otro. El conductor puso una casete de estridente música disco al tiempo que tarareaba y seguía el ritmo tamborileando con los dedos sobre el volante, el salpicadero, o su propia pierna.

Mulder iba sentado al lado de Scully, ojeando unos vistosos folletos que varios representantes de agencias de viajes le habían obligado a coger.

—Escucha esto, Scully —dijo—: «Bienvenido a Cancún, donde las cristalinas aguas del mar Caribe, de un incomparable azul turquesa, acarician las sedosas playas de arena blanca. Las aguas están repletas de románticos arrecifes de coral o misteriosos y excitantes galeones españoles hundidos.» Quien escribió esto debió de consultar varias veces el diccionario —se burló.

—Suena encantador —dijo ella, contemplando a través de la ventanilla el luminoso paisaje que se les ofrecía. La carretera estaba bordeada por árboles majestuosos—. Al menos esto es mejor que una base de investigación en el Ártico o una granja de pollos en Arkansas.

Mulder echó un vistazo a otro de los folletos que incluía un mapa de la zona del hotel, una pequeña franja de tierra entre el mar Caribe y la laguna de Nichupte. Unas letras grandes y de alegres colores proclamaban: «¡Casi todas las habitaciones con vistas al océano!»

Rubicon permanecía sentado con la chaqueta sobre sus huesudas rodillas, con aspecto de estar escuchando la música o bien absorto en sus propios pensamientos. Scully sintió simpatía por él.

El conductor de la furgoneta hizo sonar la bocina y masculló maldiciones en español mientras daba un viraje para esquivar un viejo jeep que invadía el carril contrario. El risueño conductor del vehículo, un estadounidense, sin duda, saludó con la mano y luego hizo sonar la bocina a modo de respuesta. El chófer de la furgoneta esbozó una sonrisa forzada en consideración a los turistas, devolvió el saludo con un movimiento de la cabeza y maldijo una vez más entre dientes.

En la parte trasera de la furgoneta, los recién casados rieron tontamente y siguieron besándose.

Rubicon se calzó las gafas y volviéndose hacia Mulder, dijo:

–Uno de los hoteles incluso se jacta de tener un campo de golf cuyo noveno hoyo se halla junto a las ruinas de un pequeño templo maya. –En sus ojos se traslucía una expresión de asombro y desaliento–. Es triste que les permitan hacer eso. Han explotado su historia y su cultura hasta el punto de degradarlas. Deberían ver ustedes el circo que han montado en Chichén Itzá; es digno de Hollywood. Cobran un montón de dinero por ver su «espectacular show del templo», con luces y sonido, focos multicolores que iluminan las pirámides cada noche, y extravagantes danzas folclóricas representadas por actores profesionales vestidos con trajes llamativos y capas de plástico llenas de plumas. Los toques del tambor resuenan a través de altavoces.

–El menosprecio que denotaba la voz del viejo arqueólogo sorprendió a Scully. Rubicon soltó un suspiro y añadió–: Los conquistadores españoles sólo fueron la primera invasión que devastó el Yucatán… luego llegaron los turistas. –Sacudió la cabeza–. Al menos una pequeña parte de los ingresos generados por el turismo se dedican a la restauración de los enclaves arqueológicos… como Xitaclán.

El hotel con fachada de estuco era un edificio de estilo sospechosamente seudoazteca, con enormes ventanas, soleadas terrazas con sombrillas de hojas de palma y acceso directo a la playa. El mar era azul turquesa y la arena fina y blanca, tal como prometían los folletos. Mientras Mulder y Scully hacían cola para registrarse, los botones se llevaron su equipaje.

Rubicon murmuró para sí y sacó su bloc de notas, ansioso por hacer llamadas telefónicas y localizar posibles guías para su expedición al corazón de la selva. Quería comenzar cuanto antes la búsqueda de su hija. El viejo arqueólogo se paseaba por el vestíbulo, observando las esculturas de jaguares de escayola hechas con moldes, los falsos bajorrelieves y las estilizadas estelas mayas.

–¡Bienvenidos al complejo turístico Costa Caribeña! –saludó el recepcionista; les ofreció las llaves de sus habitaciones y recitó animadamente la lista de actividades preparadas para aquella noche–. Señorita, no puede dejar pasar la ocasión de disfrutar de nuestra cena-crucero en un barco repleto de diversión.

Scully negó amablemente con la cabeza.

–No, gracias. No estamos aquí por placer sino por trabajo.

–Siempre hay tiempo para el placer, señorita –respondió el recepcionista–. En nuestras cenas-crucero podrá usted saborear nuestra exquisita langosta, pasárselo en grande en la discoteca, e incluso vivir una aventura con auténticos piratas del Caribe.

–Gracias, pero aun así debo rehusar. –Scully cogió las llaves y le volvió la espalda.

El empleado lo intentó por última vez.

–Señor, le aconsejo que no se pierda nuestras famosas fiestas.

Mulder tomó a Scully del brazo y le susurró al oído:

–El Departamento debería considerar nuestro trabajo como insalubre. Después de todo, asistir a una fiesta tal vez sea beneficioso para nuestra salud.

Scully echó una mirada al viejo arqueólogo.

–Dejemos la diversión para cuando hayamos encontrado a Cassandra Rubicon –dijo.

Tras tomar una ducha y cambiarse, los dos agentes se reunieron en uno de los restaurantes del hotel para cenar. El *maître* los condujo hasta una mesa en un centro de la cual unas flores tropicales despedían un perfume embriagador.

Mulder echó un vistazo a su reloj y se dijo que Rubicon no podía tardar en reunirse con ellos. Se había vestido con una cómoda camisa de algodón y pantalones anchos. Scully reparó en que su compañero había prescindido por una vez de su traje oscuro habitual, y disimulando una sonrisa, dijo:

–Veo que ya empiezas a contagiarte del desenfadado espíritu mejicano.

–Es el Caribe –respondió él–. Se supone que vamos de incógnito, de modo que debemos parecer turistas, no agentes del FBI.

Sin haberlo pedido, otro camarero sirvió a cada uno un cóctel margarita. Scully examinó el menú del local, consistente en platos típicos, como langosta, mero con

salsa de cilantro, pollo con salsa de chocolate… Mulder
tomó un sorbo de su margarita, sonrió, y volvió a beber.

–Me encantan estos antiguos brebajes mayas –dijo.

Scully dejó la carta sobre la mesa.

–He telefoneado al consulado para registrarnos
–informó a su compañero–. El Departamento ha trami-
tado las acreditaciones necesarias y notificado a las autoridades locales, que al parecer no se han mostrado
demasiado serviciales. Así pues, el siguiente paso depende de nosotros.

–Antes debemos decidir cuál es el siguiente paso
–dijo Mulder–. He pensado que podríamos alquilar un
coche y viajar hasta la zona donde desapareció el equipo. Quizá incluso encontremos un guía dispuesto a
mostrarnos el camino a través de la selva.

Antes de que Rubicon llegase, el camarero se acercó para tomar nota. Mulder estaba famélico, pues en el
avión apenas si había comido. Escogió pollo con pláta-
nos acompañado de un plato de sopa de lima y chile.
Scully, por su parte, pidió pescado marinado en salsa de
piña cocido al horno con hojas de banana, una especialidad del Yucatán.

–He estado repasando la información que tenemos
sobre los miembros de la expedición arqueológica –dijo
Dana tras abrir su bolso y sacar una carpeta–. Me refie-
ro a los otros miembros americanos del equipo. Nunca se sabe dónde podemos encontrar una pista. –Abrió
la carpeta y extrajo varios informes acerca de los estudiantes graduados en la Universidad de San Diego junto
con sus fotografías. Sostuvo en alto el primero–. Además de Cassandra Rubicon, otro arqueólogo contribu-
yó en la formación de este equipo: Kelly Rowan, vein-
tiséis años, metro ochenta y cinco, complexión atlética,
un estudiante brillante especializado en arte precolombino. Según sus profesores estaba a punto de terminar
una tesis en la que analiza las conexiones existentes

entre las leyendas mayas y la mitología de otras civilizaciones centroamericanas, como la olmeca, la tolteca y la azteca. –Pasó la hoja a Mulder, quien la cogió para examinarla. Continuó con el siguiente–: John Forbin, el más joven del grupo, de veintitrés años, estudiante de primer curso posgrado. Al parecer planeaba ser arquitecto e ingeniero. Según este informe, estaba interesado sobre todo en los métodos primitivos de construcción a gran escala, como es el caso de las pirámides centroamericanas. Es probable que Cassandra Rubicon lo incluyera en su equipo para sugerir métodos de restauración de los monumentos caídos. –Le pasó el papel a Mulder–. El siguiente es Christopher Porte, según todos los informes un reputado... epigrafista. ¿Te resulta familiar ese término?

–Sólo por lo que he leído recientemente –respondió Mulder–. Es alguien que se especializa en la traducción de inscripciones y jeroglíficos. Todavía se sabe muy poco de la escritura maya.

–De modo pues que trajeron a Christopher para que interpretase los jeroglíficos que encontraran –dijo Scully, y luego pasó a la última hoja de papel–. Y por último, Caitlin Barron, su historiadora y fotógrafa. También tiene aspiraciones artísticas. Aquí dice que incluso ha expuesto sus acuarelas en una pequeña galería de arte de San Diego.

Pasó las fotografías a su compañero, quien las examinó una por una. Luego Mulder consultó de nuevo su reloj y alzó la mirada justo a tiempo de ver a Rubicon en la entrada del comedor, recién afeitado y vestido con traje de etiqueta. La mayoría de los presentes vestían pantalones cortos, sandalias y llamativas camisetas. Mulder levantó una mano para llamar su atención, y el viejo arqueólogo se acercó con paso cansino, como si se sintiera exhausto.

El viejo arqueólogo se sentó a la mesa e hizo caso

omiso del cóctel margarita que el solícito camarero se apresuró a ofrecerle.

—No ha habido suerte –dijo Rubicon–. He telefoneado a todos los contactos que aún me quedan. Por supuesto, algunos de ellos se encuentran en zonas alejadas y no les resulta fácil acceder a un teléfono, pero los que están en Cancún y Mérida no se encuentran disponibles. Uno de ellos se ha jubilado. Traté de convencerlo de que me acompañara en una última expedición de campo… hasta que me enteré de que está postrado en una silla de ruedas. Otro de mis viejos amigos, un hombre que me salvó la vida durante una expedición en 1981, fue asesinado en una especie de tiroteo relacionado con drogas. Cuando pregunté por él, su esposa rompió a llorar. –Se aclaró la voz–. A los otros tres no he conseguido localizarlos.

—Bien –dijo Mulder–, puede que nos veamos obligados a confiar en nuestro propio ingenio para encontrar a alguien que nos lleve hasta el lugar. La zona está muy alejada de aquí.

Rubicon se retrepó en su asiento y dijo:

—Existe otra posibilidad. En la última postal que recibí de ella, Cassandra mencionaba a un hombre que la había ayudado. Su nombre es Fernando Victorio Aguilar. He hallado su número telefónico y he dejado un mensaje para él, diciéndole que estamos interesados en que nos sirva de guía en la selva. El hombre que contestó al teléfono respondió que Aguilar tal vez estuviese dispuesto a ayudarnos. Confío en que podamos comunicarnos con él esta noche o mañana. –Entrelazó los dedos y apretó las manos con fuerza, como si de ese modo tratara de eliminar la artritis que deformaba sus nudillos–. Perder el tiempo en un estúpido complejo turístico hace que me sienta impotente y culpable. No soporto pensar en lo que debe de estar sufriendo mi pobre Cassandra en este momento…

El camarero llegó con la cena de Mulder y Scully, interrumpiendo el ambiente de tristeza. Rubicon eligió rápidamente un par de platos de la carta y despidió al camarero.

Al contemplar la desolada expresión del viejo arqueólogo, Mulder recordó los días que siguieron a la desaparición de Samantha. Aunque la había importunado sin piedad, como cualquier hermano importuna a una hermana, había deseado con ansia que regresara y había tratado desesperadamente de pensar en el modo de ayudarla, de encontrarla. Se lo tomó como una responsabilidad personal, pues en el momento en que desapareció él estaba con ella. Si al menos hubiese actuado de otro modo esa noche, si se hubiese enfrentado a la brillante luz...

Pero por entonces sólo tenía doce años, si bien la energía propia de esa edad lo había acompañado durante toda la vida. Recordaba haber recorrido en bicicleta su pueblo natal de Chilmark, Massachusetts, de seiscientos cincuenta habitantes, llamando a cada puerta, preguntando a todos si habían visto a Samantha. Sin embargo, él sabía en el fondo de su corazón que no existía ninguna explicación lógica para lo que él había presenciado.

Había trabajado durante días, confeccionando carteles encabezados con la palabra «Desaparecida», en los que describía a su hermana y pedía información, como si de un perrito perdido se tratase. Por entonces resultaba muy difícil acceder a una fotocopiadora, de modo que había escrito a mano cada uno de los carteles con un rotulador negro. Luego los había fijado en los escaparates de las tiendas del pueblo, en cada poste de luz, en cada parada de autobús.

Pero nadie había llamado nunca excepto para expresar su condolencia.

La pena había devastado a su madre, que se había

sumido en una profunda depresión, en tanto que su padre había permanecido frío, casi indiferente, todo el tiempo. Mulder sabía ahora que la causa de ello fuese que su padre quizá supiera algo de lo que había sucedido en realidad. Seguramente había recibido alguna clase de aviso que lo había puesto al corriente del peligro que corría Samantha... y no había hecho nada.

Durante años, cualquier niña de cabello moreno que Mulder veía le recordaba a su hermana. Ella había desaparecido mucho antes de que en los envases de leche apareciesen fotos de niños desaparecidos con la frase «¿Me has visto?». Todos los esfuerzos que había hecho por encontrar alguna pista que lo condujese a su hermana habían sido inútiles. Pero seguía intentándolo a pesar de los años transcurridos.

Se sentía identificado con Vladimir Rubicon, que había viajado hasta el Yucatán, llamado a sus viejos contactos, insistido en acompañar a los agentes del FBI en su investigación.

—La encontraremos —dijo Mulder, tratando de infundir confianza en el tono de su voz. En lo más recóndito de su mente vio de nuevo la imagen de su hermana en el instante en que era arrastrada hacia la luz. Miró a Rubicon a los ojos y añadió—: La encontraremos.

Pero no estaba seguro de que fuese sólo al anciano a quien hacía esa promesa.

9

X

Complejo turístico Costa Caribeña, Cancún. Jueves, 21.11

Scully se disponía a acostarse, satisfecha tras una cena deliciosa. Consciente de la falta de comodidades y de las dificultades que la esperaban en la selva durante los siguientes días, tenía la intención de gozar de una buena noche de descanso.

En una de las paredes de la habitación había un cuadro que en vivos colores representaba un amanecer en el Caribe. Su balcón privado daba a la suave playa blanca y al océano. Dana aspiró la brisa nocturna que olía a mar, escuchó el murmullo de las olas al romper en la orilla y observó a las parejas que paseaban a la luz de la luna. La idea de nadar y relajarse era tentadora, pero Dana se recordó que el motivo de su estancia allí era llevar a cabo una investigación.

Dejó escapar un suspiro y se dejó caer pesadamente sobre la cama, deseando que aquel momento de paz durase eternamente.

Los golpes en la puerta fueron secos y estridentes, como ráfagas de cañón provenientes de un galeón español en medio de la batalla.

Scully no había hecho ningún pedido al servicio de

habitaciones, y en el instante en que se levantó de la cama se puso en guardia. Los golpes no cesaban.

—Muy bien, ya voy —dijo con voz carente de entusiasmo.

Echó un vistazo a la puerta entreabierta que conectaba con la habitación de Mulder y sintió un escalofrío... aquel insistente y estrepitoso modo de llamar no tenía nada que ver con la cortés solicitud de atención que utilizaría el servicio de habitaciones. Aquellos golpes denotaban impaciencia, urgencia incluso. Cautelosa, Dana cogió su arma de la mesita.

Al abrir la puerta se encontró con un hombre muy corpulento vestido con uniforme de jefe de policía. Antes de que Dana se recobrase lo bastante de la sorpresa para poder hablar, el tipo colocó un pie junto al marco de la puerta para evitar que se la cerrase en las narices.

—He venido en cuanto me enteré de su llegada —dijo el hombre, que tenía un tupido bigote negro—. Usted es la agente del FBI Scully... y el otro es Mulder. —El hombre tenía el rostro bañado en sudor. Su espalda era ancha, su pecho voluminoso y sus brazos musculosos, como si se dedicase a levantar sacos de cemento por deporte.

—Disculpe —dijo Scully, asegurándose de que el tipo viese su pistola—. ¿Quién es usted, señor?

Él hizo caso omiso de la nueve milímetros y aguardó a que ella lo invitara a pasar a su habitación.

—Soy Carlos Barreio, jefe del cuerpo de policía de Quintana Roo. Siento no haber podido recibirles en el aeropuerto. Por favor, disculpe mi descortesía, pero tengo muchos casos, y pocos hombres.

—Nos dijeron que le habían informado de nuestra presencia aquí —dijo Scully—, pero que no se había mostrado dispuesto a ayudar en nuestra investigación.

La puerta que daba a la habitación de Mulder se

abrió y éste entró en la de Scully, despeinado y con la camisa fuera de los pantalones.

Dana advirtió que su compañero había tomado la precaución de colocarse la pistolera en el hombro. Al ver al fornido policía, Mulder dijo:

—Al parecer, al recepcionista del hotel le ha disgustado el que no asistiésemos a sus cenas-crucero.

—Con la cantidad de casos que debe atender usted, nos complacerá concentrar nuestros esfuerzos en esta investigación en particular —dijo Scully al policía, arreglándose la blusa y deslizando las manos por la falda. A pesar de la aparente actitud cortés del policía, había algo en su mirada que le desagradaba—. Hemos obtenido todos los permisos y autorizaciones pertinentes.

—En efecto, no puedo prescindir de ninguno de mis hombres —dijo Barreio—. Espero que lo comprendan. —Tenía la tez rojiza y la expresión tranquila, pero seguía envarado y en actitud de alerta. Se quitó la gorra, y Scully observó que el escaso pelo había sido peinado en un pronunciado pico—. Me temo que no tengo mucho que informar acerca de la desaparición de los miembros de la expedición arqueológica norteamericana.

—Tenemos una antigua tradición de cooperación con las fuerzas policiales locales, señor Barreio —dijo Scully tratando de mantener el tono cordial—. Al fin y al cabo, su objetivo y el nuestro es el mismo: encontrar a las personas desaparecidas. Estamos ansiosos por actuar y felices de poder sumar nuestro esfuerzo al suyo.

—Por supuesto que cooperaré —declaró Barreio con tono glacial—. La oficina del FBI en Ciudad de México me ha informado de que han sido ustedes enviados como agregados legales. Su inspector al cargo en la Oficina de Cooperación y Asuntos Internacionales me ha pedido muy amablemente que les facilite copias de toda la información que he reunido hasta ahora. Mis superiores han atendido la petición.

—Gracias, señor Barreio —dijo Scully, consciente de la actitud recelosa del policía—. Le ruego comprenda que de ningún modo pretendemos usurpar su jurisdicción. El estado de Quintana Roo es la zona donde se cometió el secuestro…

—Supuesto secuestro —interrumpió Barreio, perdiendo la compostura—. Presunto secuestro, para utilizar sus términos legales. No tenemos confirmación de lo que sucedió en realidad.

—Presunto secuestro —concedió Scully—. Ustedes tienen la jurisdicción. México es un país soberano. Como agentes del FBI, mi compañero y yo sólo estamos autorizados a ofrecer nuestra ayuda.

—Sin embargo —intervino Mulder—, tenemos derecho a investigar los crímenes perpetrados contra ciudadanos estadounidenses. —Hizo una pausa, y prosiguió—: El FBI posee el mandamiento judicial para investigar casos de terrorismo, tráfico de armas o drogas, así como posibles secuestros de ciudadanos de nuestro país. Hasta que tengamos información adicional acerca del paradero de Cassandra Rubicon y sus compañeros, debemos actuar bajo la suposición de que alguien podría intentar retenerlos en calidad de rehenes.

—¡Rehenes! —Barreio sonrió—. Lo siento, agente Mulder, pero creo que lo más probable es que sencillamente se perdieran en la selva.

—Espero que ése sea el caso —dijo Scully, manteniéndose entre Mulder y el fornido oficial de policía.

Fuera, un camarero con aspecto autoritario pasó andando a grandes pasos por el pasillo con una bandeja cargada de cócteles. Al pasar ante ellos, hizo caso omiso de la conversación que tenía lugar en la puerta de la habitación de Scully.

Barreio suspiró y sacudió la cabeza.

—Me perdonarán si no confío del todo en el FBI —dijo con expresión ceñuda—. Mi anterior colega en Ciudad de México, Arturo Durazo, fue el objetivo de una de sus operaciones y ahora se está pudriendo en una cárcel americana.

Scully frunció el entrecejo. El nombre de Durazo le era totalmente desconocido.

—El FBI declaró que Durazo estaba vendiendo millones de dólares de drogas a Estados Unidos —explicó Barreio—. Le atrajeron con engaños fuera de nuestras fronteras, a la isla caribeña de Aruba, donde podían arrestarlo «legalmente». Por lo que sé, no le concedieron la extradición. Fue una trampa amañada.

Scully mesó su brillante cabello cobrizo mientras miraba con calma al jefe de policía.

—Le aseguro, señor Barreio —dijo—, que no tenemos ningún interés en las actividades privadas de las fuerzas policiales de su estado. Sólo buscamos a nuestros ciudadanos desaparecidos.

Dos hombres se acercaban a toda prisa por el pasillo. Se trataba de Vladimir Rubicon, a quien acompañaba un hombre muy moreno, enjuto y fuerte que llevaba una larga melena recogida en una coleta bajo un sombrero de ala ancha confeccionado con la piel de un ocelote. El hombre de pelo largo apestaba a loción para después del afeitado.

—¡Agente Scully! Adivine a quién he encontrado —exclamó Rubicon, que se detuvo al ver al jefe de policía—. Perdonen. ¿Algo va mal?

Barreio observó a los dos hombres; sus ojos parpadearon con asombro al reconocer al del sombrero moteado.

—Señor Aguilar —lo saludó—, ¿acaso está preparando una expedición para estos señores?

—Sí, sí, en efecto —respondió Aguilar—. Acabo de hacer tratos con este caballero. Tratos bastante satisfactorios, por cierto. El doctor Rubicon es un arqueólogo eminente. Carlos, ¡debería impresionarle que un hombre de su categoría visite Quintana Roo! Sin duda le alegrará recibir un poco de publicidad internacional positiva en vez de esas desagradables historias acerca de actividades revolucionarias y venta ilícita de armas, ¿no es así? —La voz de Aguilar apenas ocultaba cierto tono de amenaza. Barreio se ruborizó, conteniendo su furia.

Scully miró al doctor Rubicon, que no podía ocultar su entusiasmo. Sin dejar de sonreír, el arqueólogo prestó muy poca atención al jefe de policía.

—Agente Scully, agente Mulder —dijo el arqueólogo al tiempo que señalaba por encima del hombro al hombre que tenía detrás—. Permítanme que les presente a Fernando Victorio Aguilar. Es la persona a la que trataba de localizar, un… ¿cómo lo llama usted…? Ah, sí, un «expedidor», eso es, un hombre capaz de facilitar rápidamente ayudantes, guías y equipamiento para llevarnos hasta la antigua ciudad de Xitaclán. Mi hija estuvo en contacto con él; el señor Aguilar la ayudó a reunir un equipo de trabajadores, aunque no ha vuelto a verla desde la partida de la expedición. Él puede llevarnos hasta allí.

—Será de gran ayuda —dijo Scully, y se volvió hacia el jefe de policía con una sonrisa forzada—. Creo que el señor Barreio estaba a punto de ofrecernos toda la información que ha reunido relacionada con los miembros del equipo desaparecido. —Enarcó las cejas—. ¿Me equivoco, señor Barreio?

El jefe de policía frunció el entrecejo, como si acabara de recordar un detalle importante.

—Si piensan organizar una expedición de búsqueda, ¿han obtenido las licencias oportunas, los pases de entrada, los formularios de permiso de trabajo? ¿Han pagado las debidas tarifas oficiales?

—Estaba a punto de ocuparme de todo eso —intervino Fernando Aguilar–. Carlos, sabe que puede confiar en mí. –Se quitó el sombrero y miró alternativamente a Scully y a Mulder, y luego de nuevo a Vladimir Rubicon–. Con el fin de agilizar ciertos aspectos de la expedición a través de los canales gubernamentales, debemos pagar certificados de acreditación, aranceles e impuestos. Un trámite desafortunado, pero necesario.

–¿Cuánto costará todo eso? –preguntó Scully, que de inmediato empezó a desconfiar.

–Puede variar –respondió Aguilar–, pero mil dólares americanos deberían permitirnos iniciar nuestra expedición mañana por la mañana.

–¡Mañana! ¡Es estupendo! –exclamó Rubicon, frotándose las manos con entusiasmo.

–¿Mil dólares? –inquirió Mulder, y miró a su compañera–. ¿Son tus dietas superiores a las mías, Scully?

–El FBI no acepta sobornos –dijo Scully con voz firme.

–Tonterías –intervino Rubicon, que parecía impaciente y exasperado–, ustedes no entienden cómo se hacen las cosas. –Se sacó la camisa de los pantalones y desató el cinturón con dinero que llevaba ceñido al cuerpo. Extrajo un fajo de billetes de cien dólares, contó diez, y se los entregó a Aguilar. Miró de nuevo a los agentes del FBI–. A veces es necesario hacer concesiones, y yo no quiero entablar una desesperante lucha burocrática que puede durar semanas mientras mi hija Cassandra sigue perdida.

Aguilar asintió efusivamente con la cabeza, ocultando una sonrisa, como si se hubiese tropezado con una prueba inesperadamente fácil de superar.

–Será un placer hacer negocios con usted, señor Rubicon –dijo Fernando–. Se metió en el bolsillo dos de los billetes de cien dólares y ofreció los ocho restantes a Barreio, quien los cogió al instante y miró a Mulder y Scully con el entrecejo fruncido.

—Esto será suficiente para cubrir los impuestos que establece el gobierno –dijo–. Me pondré en contacto con la oficina y trataré de que mañana por la mañana dispongan ustedes de copias de nuestros informes. Compruébenlo en la recepción del hotel. No prometo nada. Cuento con tan poca ayuda... –El jefe de policía se volvió y se alejó por el pasillo; al doblar la esquina hacia los ascensores, esquivó con destreza a otro camarero, que transportaba una bandeja llena de cócteles.

Vladimir Rubicon permanecía en el pasillo junto a la puerta de Scully, con expresión de ansiedad en el rostro. Fernando Aguilar se puso nuevamente el sombrero y tendió una mano.

—Encantado de conocerla, señorita Scully –dijo; luego saludó a Mulder con un movimiento de la cabeza–. Nos veremos mucho los próximos días. –Soltó la mano de Scully, dio un paso atrás e hizo una breve reverencia–. Asegúrense de descansar bien esta noche, y tómense su tiempo para disfrutar de un baño relajante. Les aseguro que sus alojamientos durante las próximas noches serán mucho menos... confortables.

X *Finca privada de Xavier Salida, Quintana Roo. Jueves, 22.17*

El fuego crepitaba en el hogar del salón de la planta superior. Xavier Salida se hallaba de pie con las manos cruzadas a la espalda, aspirando profundamente el aroma embriagador a laurel y nuez moscada.

Se volvió y se acercó al termostato que había en la pared para poner más fuerte el aire acondicionado a fin de disfrutar del fuego y a la vez evitar que el calor en la habitación fuese excesivo. Salida había llegado a un punto en su vida en que podía hacer cualquier cosa que deseara para estar siempre a gusto.

Cogió el hurgón de hierro con mango de cobre que había al costado de la chimenea y atizó la aromática madera, contemplando cómo volaban las chispas. Le gustaba jugar con fuego.

Retrocedió un par de pasos y luego se puso a caminar por la habitación utilizando el atizador a modo de bastón, ensayando sus movimientos, deleitándose con su elegancia personal, que aunque recientemente adquirida, esperaba que le acompañase durante el resto de su vida. La educación y la cultura eran una inversión, una riqueza intangible que iba más allá de meras chucherías y objetos de arte.

Se acercó al equipo estereofónico que había junto a la pared y echó un vistazo a su colección de discos de la mejor música clásica, interpretaciones memorables y a la vez agradables para un oído perspicaz. Seleccionó una sinfonía del gran Salieri, un oscuro compositor del siglo XVIII. Su condición de genio prácticamente desconocido significaba que sus obras debían de ser excepcionales y, por lo tanto, muy apreciadas.

Mientras los vigorosos acordes de los violines surgían de los surcos del viejo disco, Salida cogió la botella que había sobre la mesa, le quitó el corcho y se sirvió otra copa del estupendo Merlot de 1992. Era un vino tinto suave que había envejecido bien, mejor incluso que algún Cabernet Sauvignon que guardaba en la bodega. Le habían dicho que procedía de uno de los mejores viñedos de California. Sostuvo la copa en alto, la agitó, y dejó que el resplandor del fuego brillase a través del magnífico color granate del vino.

Salió al balcón y aspiró profundamente el húmedo aire de la noche. La hamaca colgada evocaba recuerdos de días de pereza, tardes relajantes… pero la última semana había sido muy difícil, debido a las férreas decisiones que había tenido que tomar para hacer frente a grandes desafíos.

Al mirar más allá de donde brillaban las luces contempló la silueta monolítica de la antigua estela maya en el centro de su patio. El resplandor de las estrellas centelleaba sobre el preciado monumento, y Salida distinguió claramente la abultada figura de ese maldito pavo real macho encaramada en lo alto.

Un pajarraco estúpido… igual que el rival de Salida, Pieter Grobe, un hombre ostentoso y fanfarrón que en el fondo era insignificante…

Salida había intentado vengarse del expatriado belga, que obedeciendo a una táctica imprudente había derribado uno de sus aviones correo privados. Para desquitarse, Salida había ordenado a sus hombres que eliminasen uno de los aviones de Grobe, pero había resultado imposible.

Grobe había estrechado sus medidas de seguridad, especialmente en torno a su propio avión... con lo cual Salida no había tenido otra elección que tomar una venganza alternativa, no tan sutil, pero al fin y al cabo igual de satisfactoria: un enorme camión repleto de gasolina había explotado «accidentalmente» en mitad de uno de los campos de marihuana de Grobe. El incendio y el humo resultante habían dañado gran parte de la cosecha.

Con el tanteador nuevamente igualado, Salida no deseaba agravar la situación hasta el punto que desembocara en una guerra total. Sospechaba que Grobe sencillamente estaba aburrido y necesitaba liberar un poco de tensión de vez en cuando. Lo hecho, hecho estaba.

Ahora podía relajarse y disfrutar de la vida, la cultura, las cosas más refinadas. Mientras los compases sinfónicos del primer movimiento de Salieri se elevaban en su crescendo, Xavier Salida entró de nuevo en el salón.

Bebió otro sorbo de vino saboreando los matices que le habían enseñado a apreciar. Aspiró el *bouquet* y estimó el «cuerpo» del vino.

Sin embargo, en privado, Salida se permitía echar de menos los días en que podía sentarse con sus compadres del pueblo, emborracharse con tequila, reír a carcajadas y cantar estridentes canciones. Pero ahora todo aquello pertenecía al pasado... ahora él estaba por encima de esas cosas. Se había convertido en un hombre poderoso.

Se detuvo a inspeccionar su magnífica colección de objetos precolombinos que cualquier museo se habría enorgullecido de poseer. Pero esas piezas jamás serían expuestas en vitrinas polvorientas, porque pertenecían sólo a él.

Observó las delicadas y traslúcidas esculturas verdes de jade, las siluetas retorcidas de las serpientes emplumadas que acompañaban a Kukulkán, una pequeña figura de piedra del mismísimo dios de la sabiduría. Salida coleccionaba tallas y alfarería de todos los pueblos centroamericanos, especialmente de toltecas, olmecas y mayas, y últimamente también de los aztecas. De vez en cuando echaba un vistazo a los rótulos impresos que había junto a cada objeto para refrescar la memoria y asegurarse de que recordaba cada nombre y cada detalle con exactitud. No estaba dispuesto a encontrarse en medio de una conversación y verse en el aprieto de no conocer las piezas de su propia colección.

Por último, como un niño que en la mañana de Navidad se levantara sigilosamente de la cama para ir en busca de sus regalos, se dirigió hacia su nuevo trofeo, el asombroso artefacto de cristal que Fernando Victorio Aguilar le había traído de las ruinas de Xitaclán. Salida sabía muy bien que debía proteger ese objeto exhibiéndolo en una vitrina de cristal a fin de que ninguno de sus visitantes o criados lo tocara jamás. Evidentemente, era muy valioso.

Tras depositar la copa de vino al lado de la reluciente caja transparente, Salida tendió las manos y acarició suavemente su superficie fría y resbaladiza.

A causa de las distracciones y quebraderos de cabeza ocasionados por Pieter Grobe, Salida aún no había tenido tiempo de admirar detenidamente su nueva adquisición. Pero ahora que el belga había recibido su castigo y todo parecía funcionar sin problemas, podía permitirse contemplar la extraña caja maya con el asombro propio de un niño. Deslizó los dedos por las inscripciones magníficamente talladas en la superficie dura como el diamante. De pronto, al tocar uno de los cuadrados móviles, éste se deslizó como si resbalase en un charco de aceite.

La reliquia emitió un zumbido.

Salida dio un respingo, retrocedió y sintió un frío glacial hormiguear en sus dedos, pero al punto se inclinó de nuevo sobre el objeto y al posar las manos sobre él notó que el artefacto vibraba cada vez con mayor fuerza.

El magnate de la droga rió, asombrado. Entonces creyó percibir un sonido agudo, una especie de zumbido que lo eludía cuando trataba de concentrarse en él.

Fuera, en las perreras, sus preciados doberman comenzaron a ladrar y aullar. Los pavos reales del patio chillaron y graznaron.

Salida se apresuró a toda prisa al balcón y miró hacia fuera. Uno de los guardias había encendido los focos para iluminar el patio. Otros dos guardias se acercaron a grandes zancadas apuntando a las sombras con sus rifles. Salida escudriñó el patio amurallado esperando descubrir la furtiva sombra de un jaguar, un ocelote u otro depredador nocturno que se hubiese atrevido a cruzar los muros para zamparse un pavo real. Los perros seguían ladrando… pero Salida no vio nada.

—¡Silencio! —gritó a la noche, y luego entró nuevamente en la habitación… donde quedó perplejo al ver que la antigua caja de cristal emitía ahora una extraña luz plateada.

Cuando se inclinó sobre la reluciente urna, el zumbido se convirtió en una nítida vibración. Las paredes diamantinas parecían latir y agitarse. La superficie oleosa ya no era fría sino que irradiaba un calor hormigueante.

Salida presionó varias inscripciones en un intento por detener aquella actividad frenética… pero en vez de ello vio que las diminutas joyas que constituían el interior de la vitrina de cristal cobraban vida zumbando con mayor intensidad.

Al magnate le parecía cada vez más increíble que aquel artefacto hubiese sido construido por los antiguos mayas en los albores de la historia. Habían utilizado engranajes y mecanismos primitivos para desarrollar sus calendarios... pero ese ingenio tenía una apariencia asombrosamente sofisticada incluso para un artefacto moderno, pues carecía de dispositivos, palancas y botones reconocibles...

En el centro del artilugio empezó a crecer una luz fría y extraordinariamente brillante... como si un charco de mercurio hubiese estallado produciendo un resplandor incandescente.

Salida retrocedió unos pasos, esta vez inquieto y asustado. ¿Qué le había traído Aguilar? ¿Qué había hecho él? ¿Cómo podía detenerlo?

Fuera, los perros y los pavos reales armaban tal jaleo que parecía que los estuviesen desollando vivos.

La luz que surgía del objeto cristalino se tornó cegadora, alcanzando límites inimaginables. Lo último que Salida pudo vislumbrar fue su copa de vino, que vibraba al lado del artefacto.

El vino en su interior comenzó a hervir.

La intensidad de la luz se multiplicó por mil y el calor y la energía inundaron a Salida de manera tan extraordinariamente rápida que éste no tuvo tiempo de percibir la enorme explosión... o siquiera un segundo de dolor.

11

X

Cancún.
Viernes, 8.05

El cielo luminoso estaba jaspeado de nubes blancas y el mar brillaba como una piscina de Beverly Hills. De los hoteles que se alzaban a lo largo de la estrecha franja de tierra entre el océano y la laguna, los turistas salían en tropel y aguardaban a coger los autocares que partían a horas programadas rumbo a las famosas ruinas mayas de Chichén Itzá, Tulum, Xcaret y Xel-Há.

En el vestíbulo del hotel Costa Caribeña podía oírse el rumor del agua de las fuentes de mármol repletas de monedas mejicanas. Un jeep abollado que transportaba a tres pasajeros se acercó esquivando viejos taxis, camionetas y autobuses de turistas que apestaban a gasóleo para ascender finalmente por el camino de entrada al hotel. El conductor agitó la mano con impaciencia e hizo sonar varias veces la bocina, lo cual provocó las iras de los botones, que vestidos impecablemente de blanco permanecían de pie junto a la entrada abierta. Los empleados miraron hacia el jeep con cara de pocos amigos, pero el conductor se acercó más al bordillo, aparcó e hizo sonar la bocina una vez más, sin importarle sus airadas miradas.

Mulder, que esperaba en el vestíbulo junto a otros turistas listos para salir de excursión, cogió su bolsa de viaje, se volvió hacia Scully y dijo:

—Creo que ése es nuestro coche.

Dana dejó su taza de café junto a un cenicero y cogió su propia bolsa.

—Me lo temía —respondió.

Vladimir Rubicon los siguió cargado con su mochila y su bolsa de mano, emocionado y ansioso.

—Estoy seguro de que todo el mundo disfruta de sus vacaciones en el deslumbrante Cancún... pero para mí esto dista mucho de ser el Yucatán. En realidad, podría tratarse de Honolulú.

Scully advirtió que en el jeep estaba Fernando Victorio Aguilar, a quien reconoció por la coleta y el sombrero de piel de ocelote. Aguilar les hizo una seña con la mano y sonrió.

—¡Buenos días, amigos! —saludó en español.

Mulder cogió la bolsa de Scully y la lanzó junto con la suya a la parte trasera del vehículo, mientras Rubicon acomodaba sus pertenencias en la atestada baca. Dos hombres jóvenes de pelo oscuro y piel morena iban en el vehículo con Aguilar, dispuestos a prestar su ayuda. Rubicon saludó tranquilamente a los extraños y se ubicó en el asiento trasero. Mulder se sentó a su lado.

Aguilar dio unas palmaditas sobre el asiento del pasajero, invitando a Scully a ocuparlo.

—Para usted, señorita... a mi lado, donde estará más segura, ¿eh? —Se volvió hacia Mulder y Rubicon—. ¿Están listos para partir? ¿Llevan ropa adecuada? ¿Preparados para enfrentarse a la selva?

Rubicon se acarició la perilla y declaró:

—Estamos preparados, señor Aguilar.

Mulder se inclinó y dijo:

—Llevo incluso mis botas de excursionismo y repelente para insectos.

Scully se volvió y lanzó una mirada a su compañero.

–Sí, lo imprescindible –comentó.

El desgarbado «expedidor» parecía recién afeitado; sus mejillas y su mentón tenían un aspecto liso y suave. Scully percibió el aroma de su loción para después del afeitado. Aguilar se frotó la cara con los dedos.

–Tardaremos horas en llegar al punto donde deberemos abandonar la carretera y adentrarnos en la selva.

–¿Y quiénes son nuestros nuevos compañeros de viaje? –preguntó Mulder, señalando con un gesto a los otros dos individuos apretujados en el asiento trasero junto a Rubicon y él.

–Ayudantes –informó Aguilar–. Uno regresará con el jeep y el otro vendrá con nosotros. Ya me ha acompañado en otras expediciones como ésta.

–¿Sólo un ayudante? –inquirió Rubicon–. Creía que requeriríamos más asistencia y… provisiones. He pagado…

–Ya tengo guías y trabajadores esperándonos con provisiones en el punto de reunión, señor –lo interrumpió Aguilar–. No era necesario traerlos desde el otro extremo del Yucatán.

Aguilar puso el vehículo en marcha, esquivando con un chirrido de los neumáticos un torpe autobús de turistas que trataba de salir al mismo tiempo. Scully cerró los ojos, pero Aguilar hizo sonar la bocina y dio un volantazo hacia la izquierda, rodeando el autobús y acelerando en dirección a la carretera principal.

Aguilar condujo hacia el suroeste; avanzó penosamente por la atestada zona hotelera y siguió por la autopista de la costa, dando bandazos en las curvas, esquivando autobuses, ciclomotores, y bicicletas conducidas por ciclistas prudentes pero lentos.

A los lados de la carretera se alzaban ruinas semiocultas por la hierba, pequeños templos y erosionados pilares de piedra caliza, algunos cubiertos de grafitos ilegibles y sin ningún cartel o señal que advirtiese de su presencia. La selva se los había tragado. Scully halló sorprendente que objetos con mil años de antigüedad no fuesen tratados con mayor reverencia.

El viaje continuó, y durante todo el trayecto Aguilar prestaba más atención a Scully que a la carretera. Conducía como un loco, o como un profesional, según el mérito que Dana quisiera concederle. Aguilar se las arregló para cubrir en una hora la distancia que un autobús para turistas recorrería en tres.

Al principio siguieron ceñidos la costa en dirección al suroeste por la autopista 307, pasando por delante de las famosas ruinas de Tulum. Luego continuaron hacia el interior, cruzando pequeñas y pobres ciudades con nombres como Chunyaxché, Uh-May o Cafetal, repletas de diminutas casitas encaladas, chozas de troncos, gasolineras y supermercados del tamaño de la cocina de Scully.

Dana desplegó un ajado mapa de carreteras manchado de grasa que encontró en el salpicadero. Comprobó con desazón que en la región hacia la que se dirigían no había carreteras, ni siquiera caminos de tierra. Confió en que se tratase de un error de imprenta, o que el mapa fuese muy viejo.

La selva baja se extendía interminable a los lados de la carretera. Por el ancho y polvoriento arcén vieron mujeres que lucían vestidos blancos de algodón con alegres bordados, el atuendo tradicional que Vladimir Rubicon identificó como *huipil*.

A medida que avanzaban hacia el interior, las curvas se hacían más cerradas y las llanuras cedían paso gradualmente a las colinas. Mulder señaló pequeñas cruces blancas y flores recién cortadas que se veían junto a la carretera en ciertos puntos. Alzó la voz para que pudieran oírlo por encima del viento que retumbaba a través de las endebles ventanillas del viejo vehículo.

—Señor Aguilar —preguntó—, ¿qué es eso que se ve al costado de la carretera? ¿Santuarios?

Aguilar rió.

—No, sencillamente señalan el lugar donde alguien ha muerto en un accidente de tráfico —explicó.

—Parece que hay muchos —observó Scully.

—Sí —dijo Aguilar con un resoplido—, la mayoría de los conductores son bastante ineptos.

—Ya lo veo —asintió ella, mirando fijamente a Aguilar.

Mulder se inclinó y comentó:

—Será mejor que tengamos especial cuidado en las curvas en que aparece más de una cruz.

Tras almorzar en una cantina que no era mucho más que una mesa y un toldo junto a la carretera, se pusieron nuevamente en camino. Aguilar condujo como un verdadero suicida durante un par de horas más. Scully se encontró de repente mareada y con náuseas, especialmente después de haber comido chiles rellenos. El menú de la cantina había sido bastante limitado, aunque Mulder había disfrutado de las frescas y gruesas tortillas y el estofado de pollo.

—¿Cuánto falta? —preguntó Scully a media tarde, luego de echar un vistazo a las nubes grises que cubrían el cielo por momentos.

Aguilar miró a través del parabrisas con los ojos entornados y puso en marcha los limpiaparabrisas para quitar los insectos aplastados que entorpecían la visibilidad. Volvió la vista hacia la carretera y dijo:

—Es aquí. —Frenó de golpe, se apartó de la carretera y se metió en el polvoriento arcén, donde un pequeño sendero enfangado salía de la espesa selva. Detrás de ellos, el conductor de un autobús hizo sonar el claxon y los adelantó por el carril contrario, sin preocuparse en mirar si venían vehículos de frente.

Aguilar se apeó y se quedó de pie al lado del maltratado jeep mientras Mulder abría la puerta trasera y estiraba las piernas. Scully salió del vehículo y respiró hondo el húmedo aire impregnado de los aromas de la circundante selva tropical.

El cielo estaba encapotado y amenazaba tormenta. Sin embargo, al contemplar la selva en que estaban a punto de adentrarse, Dana se preguntó si la lluvia podría penetrar a través de las enredaderas, la hierba y la espesa maleza.

Los hombres que acompañaban a Aguilar se apearon del jeep por el lado del conductor y abrieron el maletero para sacar las bolsas de Mulder y Scully. Entregaron la mochila a Vladimir Rubicon, quien se inclinó para frotarse las anquilosadas y huesudas rodillas.

Mulder echó un vistazo a la alta hierba, las plantas trepadoras, las palmas y las enredaderas que formaban una impenetrable masa de follaje.

—Debe de estar de broma —dijo.

Fernando Aguilar rió y luego sorbió por la nariz y se frotó las mejillas, donde ya se veía la sombra de una barba incipiente.

—Bueno, amigo, si las ruinas de Xitaclán estuviesen junto a una autopista de cuatro carriles, no serían exactamente un yacimiento arqueológico inexplorado, ¿verdad?

—En eso tiene razón —dijo Rubicon.

Mientras Aguilar hablaba, un grupo de hombres de cabello oscuro y piel morena salió repentinamente de la selva. Scully advirtió una clara diferencia entre aquella gente y los mejicanos con que se había cruzado en Cancún. Eran más bajos, y no estaban bien alimentados ni bien vestidos; descendían de los antiguos mayas que vivían lejos de las ciudades, sin duda en pequeñas aldeas que no aparecían en los mapas.

—Ah, aquí está el resto de nuestro equipo, listo para trabajar —anunció Aguilar. Hizo un gesto para indicar a los otros indios que cogieran las provisiones y las mochilas, mientras él mismo sacaba varias bolsas de lona del jeep–. Nuestras tiendas –dijo.

Mulder permanecía de pie con las manos en jarras, escudriñando la jungla, respirando el aire húmedo.

–No se trata solamente de un trabajo, Scully... es una aventura. –Los mosquitos volaban alrededor de su cara.

Cuando el jeep estuvo completamente vacío, Aguilar dio unos golpes en el capó para indicar que estaba listo para que el nuevo conductor partiera. Uno de los jóvenes de cabello oscuro trepó al asiento del conductor sin pronunciar palabra. Se limitó a asir la palanca de cambio de marchas y arrancar con un rugido, metiendo nuevamente el jeep en la carretera sin detenerse a observar el tráfico. El vehículo se alejó rápidamente soltando humo por el tubo de escape.

–En marcha, amigos –dijo Aguilar–. ¡La aventura nos espera!

Scully respiró hondo y se ajustó los cordones de las botas. El grupo penetró en la selva.

Mientras avanzaba con dificultad a través de la maleza, apartando con las manos ramas, hierbas, enredaderas y plantas trepadoras, Scully no tardó en desear estar de nuevo en el jeep, por muy mal que condujese Fernando Aguilar.

Los indios iban delante abriéndose paso entre la maleza con sus oxidados machetes; aunque gruñían a causa del esfuerzo, no se quejaban. Hermosos hibiscos y otras flores tropicales de vivos colores crecían a los lados del sendero. El agua formaba charcos en el suelo rocoso. Esbeltas caobas de tronco retorcido y suave corteza sobresalían en todas direcciones, tragadas por las malas hierbas y los matorrales espinosos. Los helechos rozaban las piernas de Scully, salpicándola con diminutas gotas de agua.

Se detuvieron a descansar junto a un alto chicozapote o «chicle», cuyo tronco estaba cubierto de cortes a causa de la savia que los indígenas habían extraído a lo largo de los años. Scully advirtió que los ayudantes mascaban con diligencia trozos de savia de chicle endurecida. Al cabo de pocos minutos Aguilar ordenó que volvieran a ponerse en marcha.

Muy pronto Scully empezó a sentirse acalorada, sudorosa y desgraciada. Decidió que cuando regresasen a la civilización escribiría al fabricante del repelente de insectos para quejarse por la ineficacia del producto. Ya era tarde avanzada cuando el grupo había iniciado su camino por el sendero, lo cual les concedía no más de cuatro horas de caminata antes de que tuvieran que detenerse y acampar.

Cuando Scully preguntó acerca de ello, Aguilar se limitó a reír y darle unas palmaditas en la espalda.

—Trato de hacerles más fácil la marcha, señorita —dijo—. Sería imposible llegar a Xitaclán en un día, de modo que hoy hemos hecho el viaje en coche y acamparemos después de varias horas de caminata. Tras una buena noche de sueño, por la mañana reanudaremos la marcha más descansados, ¿verdad? Pasado mañana a media tarde deberíamos llegar a las ruinas. Allí quizá encuentre a sus amigos desaparecidos. Tal vez sencillamente se les haya estropeado la radio.

—Tal vez —dijo Scully, poco convencida.

El calor era increíble, y el aire húmedo y denso como el de una sauna. El cabello de Dana colgaba en mechones finos y húmedos que se pegaban a ambos lados de su rostro. Tenía la piel cubierta de barro e insectos aplastados.

Por encima de sus cabezas, los monos aulladores se perseguían lanzando chillidos por las copas de los árboles. Los papagayos emitían ásperos graznidos al tiempo que colibríes cuyos brillantes colores hacían que pareciesen piedras preciosas revoloteaban en silencio frente a los ojos de Scully. Pero ella sólo se concentraba en avanzar entre la maleza evitando los charcos cenagosos y los afloramientos de piedra caliza.

—Te propongo un trato, Scully —dijo Mulder al tiempo que se enjugaba el sudor de la frente; parecía sentirse tan desgraciado como su compañera—. Yo seré Stanley y tú Livingstone, ¿de acuerdo?

Vladimir Rubicon seguía al grupo sin quejarse.

—Sólo llevamos dos horas de marcha desde que dejamos la carretera —dijo—, ¡y miren dónde estamos! ¿Comprenden ahora cuántas ruinas podrían permanecer aún sin descubrir en el Yucatán? Una vez que la gente abandonaba las ciudades, la selva las cubría de inmediato... de modo que sólo viven en las leyendas locales.

—Pero Xitaclán es algo más que una simple ciudad en ruinas, ¿verdad? —preguntó Mulder.

Rubicon respiró hondo, se detuvo y se apoyó contra una caoba.

—Mi hija así lo creía. Xitaclán fue un importante centro de actividad durante muchísimos años; desde antes de la edad de oro del imperio maya, cuando la influencia tolteca era decisiva, y los últimos sacrificios humanos.

Scully se sentía extenuada, por eso le sorprendió advertir que el anciano arqueólogo no parecía en absoluto incómodo en medio de la jungla. En realidad, se lo veía más enérgico y animado que cuando se presentó en el museo de Historia Natural de Washington DC. Sin duda, Rubicon se hallaba en su medio, y no sólo iba a rescatar a su hija sino también a explorar unas ruinas mayas desconocidas.

Cuando las sombras se alargaban ya en la selva, los

colaboradores nativos de Aguilar demostraron su valía
una vez más. Tras elegir un claro cerca de un manantial,
trabajaron con calma pero enérgicamente para disponer
el campamento. Cortaron arbustos y hierbas a fin de
abrir un espacio donde dormir y luego montaron las
tiendas de campaña donde Mulder, Scully, Rubicon y
Aguilar pasarían la noche mientras ellos buscaban otros
lugares donde encontrar acomodo, probablemente en
los árboles más próximos. Scully observaba a los indígenas moverse con precisión y prácticamente sin hablar,
como si hubiesen realizado aquella tarea muchas veces
con anterioridad.

Rubicon pidió a Aguilar más información acerca de
Cassandra y sus compañeros de expedición.

–¡Sí! –exclamó el guía–. Los llevé hasta allí… pero
dado que tenían intención de quedarse durante semanas
para realizar sus excavaciones, me marché y regresé a
Cancún. Soy un hombre muy ocupado.

–¿Pero ella se encontraba bien cuando usted los
dejó? –preguntó Rubicon una vez más.

–Oh, sí –aseguró Aguilar con los ojos brillantes–.
Más que bien. Se sintió muy feliz de encontrar las ruinas. Parecía tremendamente entusiasmada.

–Yo también tengo muchas ganas de verlas –dijo
Rubicon.

–Pasado mañana –respondió Aguilar, y asintió en-
fáticamente con la cabeza.

Se sentaron sobre troncos caídos y rocas para tomar
una cena fría compuesta de tortillas, queso y fruta que
los guías nativos habían recogido en la selva. Scully
bebió de su cantimplora y comió su ración, saboreando
lentamente los alimentos, feliz de estar por fin sentada.

Mulder ahuyentó los mosquitos que zumbaban alrededor de su cabeza y dijo a su compañera:

–Esto es un poco distinto del restaurante de cuatro
tenedores de anoche, ¿verdad? –Se levantó, entró en la

tienda de Scully, donde habían guardado las bolsas, y hurgó frenéticamente entre los bultos y la ropa.

Scully terminó su cena, se recostó y respiró hondo. Sentía agujetas en las piernas a causa del esfuerzo realizado para abrirse camino entre la maleza.

Mulder salió de la tienda escondiendo algo a la espalda.

—Mientras hacía investigaciones preliminares sobre este caso, recordé la historia de Tlazolteotl —dijo. Volvió la vista hacia el anciano arqueólogo—. ¿Lo he pronunciado correctamente? Suena como si me estuviese tragando una tortuga.

Rubicon rió.

—Ah, la diosa de los amores ilícitos —dijo.

—Exacto, la misma —exclamó Mulder—. Un tipo llamado Jappan quería llegar a ser el favorito de los dioses… una especie de crisis de los cuarenta. Así pues, dejó a su amante esposa y todas sus posesiones para convertirse en ermitaño. Escaló a una alta roca del desierto, donde dedicaba todo su tiempo a honrar a los dioses. —Miró alrededor y añadió—: Aunque no sé dónde pudo encontrar un desierto por aquí. Comoquiera que fuese, los dioses no pudieron rechazar aquel reto, de modo que tentaron al indio con hermosas mujeres… pero él se negó a dar el brazo a torcer. Entonces Tlazolteotl, la diosa de los amores prohibidos, se le apareció, dejándolo fuera de combate. Ella dijo que la virtud de Jappan la conmovía tanto que quería hacer algo para consolarlo. Lo convenció de que bajase de la roca y luego lo sedujo con éxito… para deleite de los demás dioses, que habían estado esperando a que Jappan sucumbiese.

»Como castigo por su indiscreción, los dioses convirtieron a Jappan en un escorpión. Avergonzado por su fracaso, el indio se escondió debajo de la roca donde había caído en desgracia. Pero los dioses aún no estaban satisfechos, de modo que llevaron a la mujer de Jappan hasta la piedra, le contaron todo acerca de la caída de su esposo y la convirtieron también en escorpión. –Mulder miró a Scully y sonrió con aire melancólico, sin mostrar lo que ocultaba a la espalda–. Pero después de todo se trata de una historia romántica. La esposa de Jappan, convertida ya en escorpión, corrió a reunirse con su marido debajo de la roca, donde tuvieron montones de escorpioncitos.

Vladimir Rubicon alzó la vista hacia Mulder.

–¡Maravilloso, agente Mulder! –exclamó con una sonrisa–. Debería ofrecerse para trabajar en el museo como voluntario, igual que yo.

Scully cambió de posición sobre el tronco y sacudió las migajas que cubrían la pechera de su chaleco color caqui.

–Muy interesante, Mulder, pero ¿a qué viene contar ahora esa historia?

Mulder sacó la mano de detrás de la espalda y sostuvo en alto los restos de un enorme escorpión negro aplastado.

–Ocurre sencillamente que he encontrado esto debajo de tu almohada.

12

X *Selva del Yucatán.*
Madrugada del sábado,
hora exacta desconocida

Por la mañana, mientras se disponían a desmontar el campamento, Mulder advirtió que su reloj se había parado. Su primer pensamiento fue que durante la noche el grupo había experimentado un inexplicado encuentro alienígena, pero luego comprendió que la detención del tiempo probablemente tenía más que ver con la humedad de la selva que con un fenómeno extraterrestre.

Tras quitarse la camisa y los pantalones para sustituirlos por otros que tras la penosa caminata que les esperaba terminarían igual de sucios y húmedos, Mulder decidió ponerse su camiseta de los New York Nicks, pues ya tenía una manga rasgada y poco importaba el que se manchara o rompiese aún más.

Scully salió de su tienda, rascándose las picaduras de los insectos y con cara de haber dormido muy poco.

–Tienes un aspecto estupendo –dijo Mulder con tono burlón.

–Estoy pensando en pedir el traslado a la sección de archivos –dijo Dana, bostezando y desperezándose–. Al menos la gente que trabaja allí tiene un despacho seco y limpio y una máquina de refrescos al final del pasillo. –Tomó un trago de su cantimplora; luego se echó un poco de agua en la palma de la mano, y con ella se mojó la cara y se frotó los ojos. Parpadeó hasta que se le despejó la vista y luego ahuyentó con la mano una nube de mosquitos–. Jamás había apreciado como ahora trabajar en un lugar donde no hay insectos.

Fernando Aguilar se hallaba de pie al lado de un árbol, mirándose en un pequeño espejo. Sostenía una navaja de afeitar en una mano y su sombrero de piel de ocelote colgaba de una rama, cerca de él.

–Buenos días, amigos –saludó en español, y luego se volvió de nuevo para continuar con su afeitado–. No hay nada como un buen afeitado para afrontar el día, ¿eh? –Sacudió la navaja con la precisión de un lanzador profesional de cuchillos, salpicando de espuma blanca los helechos–. Un secreto, señor Mulder: mezclo el jabón con repelente de insectos.

–Tal vez haga la prueba –dijo Mulder, frotándose la barba incipiente del mentón–. ¿Dónde está la ducha más cercana?

Aguilar soltó una aguda carcajada que a Mulder le recordó los gritos de los monos aulladores que lo habían mantenido despierto toda la noche.

Los ayudantes indígenas empezaron a levantar el campamento, enrollando ropas y provisiones en bolsas de lona; desmontaron las tiendas y las doblaron en bultos compactos. Se movían con una rapidez extraordinaria, y en un abrir y cerrar de ojos estuvieron listos para partir.

Vladimir Rubicon iba y venía con impaciencia mientras mascaba uvas pasas que extraía de una pequeña bolsa.

–¿No deberíamos salir ya? –dijo.

Mulder observó que el arqueólogo tenía los ojos

enrojecidos y comprendió que él tampoco había dormido bien, aunque al parecer estaba acostumbrado a ello.

Aguilar terminó de afeitarse y secó su reluciente rostro con un pañuelo que luego se metió en el bolsillo. Hizo rodar el sombrero de ocelote sobre un dedo con aire presumido y luego se lo caló firmemente.

—Si está listo, señor Rubicon —anunció—, saldremos en busca de su hija. Todavía queda un largo trecho, pero si mantenemos un buen paso, podemos llegar a Xitaclán antes de mañana por la noche.

El grupo partió de nuevo a través de la selva. Los silenciosos y solemnes indígenas iban a la cabeza, abriendo camino con sus machetes, mientras Aguilar caminaba detrás de ellos para guiarlos.

De una charca que había al lado de un árbol caído se elevó una nube de mariposas. Parecían un ramillete de brillantes orquídeas esparcidas por el aire.

Las serpientes que colgaban de algunas ramas los observaban con sus fríos ojos. Mulder deseó haberse tomado más tiempo para estudiar las especies venenosas de Centroamérica, y por razones de seguridad decidió evitar cualquier clase de contacto con ellas.

Aún no llevaban andando una hora cuando la lluvia empezó a caer con fuerza, cálida y extrañamente grasosa. Torrentes de agua caían desde las enormes hojas en forma de pala de los bananos, arrastrando arañas, insectos y orugas. El aire húmedo parecía a punto de estallar con sus lujuriantes olores recién liberados.

Aguilar asió el ala de su sombrero moteado para que el agua resbalara por él. Su coleta mojada colgaba como un fláccido trapo entre sus omóplatos. Dirigió una sonrisa a Mulder.

—¿No me preguntó por las duchas, señor? Parece que las hemos encontrado, ¿eh?

Hojas empapadas, musgo y vegetación descompuesta se pegaban a sus cuerpos. Mulder miró a Scully y a Rubicon, cuyas ropas estaban manchadas de barro y cubiertas de amarillentas hojas de helecho.

–Sin duda hemos conseguido camuflarnos –dijo.

–¿Acaso lo intentábamos? –respondió Scully, sacudiéndose los pantalones. Los mosquitos siempre presentes zumbaban junto a su rostro.

–A mí desde luego no se me ocurriría construir grandes templos y pirámides en un lugar como éste –comentó Mulder–. Me parece asombroso que los mayas pudieran crear una civilización tan enorme en semejante medio.

–Imagino que dentro de los templos debía de estar seco –comentó Scully, escurriéndose el agua del pelo.

Rubicon, que parecía fascinado por todo aquello, dijo:

–Cuando estudiamos la historia, el ingenio humano no deja de sorprendernos. Sería tan maravilloso regresar al pasado aunque sólo fuese por cinco minutos para preguntar «¿Por qué hicieron esto?». Pero tenemos que conformarnos con pequeñas claves. Un arqueólogo debe ser como un detective, una especie de agente del FBI del pasado, para desenmarañar misterios en los que los sospechosos y las víctimas se convirtieron en cenizas mil años antes de que ninguno de nosotros naciera.

–Los logros científicos y astronómicos de los mayas son realmente impresionantes –dijo Mulder–, aunque hay quien cree que esa civilización podría haber recibido cierta… ayuda.

–¿Ayuda? –inquirió Rubicon mientras apartaba distraídamente de su cara una espesa fronda–. ¿A qué clase de ayuda se refiere?

Mulder respiró hondo.

–Según una leyenda maya, sus dioses les dijeron que la Tierra era redonda, lo cual es una curiosa observación tratándose de un pueblo primitivo. Al parecer conocían la existencia de los planetas Urano y Neptuno, que no fueron descubiertos por los astrónomos occidentales hasta el siglo XIX. Debían de poseer una vista excepcional, si consideramos que no tenían telescopios.

»Los mayas también determinaron el año terrestre con un error de una quincuamilésima parte de su valor real, y conocían la duración exacta del año venusiano. Calcularon otros ciclos astronómicos hasta un período de tiempo aproximado de sesenta y cuatro millones de años.

—Sí, el tiempo fascinaba a los mayas —dijo Rubicon, que no parecía dispuesto a morder el anzuelo—. Estaban obsesionados con él.

—Mulder —dijo Scully—, no irás a sugerir…

Mulder aplastó una mosca que estaba picándolo.

—Si observas algunas de sus esculturas, Scully, verás figuras que resultan inconfundibles… una silueta enorme sentada en lo que sin duda se asemeja mucho a una silla de mandos, igual que un astronauta en la cabina de un transbordador espacial, y la estela de fuego y humo que sale de la nave.

Rubicon sacudió la cabeza y contraatacó con una sonrisa.

—Los famosos «carros de los dioses». Interesantes especulaciones. Se supone que un arqueólogo debe conocer todos esos cuentos y leyendas. Algunas de las historias son bastante asombrosas. Ésta es una de mis favoritas… ¿Sabía que Quetzalcoatl, o Kukulkán, como lo llamaban los mayas, era el dios del conocimiento y la sabiduría?

—Sí —respondió Mulder—. Se dice que llegó procedente de las estrellas.

—Eso dicen, en efecto —continuó Rubicon—. Bien, el enemigo de Kukulkán era Tezcatlipoca, cuya misión en la vida era sembrar la discordia. —Se colocó las gafas, aunque resultaban completamente inútiles bajo la lluvia de la selva. Al parecer era un hábito del profesor, un gesto necesario a la hora de contar una historia–. Tezcatlipoca llegó a una importante fiesta religiosa disfrazado de hombre apuesto y llamó la atención de todos al danzar y cantar una canción mágica. Los presentes se sintieron tan fascinados, que empezaron a imitar su danza... ya saben, como el flautista de Hamelin. Los condujo a todos hasta un puente muy alto, que se derrumbó debido al peso. Los que cayeron al río que había debajo se convirtieron en piedras. –Rubicon esbozó una sonrisa–. En otra ciudad, Tezcatlipoca apareció con una marioneta mágica que bailaba sobre su mano. Maravillados ante aquel milagro, los ciudadanos se apiñaron tanto para verlo, que muchos de ellos murieron de asfixia. Luego, fingiendo estar desolado por el dolor y la pena que había causado, el dios insistió en que la gente lo lapidase por el daño que había ocasionado. Y así lo hicieron.

»Pero cuando el cadáver de Tezcatlipoca empezó a descomponerse, despidió un hedor tan espantoso que muchos murieron al olerlo. Por fin, en una especie de misión comando, varios valientes se relevaron para arrastrar el cuerpo fuera de la ciudad, que finalmente quedó libre de la pestilencia.

Continuaron avanzando con dificultad a través de la selva. Rubicon se encogió y añadió:

–Por supuesto, todo eso no son más que leyendas. A nosotros corresponde escuchar las historias y aprender de ellas lo que podamos. Yo no les diré en qué deben creer.

–Sin embargo, todo el mundo parece hacerlo –dijo Mulder tranquilamente, pero durante el resto del día se abstuvo de mencionar el tema de los astronautas de la Antigüedad.

13

X

El Pentágono, Arlington, Virginia.
Sábado, 13.03

Mientras avanzaba a grandes zancadas por el corredor del ala este del Pentágono, el mayor Willis Jakes cayó en su típica rutina de localizar señales y memorizar la ruta que le permitiera hallar el camino de regreso.

Normalmente se habría fijado en un árbol roto, un afloramiento rocoso o una hondonada, tal como había hecho en las áridas tierras de Afganistán, los pantanos del Sudeste asiático y las montañas del norte de Irán. Sin embargo, en esta ocasión no vestía un uniforme de camuflaje sino su uniforme militar de gala pulcramente planchado.

Sin embargo, los pasillos del Pentágono representaban un reto tan difícil como cualquier desierto, ya que eran idénticos y por lo tanto resultaba imposible memorizarlos. La forma geométrica del gigantesco y laberíntico edificio hacía que resultara fácil desorientarse y perderse. Uno podía salir por una puerta convencido de que se dirigía a un aparcamiento... para encontrarse en el lado equivocado de la enorme fortaleza.

Pero el mayor Jakes no consideraba aquello un obstáculo insalvable. Observó la sucesión de puertas de despachos, la mayor parte de ellos cerrados y a oscuras. El sábado tanto el personal civil como el militar eran enviados a casa. Los funcionarios trabajaban las cuarenta horas semanales de rigor, durante las cuales rellenaban los formularios pertinentes para pasarlos luego de despacho en despacho hasta conseguir los sellos, firmas y copias de archivo necesarios.

Pero para un militar de carrera como el mayor Willis Jakes los horarios no significaban nada. Él no fichaba a la entrada o a la salida del trabajo. Sus servicios podían requerirse siempre que fuera necesario, las veinticuatro horas del día, los trescientos sesenta y cinco días del año, en cualquier momento que el deber lo exigiese. El mayor sólo descansaba o tomaba vacaciones cuando las circunstancias lo permitían. No lo habría querido de otro modo.

El que lo hubiesen llamado al Pentágono un sábado para una reunión de alto nivel significaba que debía de estar gestándose una misión importante. Jakes se encontraría muy pronto en algún remoto rincón del mundo, llevando a cabo incondicionalmente la misión que sus superiores le encomendaran; misiones que, en la mayor parte de los casos, el gobierno negaría haber ordenado en caso de que lo descubrieran.

Jakes era alto y delgado, y su piel de color caoba indicaba que por sus venas corría sangre egipcia. Sus rasgos no eran redondeados ni suaves, sino angulosos y semíticos.

Caminó hasta el final del corredor y giró a la izquierda; tras pasar por delante de varias puertas llegó a otra habitación cerrada y a oscuras, igual a todas las demás. Sin embargo, el mayor sabía que aquél era el despacho que buscaba.

Llamó por tres veces a la puerta con firmeza. El letrero rezaba «A. G. Pym, Historias y Archivos». El mayor Jakes dudaba que en las actividades cotidianas del Pentágono otros empleados visitaran alguna vez el despacho del señor Pym.

La puerta se abrió y un hombre con traje oscuro retrocedió hacia las sombras. Jakes entró en la habitación en penumbra. Su expresión seguía siendo imperturbable, pero su mente trabajaba a velocidad de vértigo, observando detalles, analizando posibles amenazas y el modo de eludirlas.

—Identifíquese —dijo una voz entre las sombras.

—Mayor Willis Jakes.

—Sí, mayor —contestó el hombre misterioso sin dejarse ver. Tendió una mano que sostenía una llave plateada y añadió—: Use esto para abrir la puerta que hay al fondo del despacho. Llévese la llave y cierre la puerta. Se bloqueará sola. Los otros están esperándolo. La reunión está a punto de comenzar.

El mayor Jakes no le dio las gracias; se limitó a seguir las instrucciones y abrió la puerta que le indicaban para encontrar una sala de reuniones a media luz. En la pared del fondo colgaba una pantalla blanca de proyección.

Tres hombres vestidos con traje y corbata ocupaban sendas sillas, mientras un cuarto individuo manipulaba un proyector de diapositivas. El mayor Jakes nunca había visto a ninguno de esos hombres, ni esperaba volver a verlos jamás.

Uno de los hombres, que lucía traje gris oscuro y gafas de montura metálica, dijo:

—Bienvenido, mayor Jakes. Justo a tiempo. ¿Le apetece un café? —Señaló una cafetera al fondo de la habitación.

—No, señor —respondió Jakes.

Otro individuo de gran papada y corbata marrón, añadió:

—Hay pastas, si le apetece.

—No, gracias.

—Muy bien, entonces ya podemos empezar.

Un hombre joven encendió el proyector. Una deslumbrante luz amarilla iluminó la pantalla.

Aunque la curiosidad no formaba parte de su deber, la extraordinaria memoria del mayor y su capacidad para captar el menor detalle resultaban cruciales para su trabajo.

El último hombre, de pelo gris y camisa blanca, se retrepó en su silla, arrugando la chaqueta marrón que colgaba en el respaldo.

—Adelante la primera diapositiva —dijo.

—Mayor Jakes, le ruego que preste la mayor atención —dijo el tipo de la papada—. Todos estos detalles podrían ser importantes.

Sobre la pantalla apareció la imagen fotografiada desde un satélite de una densa selva, en mitad de la cual los árboles habían sido arrancados y la superficie destrozada formando un círculo casi perfecto. Alrededor de éste el terreno parecía fundido y vitrificado, como si alguien hubiese apagado allí un cigarrillo gigantesco.

—Esto era una hacienda privada en México. ¿Tiene idea de qué pudo haber producido esto, mayor Jakes? —preguntó el hombre del traje gris.

—¿Un corta-margaritas? —sugirió Jakes, refiriéndose a una de las bombas de fragmentación utilizadas para derribar árboles en las junglas con el fin de crear plataformas de aterrizaje para helicópteros—. ¿Napalm, tal vez?

—Ninguna de las dos cosas —dijo el hombre del pelo gris—. La extensión es de medio kilómetro de diámetro. Nuestros sensores sísmicos revelaron una intensa vibración, y nuestros detectores de radiación señalaron con precisión un significativo aumento de radiactividad residual.

El mayor Jakes se mostró sorprendido.

—¿Está insinuando que es el resultado de una pequeña explosión nuclear?

—No se nos ocurre otra explicación —respondió el hombre de la papada, enderezándose la corbata marrón—. Sólo un proyectil nuclear táctico podría producir un resultado de tal precisión. Nuestro país ha desarrollado recientemente esa clase de material bélico, y suponemos que los soviéticos han estado haciendo lo mismo, al menos en los últimos años de la guerra fría.

—Pero ¿quién podría haber utilizado un arma así en Centroamérica, señor? ¿Qué podría haber incitado a alguien a hacerlo?

El hombre de pelo gris, que parecía ser el jefe, entrelazó los dedos detrás de la cabeza y se retrepó nuevamente en su asiento, y dijo:

—Actualmente hay una gran agitación política en esa parte del Yucatán. Se han producido numerosos actos de terrorismo, reyertas sin importancia provocadas por un pequeño grupo de combatientes separatistas... Un acto como éste estaría mucho más allá de sus escasas posibilidades. En la zona hay también muchos narcotraficantes, cuya táctica preferida ha sido eliminar a sus rivales mediante el asesinato... coches bomba y cosas por el estilo.

—Esto no es ningún coche bomba, señor —señaló el mayor Jakes.

—Desde luego que no —dijo el hombre del traje gris oscuro—. La siguiente diapositiva, por favor.

El operador del proyector pasó a una imagen de alta resolución que mostraba los árboles caídos y el borde del círculo, como si una bola de fuego hubiese surgido tan de repente que hubiese vaporizado el bosque y convertido el suelo en cristal, para desvanecerse antes de que los incendios forestales circundantes pudieran propagarse.

—La hipótesis que manejamos es que al menos uno, y posiblemente varios de esos proyectiles nucleares tácticos han pasado a manos desconocidas tras el derrumbamiento de la Unión Soviética. En medio del caos provocado por el desmembramiento de las antiguas repúblicas socialistas, muchos de los estados soberanos reclamaron el derecho a quedarse con las armas nucleares que el gobierno comunista central había establecido en su territorio. Muchas de estas ojivas nucleares se han... extraviado. Ese material de guerra ha estado al alcance de criminales y terroristas internacionales. Es el único artefacto conocido que podría producir algo semejante a lo que acabamos de ver. Tal artefacto podría haber llegado desde Cuba, por ejemplo, a través del mar Caribe, hasta la península del Yucatán, donde habría pasado a manos de los grandes narcotraficantes de esa zona de México.

–Así pues, sospechan ustedes que éste podría ser sólo el primer golpe, que podrían producirse otros.

–Es una posibilidad –dijo el hombre del pelo gris–. Si existen otras armas como ésa.

La siguiente diapositiva mostraba un mapa de la península de Yucatán que señalaba los estados de Quintana Roo, Yucatán, y Campeche, así como los pequeños países centroamericanos de Belice, Honduras, El Salvador y Guatemala.

–Necesitamos que se introduzca allí con un equipo, descubra el origen de estas armas y luego las confisque o destruya. No podemos permitir que terroristas nucleares anden sueltos por ahí, ni aun cuando se limiten a matarse entre ellos.

El hombre de la corbata marrón sonrió, y su papada se agitó.

–Da mal ejemplo.

–¿Llevo a mis comandos habituales? –preguntó Jakes.

–Cualquier cosa que desee está a su disposición, mayor Jakes –respondió el hombre de pelo gris–. Sabemos que hasta el último centavo que invirtamos en sus esfuerzos estará bien empleado.

—O cada peso —dijo el operador del proyector de diapositivas.

Los demás pasaron por alto el comentario.

—Imagino que se trata de una incursión secreta, una misión de búsqueda y destrucción, pero ¿cómo voy a establecer el objetivo? ¿Qué seguridad tenemos de que existan otros proyectiles nucleares?

—Tenemos sospechas fundadas —dijo el hombre del traje gris oscuro—. Al parecer hay una base militar situada en una de las zonas más aisladas del Yucatán. Hemos captado una transmisión muy potente, codificada en una clave secreta desconocida para nosotros. La señal apareció de repente hace poco más de una semana, con tal potencia que no podía ocultarse. Sospechamos que el transmisor indica una base militar secreta situada allí.

—¿Corresponde el objetivo con alguna situación conocida? —preguntó el mayor Jakes mirando fijamente la imagen proyectada en la pantalla.

El operador del proyector pasó a la siguiente diapositiva, una fotografía de alta resolución efectuada desde un satélite; sobre ella se había superpuesto un mapa de líneas y curvas de nivel.

—Al parecer coincide con la ubicación de unas ruinas mayas. Cuando cotejamos nuestros archivos con los del Departamento de Estado, descubrimos que un equipo de arqueólogos estadounidenses desapareció en ese lugar más o menos al mismo tiempo que empezó la señal, y sólo unos días antes de que tuviese lugar la explosión. Sospechamos que nuestros enemigos han convertido las ruinas en su base militar secreta. Puesto que no se han producido peticiones de rescate ni amenazas de retenerlos como rehenes, la situación de nuestros ciudadanos sigue siendo desconocida y... al efecto de su misión, no es de interés prioritario.

–Comprendo –dijo el mayor Jakes. Entrecerró los ojos para observar el emplazamiento en el mapa. No vio nada parecido a una carretera cerca de las ruinas.

El operador del proyector ajustó la lente para que la fotografía se apreciara con mayor claridad.

–Xitaclán –murmuró el mayor Jakes, leyendo el rótulo de la diapositiva.

Al menos parecía mejor que las áridas montañas de Afganistán.

14

X

Ruinas de Xitaclán.
Domingo, 16.23

Los diligentes guías indígenas empezaron a murmurar entre ellos en su propia lengua, Scully no podía determinar si entusiasmados o tal vez inquietos. Durante los dos últimos días había concentrado toda su energía en avanzar entre la maleza, adentrándose en la selva y alejándose de la civilización, el confort y la seguridad.

Fernando Aguilar aceleró el paso.

—Vengan rápido, amigos —dijo al tiempo que apartaba unos helechos; luego se apoyó contra una alta ceiba y señalando hacia adelante, exclamó—: ¡Miren... Xitaclán!

Sudoroso y exhausto, Mulder se detuvo al lado de Scully, con un repentino brillo de interés en los ojos. Vladimir Rubicon avanzó con renovada energía.

Recobrando el aliento, Scully se protegió los ojos con la mano y miró hacia la antigua ciudad donde tal vez hubiesen hallado su fin Cassandra Rubicon y sus compañeros. El cielo estaba encapotado y los edificios medio derruidos se elevaban como enormes siluetas en medio de una tormenta.

La enorme y antigua ciudad de los mayas se extendía ante ellos. En el centro de la amplia plaza, los árboles se elevaban a través de las grietas abiertas en las losas. Una altísima pirámide escalonada dominaba la metrópolis abandonada, cubierta de plantas trepadoras. Templos más pequeños y estelas ricamente aparecían en ruinas, incapaces de resistir el paso del tiempo y las fuerzas de la naturaleza. Jeroglíficos intrincadamente cincelados asomaban entre el musgo y las enredaderas.

–Es asombroso –dijo Rubicon, empujando a Fernando Aguilar. El viejo arqueólogo salió a la amplia plaza–. Miren el tamaño de este lugar. Imaginen la cantidad de gente que venía aquí. –Se volvió hacia los agentes del FBI, deseoso de dar explicaciones–. La agricultura maya, que utilizaba el sistema de tala y roza, jamás podría haber abastecido un centro tan densamente habitado como éste. La mayor parte de las grandes ciudades, como Tikal o Chichén Itzá, probablemente sólo albergaban gente durante las ceremonias religiosas, los juegos de pelota y los sacrificios rituales en los cambios de estación. El resto del año eran abandonadas a merced de la selva hasta que llegaba la siguiente festividad.

–Eso me recuerda a una villa olímpica –dijo Mulder. Él y Scully salieron a la explanada y se detuvieron al lado del arqueólogo, mientras los guías nativos se quedaban atrás, hablando nerviosamente con Aguilar en su dialecto indio.

–¿Ha dicho juegos de pelota, doctor Rubicon? –inquirió Scully–. ¿Quiere decir que organizaban espectáculos deportivos?

–Ahí, creo, estaba su estadio. –Señaló a través del claro en dirección a un amplio espacio hundido, cercado con un muro de ladrillos grabados–. Los mayas practicaban un deporte que era una mezcla de fútbol y baloncesto. Impulsaban una pelota de goma valiéndose de las caderas, los muslos y los hombros... todo excepto las manos. El objetivo era introducirla a través de un aro de piedra en posición vertical que había en el muro.

—Con animadoras, banderines... —dijo Mulder.

—Los perdedores del torneo normalmente eran sacrificados a los dioses —prosiguió Rubicon—. Les cortaban la cabeza, les arrancaban el corazón y su sangre se derramaba en el suelo.

—¿Y qué hacían en caso de empate? —bromeó Mulder.

Una expresión de profunda preocupación cruzó el rostro de Rubicon mientras avanzaba, volviendo la cabeza a un lado y a otro.

—Prácticamente no hay rastros de Cassandra y sus compañeros; al parecer no avanzaron mucho en su tarea de excavación. —Miró alrededor, pero la selva parecía inmensa y tremendamente opresiva—. Por desgracia, no creo que el problema de mi hija fuese algo tan inofensivo como un radiotransmisor estropeado.

Scully señaló hacia el lugar donde habían arrinconado los árboles y la maleza cortados. Las ramas y las enredaderas arrancadas formaban un montículo medio quemado, como si algún miembro de la expedición hubiese intentado encender una hoguera para librarse de ellas... o enviar una señal desesperada.

—Estuvieron aquí no hace mucho —señaló Scully—. Pero imagino que en menos de un mes la maleza debe de haber borrado cualquier señal de ellos.

—Quizá se perdieron en la selva —dijo Aguilar con una sonrisa—. Puede que los jaguares se los hayan comido...

—Debería guardarse esos comentarios —lo reprendió Scully.

—El equipo de Cassandra no pudo ser tan descuidado —dijo Rubicon, como si tratara de convencerse a sí mismo—. Al contrario que los antiguos excavadores aficionados, que se lo tomaban como un juego, los arqueólogos profesionales deben proceder con cautela, mirar debajo de cada piedra, estar atentos a los detalles más sutiles. –Contempló con tristeza las construcciones de piedra deterioradas por el tiempo–. Algunos de los peores aficionados creyeron que estaban haciendo un bien a la humanidad. A principios de siglo llegaron a los antiguos templos y trataron los bloques caídos de los muros como si no fuesen más que escombros, sin importarles que fueran piedras talladas o fragmentos de estelas. Nunca sabremos cuánto material se perdió de ese modo.

Avanzaban con cuidado, casi de puntillas, hablando en voz muy baja, como si temieran ofender a los antiguos fantasmas de Xitaclán. La superficie de la plaza, que alguna vez había sido lisa, estaba combada y resquebrajada a causa de la raíces que sobresalían.

–Comprendo por qué Cassandra estaba tan entusiasmada con este lugar –dijo Rubicon con voz ronca y profunda–. Es el sueño de un arqueólogo hecho realidad. Aquí podemos ver todas las etapas de la historia maya. Cada lugar que pisamos, cada nueva inscripción que encontramos es algo que jamás ha sido catalogado. Cualquier reliquia podría ser la tan esperada piedra Rosetta de la escritura maya. Podría revelarnos el secreto del motivo por el cual esta gran civilización abandonó sus ciudades y desapareció hace siglos… Eso, por supuesto, si los equipos científicos finalizan su trabajo antes de que el lugar sea saqueado por los cazadores de recuerdos.

–Xitaclán debió de ser un lugar asombroso –susurró Scully, imaginando cómo sería la ciudad antes de que la maleza la invadiese.

Erguidas como postes, dos impresionantes estelas exhibían hileras de incomprensible escritura maya, compuesta de símbolos ideográficos; una enorme serpiente emplumada se enroscaba alrededor de cada obelisco. Scully recordó el símbolo de la serpiente emplumada en la pieza de jade que Mulder le había mostrado.

—¿La serpiente emplumada representa a Kukulkán? —preguntó señalando la escultura.

Rubicon se calzó las gafas, examinó la estela y respondió:

—Sí, y por cierto está muy bien recreada. Ésta parece más grande y temible, y tan realista como algunas de esas estatuas de jaguar que estaban expuestas en mi museo. Son muy distintas de los estilizados jeroglíficos y los dibujos simbólicos que normalmente vemos en las estelas mayas. Sumamente interesante.

—Es casi como si la escultura hubiese sido sacada de la vida real —comentó Mulder.

Scully le lanzó una mirada, y él le ofreció una leve sonrisa a cambio.

—Falta poco para que anochezca —intervino Aguilar—. Será mejor que inspeccionemos rápidamente el lugar y luego montemos el campamento. Mañana podrán empezar con su trabajo de verdad.

—Sí, es una buena idea —admitió Rubicon. Parecía debatirse dolorosamente entre el desaliento de no encontrar a su hija allí, esperándolo, y el deseo de estudiar aquel maravilloso yacimiento arqueológico—. Es todo un privilegio ver un lugar como éste antes de que sea saqueado por los turistas. Las ruinas más famosas han sido degradadas por millares de visitantes que no saben nada de historia y sólo van allí porque un vistoso folleto se lo dice. —Se llevó las manos a las caderas—. Una vez que un nuevo emplazamiento se abre al público, la gente se la ingenia para destruirlo en tiempo récord.

Los cuatro cruzaron la plaza contigua al patio de juego de pelota y luego rodearon la espectacular pirámide central. La maleza había sido arrancada en dos de los lados, y Scully divisó en el nivel inferior una entrada que había sido forzada y conducía a las oscuras catacumbas de la antigua construcción.

—Al parecer alguien ha entrado a explorar —dijo.

Mulder se adelantó por la senda que rodeaba la base de la pirámide, y luego llamó a los otros para que se acercaran. Scully le encontró de pie en el borde de un pozo circular de unos diez metros de diámetro que se hundía en la roca caliza como si hubiese sido abierto por un taladro gigantesco.

—Un cenote —informó Rubicon—, un pozo sagrado, muy profundo, con paredes de piedra caliza. Los hay esparcidos por toda la península del Yucatán. Quizá éste sea el motivo por el que Xitaclán se construyó en este lugar.

Scully se acercó a una plataforma medio derruida que debía de haber sido una especie de plancha sobre el profundo agujero. Todos permanecieron de pie en el borde, y Scully se asomó para contemplar la superficie lisa de las oscuras aguas. Las profundidades parecían insondables. Afloramientos de piedra caliza surcaban las paredes del cenote como el resalto de un tornillo. Mulder lanzó un guijarro al agua y contempló los círculos que se extendían como ondas expansivas.

—Estos pozos negros naturales se consideraban sagrados, pues contenían el agua de los dioses, que surgía de la tierra —explicó Rubicon—. Pueden estar seguros de que éste contiene un tesoro sin descubrir de reliquias y huesos.

—¿Huesos? —preguntó Scully—. ¿De gente que cayó dentro?

—De gente que fue arrojada dentro —respondió Rubicon—. Los cenotes eran pozos para sacrificios. En ocasiones azotaban a sus víctimas hasta la muerte, o sencillamente las ataban y las dejaban caer con un lastre para que los cuerpos se hundieran. Otras veces, cuando se trataba de sacrificios especiales, elegían a la víctima un año antes. La persona escogida llevaba una vida de placeres e incluso desenfreno, comida, mujeres y ropas elegantes... hasta el día en que lo drogaban y conducían al borde del cenote para arrojarlo a las aguas sagradas.

–Creía que los mayas eran en esencia un pueblo pacífico –comentó Scully.

–Ésa es una falsa creencia difundida por un arqueólogo que admiraba a los mayas hasta el punto de interpretar sus descubrimientos de modo parcial a fin de quitar importancia al derramamiento de sangre evidente en los escritos y esculturas.

–Un arqueólogo poco fiable –dijo Mulder.

–La cultura maya era bastante violenta, vertía gran cantidad de sangre, especialmente en los últimos períodos, debido a influencias toltecas. Consideraban la escarificación un signo de belleza, y se automutilaban cortándose los dedos de las manos y de los pies. La ceremonia más sangrienta estaba dedicada al dios Tlaloc, cuyos sacerdotes preparaban las grandes festividades acercándose a las madres para comprar a sus pequeños. En una espléndida ceremonia, los niños eran cocidos vivos en agua hirviendo y luego eran devorados con gran pompa y esplendor. Los sacerdotes se deleitaban especialmente si los bebés lloraban o gemían mientras eran torturados hasta la muerte... pues pensaban que las lágrimas eran la señal de un año de lluvias abundantes.

Scully se estremeció mientras contemplaba las oscuras aguas del cenote y pensaba en los secretos que debía de esconder aquel pozo profundo y lóbrego.

–Sin embargo, estoy seguro de que ya nadie practica esa religión –añadió Rubicon, como si con ese comentario intentara consolar a Scully. El científico se frotó las manos en los pantalones–. No tienen por qué preocuparse. Estoy convencido de que no guarda ninguna relación con todos esos rumores de personas desapare-cidas... o con Cassandra.

Scully asintió con aire ausente. Sí, ahí estaban, ais-lados, a dos días de distancia de la carretera más cerca-na, en unas ruinas milenarias donde los mayas habían realizado incontables y sangrientos sacrificios humanos. Un lugar donde todos los miembros de un equipo de arqueólogos estadounidenses había desaparecido re-cientemente...

Por supuesto, pensó, no tenía por qué preocuparse.

15

X *Ruinas de Xitaclán.*
Domingo, 18.38

De pie junto a la plataforma sacrificial de piedra medio derruida que se alzaba en el borde del cenote, Mulder miraba fijamente hacia abajo, atraído por el abismo. Se preguntaba qué secretos yacían bajo las oscuras aguas, hasta dónde llegaba la profundidad del pozo, cuántos esqueletos albergaba.

Sintió un escalofrío, pero no pudo determinar su origen. Anochecía, y la tenue luz ambarina del sol poniente proyectaba largas sombras. Mulder creyó ver oscuras siluetas arremolinarse como aceite en el fondo del cenote, y sintió un pequeño temblor bajo los pies… una vibración que parecía proceder de motores profundamente enterrados, generadores sepultados bajo la tierra. Pensó en la novela de H. G. Wells *La máquina del tiempo*, en los malvados *morlocks* cavando túneles, manejando sus máquinas… hambrientos de carne de los habitantes de la superficie.

El agua del cenote empezó a agitarse. De repente unas burbujas enormes surgieron en la superficie, cada una tan grande como un barril, vomitando gas procedente de las profundidades.

—¿Qué está pasando? —preguntó Scully.

Mulder retrocedió cuando la vibración se hizo más intensa bajo sus pies. Percibió un hedor acre y sulfuroso, como si hubiesen hecho una tortilla gigantesca con un millar de huevos podridos. Se tapó la nariz, medio asfixiado. La propia Scully, que como médica forense que era estaba acostumbrada al olor de los cadáveres y la descomposición, arrugó la nariz y buscó aire desesperadamente.

—¡Qué peste! —exclamó Fernando Aguilar.

—Puede que sea el legendario cadáver de Tezcatlipoca —dijo Vladimir Rubicon, que no parecía en absoluto preocupado por el suceso—. Ese hedor es lo bastante horrible para exterminar a la mitad de la población.

Scully olfateó cuidadosamente el aire y negó con la cabeza.

—No, eso es azufre... dióxido de azufre, creo. Es un gas volcánico.

—Quizá debiéramos hablar de esto un poco más lejos del borde —aconsejó Mulder.

Los cuatro se apresuraron a regresar a la parte delantera de la enorme pirámide.

—Aún me tiemblan las rodillas —dijo Scully—. Pero... un momento, no son mis rodillas... es el suelo.

Mulder vio que los árboles oscilaban y el suelo se sacudía. Las vibraciones aumentaban a medida que aquel fenómeno subterráneo ganaba en intensidad.

Los porteadores indios hablaban nerviosamente entre ellos, hasta que uno echó a correr hacia la espesura, gritando a los demás.

—¿Qué les pasa? —preguntó Mulder—. ¿Es que nunca habían experimentado la ira de los dioses?

—Eso es actividad sísmica —dijo Rubicon con voz distante y analítica—. ¿Cómo es posible que haya terremotos o actividad volcánica? La península del Yucatán es una meseta de roca caliza alta y estable... Es geológicamente imposible que exista actividad volcánica aquí.

Para rebatir las palabras del arqueólogo, la tierra se estremeció como si alguien la hubiese golpeado con un mazo enorme. El suelo de la plaza se agrietó en varios lugares. Unas caobas que crecían al lado del templo se inclinaron; sus raíces emergieron del suelo húmedo y quebradizo como una maraña de tentáculos incrustada de tierra.

Una de las fachadas antiguas y medio derruidas terminó de derrumbarse con un estruendo de piedras. De los costados de la pirámide escalonada varios ladrillos se desprendieron de repente. En la linde de la selva la tierra se abrió dejando escapar de sus entrañas gases fétidos. Mulder tomó del brazo a Scully para ayudarla a mantener el equilibrio.

–Será mejor que nos alejemos de las construcciones grandes –dijo ella–. Podrían caer sobre nosotros.

Juntos ayudaron al viejo arqueólogo a dirigirse hacia el centro de la plaza mientras el suelo oscilaba y se sacudía bajo sus pies. Mulder vio que la pirámide se balanceaba de un lado a otro como si fuese un rascacielos en medio de un vendaval. Puso una mano sobre el hombro de su compañera, y exclamó:

–¡Será mejor que nos sujetemos!

Pero entonces, antes de que el terremoto alcanzase su apogeo, los temblores disminuyeron, convirtiéndose en una leve vibración que Mulder podría muy bien haber atribuido a sus propios nervios, alterados a causa del miedo.

Rubicon se acarició la perilla en un gesto de nerviosismo, y dijo:

–Podría estar equivocado acerca de esa inactividad sísmica…

Aguilar señaló hacia las tiendas de campaña medio caídas y las provisiones desparramadas por el suelo. El campamento estaba vacío, abandonado.

—Parece que por el momento hemos perdido a nuestros ayudantes —dijo con expresión sombría. Hurgó en el bolsillo de su chaleco en busca de papel de fumar y tabaco—. Mañana estarán de vuelta, amigos. Son buenos trabajadores. Pero por el momento tendremos que valernos por nosotros mismos para preparar la cena de esta noche y recobrarnos de nuestra aventura. —Soltó una risa forzada que hizo que Mulder se sintiese decididamente intranquilo.

Rubicon se sentó en una de las losas levantadas y bajó la cabeza.

—Uno de los motivos por los que a Cassandra le interesaba este lugar era su... inestabilidad geológica inusual y muy localizada. Su primer amor fue la geología, ¿saben? Recogía rocas y las clasificaba... ígneas, metamórficas y sedimentarias. Tenía una gran colección, y las conocía todas. Luego su interés se decantó hacia las excavaciones, no sólo por las rocas en sí, sino por lo que yacía oculto debajo de ellas... las marcas de la actividad humana y la historia atrapadas entre las capas de sedimentos y polvo. Parecía muy entusiasmada con ciertos registros de actividad sísmica que había obtenido en esta zona... tanto como por el hecho de dirigir la primera expedición que pisara Xitaclán. —El viejo arqueólogo sacudió la cabeza—. Pero aun así parece imposible que aquí exista una actividad tan intensa. —Señaló hacia la alta pirámide central, donde unos cuantos guijarros sueltos continuaban cayendo por los enormes escalones—. Es evidente que la zona es completamente estable, ya que si los temblores sísmicos fueran frecuentes estas ruinas habrían sido arrasadas hace siglos. El mero hecho de que Xitaclán permanezca en pie proporciona una prueba indiscutible de que esta tierra es asombrosamente estable.

—Pues hace un momento no parecía nada estable, señor —intervino Aguilar, que permanecía de pie con las piernas muy separadas, como si esperase que en cualquier momento el suelo comenzara a temblar de nuevo. Por fin consiguió enrollar y encender su cigarrillo.

Mulder comenzó a analizar cuidadosamente la información que su cerebro había almacenado a lo largo de los años. Siempre trataba de recordar noticias, anécdotas o informes que guardasen cualquier relación con algo misterioso o inexplicable.

—La mayor parte de los principales volcanes en América Central están en las montañas de México, justo en la espina dorsal del país. Se trata de volcanes poco corrientes. Uno llamado Paricutín apareció de repente en 1943... justo en mitad de un maizal. Un campesino estaba arando su campo cuando el suelo empezó a temblar y a echar humo. Durante los nueve años siguientes el volcán siguió creciendo, vertiendo más de mil millones de toneladas de lava y cenizas. Sepultó dos ciudades enteras.

—Mulder, ¿estás diciendo que el volcán sencillamente surgió en medio de la nada? —preguntó Scully.

Mulder asintió con la cabeza.

—Y mientras crecía, Paricutín fue observado por geólogos de todo el mundo. En las primeras veinticuatro horas, el volcán formó un cono de cenizas de casi ocho metros de altura. En ocho meses aumentó a unos cuatrocientos cincuenta metros... un pequeño suceso bastante impetuoso. En total, Paricutín cubrió de lava y ceniza volcánica unos dieciocho kilómetros cuadrados del área circundante. Alcanzó una altura máxima de dos mil setecientos metros... y eso fue hace sólo medio siglo. Quién sabe qué más podría salir de pronto del suelo. —Miró alternativamente a Scully y Rubicon y luego a Fernando Aguilar—. Esta noche dormiré con un ojo abierto y estaré preparado para correr hacia la selva si un volcán empieza a entrar en erupción bajo nuestros pies.

—Una idea excelente, señor –dijo Aguilar, dando una calada a su cigarrillo.

Pero Scully miró a Mulder con preocupación, y él adivinó lo que su compañera debía de estar pensando, pues se sentía inquieto por la misma razón. ¿Qué enorme liberación de energía, qué choque repentino podía haber desencadenado el estallido de actividad volcánica alrededor de Xitaclán? ¿Y por qué en ese momento?

Mulder ignoraba si lo que acababa de suceder tenía alguna relación con la desaparición de Cassandra Rubicon y sus compañeros o si se trataba de mera coincidencia. Creía en muchas cosas inverosímiles, pero le resultaba muy difícil creer en esto último.

16

X

Residencia de Pieter Grobe,
Quintana Roo. Domingo, 16.30

Tras quitarse su gorra de policía frente a la entrada del castillo-fortaleza de Pieter Grobe, Carlos Barreio esperó a que el guardia de seguridad se comunicara por teléfono con su amo. Barreio utilizó la carnosa palma de su mano derecha para alisarse el escaso cabello y luego se atusó el espeso bigote negro. Se sentía como un mendigo ante la puerta de un poderoso magnate, pero estaba dispuesto a tragarse su orgullo si era necesario... por la libertad de su patria.

En su deslucida cartera de cuero llevaba cuidadosamente envueltas algunas piezas de jade mayas, antiguas reliquias extraídas de los templos menores que rodeaban Xitaclán. Barreio nunca antes había intentado vender objetos arqueológicos solo, e ignoraba cuánto podían costar esas tallas de jade, pero necesitaba el dinero... y el movimiento Liberación Quintana Roo precisaba las armas y las provisiones que comprarían con él.

El informal ayudante de Aguilar, Pepe Candelaria, no había regresado de su misión la semana anterior. Al parecer había abandonado a su madre y hermanas, huyendo sin entregar jamás los tesoros procedentes de Xitaclán tal como le habían ordenado. Barreio no podía tolerar ningún retraso más, de modo que había cogido el resto de piezas pequeñas que tenía en su poder y había decidido hacer con ellas lo que pudiera.

Fernando Victorio Aguilar sabía cómo elegir los clientes dispuestos a comprar las esculturas más caras, pero no vendía las piezas de arte con la frecuencia suficiente, y Barreio tenía sus propias necesidades. Además, ahora que Xavier Salida había sido aniquilado, el jefe de policía debía encontrar nuevos clientes sin esperar que lo hiciese Aguilar.

El guardia colgó el auricular, gruñó y abrió la puerta de madera reforzada con acero que conducía al interior de la fortaleza de piedra caliza que constituía el hogar de Pieter Grobe.

—El señor Grobe le concederá quince minutos —anunció—. Yo debo acompañarlo.

Barreio se aclaró la voz y asintió con la cabeza.

—Gracias —respondió. Sacudió la pechera de su uniforme blanco sin dejar de sujetar la gorra en su mano sudorosa. Resultaba profundamente irónico que Barreio estuviese aguardando la venia de un magnate de la droga cuando él era uno de los hombres que supuestamente debían encargarse de que se cumpliera la ley en el estado de Quintana Roo.

Pero el jefe de policía sabía perfectamente qué cartas debía jugar para obtener su principal objetivo. Los descendientes de los mayas preservaban la memoria milenaria de su pueblo. Habían esperado siglos para ser nuevamente libres y recrear su perdida edad de oro.

Libertad e independencia. El pueblo de Quintana Roo le daría las gracias por ello, una vez que la confusión, el derramamiento de sangre y la agitación política se hubiesen difuminado en el recuerdo. Después de todo, ¿no era cierto que durante la gran Revolución Mejicana de 1910 había resultado muerto uno de cada ocho ciudadanos? Todos esos mártires habían pagado con su vida el precio de la libertad.

Cuando el guardia cerró tras ellos la maciza puerta principal, el eco retumbó con la fuerza de un cañón.

Por dentro, la fortaleza de Grobe parecía incluso más tenebrosa e imponente; de las chimeneas surgía humo que olía a madera y los muros de piedra estaban cubiertos de moho. Los arcos del vestíbulo y las angostas ventanas apenas dejaban entrar la luz. La estancia era húmeda y fría como una tumba a causa del equipo de aire acondicionado puesto al máximo.

Barreio oía los pasos del guardia, que caminaba detrás de él con el rifle automático al hombro. El expatriado belga actuaba como un paranoico, y no sin razón, pues los narcotraficantes rivales se eliminaban mutuamente con tanta frecuencia que las fuerzas policiales de Barreio tenían poco tiempo para investigar sus actividades criminales.

Sorprendentemente, el guardia había permitido que el visitante llevase su revólver en la pistolera que colgaba de su cinturón; Barreio decidió que eso era una muestra de la habilidad y la seguridad en sí mismo del guardia, quien tenía una certeza absoluta de que el rifle automático reduciría a Barreio mucho antes de que éste pudiera desenfundar y disparar su pistola. El jefe de policía esperó no tener que comprobar jamás esa suposición.

Barreio siguió andando, sosteniendo en una mano la cartera con los objetos de jade y en la otra su gorra de policía; se preguntó si los quince minutos que el narcotraficante le había concedido habrían empezado a contar desde el momento en que había entrado en la fortaleza, o si dispondría de ese tiempo a partir de su encuentro con Pieter Grobe.

El fornido guardia lo condujo a través de la fortaleza principal hasta un lujoso patio en el que había un
jacuzzi y varias puertas que comunicaban con otras
habitaciones, una sauna, o tal vez una ducha.

Pieter Grobe se hallaba solo, sentado en una silla de
mimbre, disfrutando del leve murmullo de la selva al
otro lado de los muros.

Barreio permaneció de pie en el vano de la puerta en
espera de que Grobe advirtiera su presencia. Junto a la
silla del magnate había una mesa redonda de cristal con
un teléfono negro y una jarra transparente llena de un
líquido verde pálido y adornada con rodajas de lima. En
la jarra brillaban gotitas de transpiración. Como si de
una telaraña se tratase, una red de nailon que protegía
de los mosquitos cubría las ventanas, las sillas, y un
columpio que colgaba de unas cadenas.

Grobe sostenía en una mano una larga boquilla negra con un cigarrillo de clavo encendido. Dio una profunda calada y exhaló un humo gris azulado. Su mano
asomó entre los pliegues de la red mosquitera, cogió la
jarra por el asa y sirvió zumo de lima en un vaso. Cerró sus esqueléticos dedos alrededor de éste y se lo llevó a la boca.

Incapaz de contener su impaciencia, Barreio tosió;
el guardia le dirigió una mirada feroz.

Pieter Grobe suspiró y volvió hacia el jefe de policía un rostro demacrado surcado por profundas arru-
gas. Su pelo castaño, con canas en las sienes, era espeso
y estaba cuidadosamente peinado. Tenía las mejillas y la
frente perladas de gotas de sudor; parecía sentirse pegajoso e incómodo dentro de su amplio traje de algodón
de color crema.

–¿Sí, señor Barreio? –dijo–. Sus quince minutos han
empezado. ¿Qué desea discutir conmigo? –La voz del
narcotraficante belga era tranquila, paciente y firme.
Barreio ya sabía que Grobe hablaba español e inglés sin

el más leve rastro de acento, algo que incluso pocos diplomáticos conseguían hacer.

–Tengo algunos objetos que tal vez le interesen, excelencia –dijo Barreio. Respiró hondo, se acercó a otra mesa y posó sobre ella la cartera de cuero y su gorra de policía. El guardia se puso rígido, atento a cualquier movimiento sospechoso.

–No seas tan receloso, Juan –dijo Grobe, sin mirar siquiera al guardia–. Veamos qué ha traído nuestro amigo el policía.

–Esculturas de jade, excelencia –informó Barreio–, inapreciables objetos de la artesanía maya. Si accede usted a comprarlos, jamás se perderán en museos, donde serían desperdiciados en beneficio del público y perderían su verdadero valor artístico. –Abrió la cartera y extrajo las piezas esculpidas procedentes de Xitaclán–. En vez de eso, estos objetos serán suyos para que los disfrute en privado siempre que lo desee.

El motivo de las piezas era diversas variantes de la serpiente emplumada, criaturas legendarias y fantásticas de largos colmillos y ojos protuberantes de mirada inteligente, que los mayas habían venerado en tiempos remotos.

Grobe se inclinó y apoyó su cara demacrada contra la mosquitera que rodeaba su silla. Apagó el cigarrillo de clavo y dejó escapar el humo por la boca. Barreio percibió un aroma penetrante y dulce, no muy distinto del de la marihuana.

–¿Y qué le hace pensar que estoy interesado en adquirir antigüedades de contrabando, señor Barreio? –preguntó Grobe–. ¿Se trata tal vez de una trampa? ¿Intenta acaso tentarme para que cometa un acto ilegal y así poder arrestarme con las manos en la masa?

Barreio retrocedió, horrorizado.

–Eso sería un terrible desatino, excelencia –dijo.

–Sí, lo sería –asintió el belga.

–En el estado de Quintana Roo –continuó Barreio–, existen distintas escalas de poder. Sé perfectamente cuál es mi lugar en esta sociedad, excelencia, y también conozco el suyo. Jamás intentaría algo tan descabellado. –Tragó saliva–. Todos sabemos a qué debe atenerse quien importuna a su excelencia. He estado en las ruinas de la finca de Xavier Salida. No consigo imaginar de qué medios se ha valido usted para llevar a cabo esa venganza, pero la amenaza de su supremo poder es absolutamente clara, y no tengo intención de contrariarlo, excelencia.

Grobe rió, con una serie de sonidos guturales largos y secos que podrían haber sido confundidos con un ataque de tos.

–Me alegra que me tema tanto, señor Barreio. Es cierto que durante las últimas semanas las… diferencias entre Xavier Salida y yo se habían intensificado, pero le aseguro que no tuve nada que ver con la destrucción de su residencia. Desearía sinceramente saber cómo pudo hacerse algo así, pues entonces todos mis rivales me temerían tanto como usted.

Barreio vaciló, sorprendido por aquellas palabras. Si no era Grobe, entonces ¿quién había aniquilado de aquel modo a Salida? ¿Quién tenía en México semejante poder?

–Sé que usted y ese parásito de Fernando Aguilar también habían vendido objetos de arte a Salida –continuó el belga–, antiguas piezas mayas procedentes de unas ruinas recientemente descubiertas llamadas… –Grobe se llevó un delgado dedo a los labios mientras trataba de recordar el nombre–. Xitaclán, creo. Muchos de mis empleados indios, incluido nuestro amigo Juan –dirigió una mirada al guardia, que aún no había bajado el rifle– creen que tales objetos están malditos y jamás deberían haber sido arrancados de su lugar de descanso. Los dioses están enojados y exigirán su venganza. Xavier Salida ya ha pagado por la indiscreción de robar esas antigüedades. Y supongo que estos objetos de jade que usted pretende venderme también provienen de Xitaclán. Señor Barreio, no tengo deseos de provocar la ira de los antiguos dioses.

Barreio sonrió con nerviosismo, jugueteando con una de las tallas de jade. Su mente giraba sin cesar mientras trataba de pensar en otra táctica, un nuevo camino para entablar negociaciones.

Tenía que vender aunque fuese algunas de esas serpientes emplumadas. Debía conseguir dinero. Ya había donado todo lo que podía de su sueldo, pero le resultaba difícil trabajar como jefe de policía y a la vez ocultar que luchaba por la independencia de Quintana Roo.

Parecía muy apropiado valerse de la antigua gloria de los mayas, la civilización que había florecido en ese rincón del Yucatán. Sus preciosos objetos financiarían la lucha por la libertad, ayudarían a Barreio y a su grupo de revolucionarios a conquistar una tierra nueva e independiente, a ganar su batalla contra el corrupto y arruinado gobierno central de México. Si tenían éxito, Liberación Quintana Roo proclamaría una nueva patria donde la gloria de la perdida civilización maya podría renacer de nuevo.

—Sin duda bromea, excelencia —dijo el policía—. ¡No son más que supersticiones! Estoy seguro de que un europeo culto como usted no puede hacer caso de semejantes habladurías. —Arqueó las oscuras cejas y su tupido bigote se erizó, provocándole cosquillas en la nariz.

Grobe tomó otro sorbo de zumo de lima, echó un vistazo a su reloj de pulsera y exhaló un largo suspiro antes de responder:

—Mis sentimientos personales resultan irrelevantes en esta situación, señor Barreio. Si los indígenas creen que sobre estos objetos pesa una maldición, entonces ninguno de ellos querrá trabajar para mí. Los sirvientes de mi casa tendrían miedo. Desaparecerían en mitad de la noche, y me resultaría terriblemente difícil encontrar a otros que los sustituyeran. Mi calidad de vida disminuiría. –Dio unos golpecitos con su boquilla en el borde de la silla–. Me gusta mi vida tal como es, sin más complicaciones. No quiero ni pensar en la posibilidad de que ciertos seguidores de la antigua religión maya trataran de desquitarse conmigo si me burlase de esos antiguos objetos o hiciera ostentación de ellos. –Grobe se inclinó, asomando por fin su estrecho y arrugado rostro entre los pliegues de la red mosquitera. Sus ojos pardos perforaron a Barreio–. El dinero que poseo me permite instalar defensas contra los posibles ataques de mis rivales productores de droga, pero un fanático religioso suicida es una amenaza contra la que pocas personas pueden tomar recaudos. –Ocultó nuevamente la cabeza tras la red mosquitera y echó una ojeada a su reloj–. Su tiempo ha terminado, señor Barreio. Siento no haber podido satisfacer sus necesidades.

Barreio decidió no insistir, pues habría sonado a súplica o zalamería, guardó los objetos en su cartera de cuero y la cerró de golpe. Se caló la gorra y, sin poder disimular su abatimiento, se volvió hacia la puerta dispuesto a marcharse de la fortaleza.

–Espere un momento, señor Barreio –dijo el belga de repente.

El jefe de policía se volvió, con la esperanza de que Grobe sencillamente hubiese estado jugando con él para conseguir un trato mejor. Pero entonces el belga dijo:

–Permítame que le ofrezca otra cosa de valor. No estoy interesado en sus reliquias, pero le daré una información gratuita… por ahora. Confío en que se acordará de mí si surge la ocasión en que pueda pagarme con la misma moneda.

–¿De qué se trata, excelencia? –preguntó Barreio.

El belga sacó de su boquilla la colilla del cigarrillo, buscó en el bolsillo de su traje una caja marrón, extrajo de ella un nuevo pitillo de clavo y lo colocó en la boquilla. Lo encendió y dejó que se consumiera unos segundos mientras respondía.

—Me he enterado por fuentes internacionales de que un comando militar secreto estadounidense va a infiltrarse en Quintana Roo. Se trata de una misión de búsqueda y destrucción. Pretenden encontrar una reserva oculta de armas o una fortaleza militar en el corazón de la selva. ¿Está usted al corriente de ello? ¿Sabe si tiene algo que ver con el grupo guerrillero revolucionario conocido como Liberación Quintana Roo? —Grobe esbozó una sonrisa, y añadió—: Ya que usted es el jefe de policía de la zona, pensé que desearía estar informado de esta operación.

Barreio se quedó helado y notó que el color desaparecía de su rostro. Sintió un nudo en el estómago y que un arrebato de ira y desesperación se apoderaba de él.

—¿El ejército de Estados Unidos viene aquí… en secreto? ¡Cómo se atreven! ¿Con qué pretexto?

—Al parecer el comando desembarcará en la frontera de Belice. Si investiga un poco por ahí, estoy seguro de que conseguirá información más detallada.

—Gracias, excelencia —dijo Barreio, perplejo y sobresaltado—. Nuevamente, gracias.

Barreio aferró entre sus brazos la cartera que contenía las reliquias de jade y siguió al guardia con paso vacilante.

La cabeza le daba vueltas; ya no le preocupaba conseguir dinero con la venta de objetos arqueológicos, sino que se preguntaba qué había descubierto el ejército estadounidense, qué pretendía… y si sus planes para que Quintana Roo obtuviese la independencia se verían amenazados.

17

X *Ruinas de Xitaclán.*
Domingo, 20.17

Horas después de los extraños temblores de tierra, una paz relativa había vuelto al lugar. Las nocivas emanaciones sulfurosas habían desaparecido para dar paso a los embriagadores aromas de la selva: perfumes de flores, el penetrante olor a vegetación en descomposición, y la crepitante resina de las ramas secas que se consumían en el fuego de campamento.

Fernando Victorio Aguilar se acercó a ellos, sonriente, con un morral abierto colgado de un hombro.

—En vez de su grasienta comida americana, he conseguido comida directamente de los brazos de la selva. —Metió la mano en el morral y sacó un puñado de setas bulbosas moteadas de un gris verdoso. Las limpió de musgo y hojas medio podridas, y añadió—: Para empezar asaremos estas deliciosas setas. Cuando se las cocina bien saben a nueces.

A Mulder se le hizo la boca agua, pero Scully no pudo evitar sentirse intranquila.

—¿Seguro que no son peligrosas? —preguntó.

Aguilar asintió enérgicamente con la cabeza.

—Son exquisiteces típicas de la zona, utilizadas en muchos platos tradicionales mayas.

Rubicon tendió la mano, cogió una de las setas y la sostuvo cerca del fuego. Se ajustó las gafas sobre la nariz y con expresión de sorpresa, dijo:

—Sí, las he comido antes, y son deliciosas. —Ensartó la seta en una ramita que había junto a la hoguera y la sostuvo entre las llamas para tostarla.

—Al menos no nos ha traído larvas de escarabajo para cenar —dijo Mulder, echando un vistazo a los insectos que pululaban alrededor del fuego.

—¡Sí, larvas! —exclamó Aguilar, al tiempo que se daba una palmada en la frente—. Si quieres puedo buscar algunas; las hay que son deliciosas. O si prefieren un verdadero banquete, puedo cazar un mono.

—No, gracias —dijo Scully.

—Un poco distinto de nuestra cena de anoche —dijo Mulder.

La oscuridad los rodeaba como un manto sofocante. Las llamas de la hoguera se elevaban como una isla de cálida luz en medio de la plaza de Xitaclán. En otras circunstancias, Mulder habría sugerido entonar alguna canción a coro. Pero decidió que no era el lugar ni el momento.

Los murciélagos volaban alrededor, chillando y lanzándose en picado. Enormes mariposas nocturnas agitaban las alas trazando hermosas espirales. Más lejos, en la espesura, se veía el brillo de los ojos de los depredadores, que brillaban al reflejar el resplandor del fuego.

Scully sacó una de las setas de su improvisada broqueta, la observó humear entre sus dedos y se la llevó a la boca. La masticó, dispuesta a hacer un comentario sobre su sabor, cuando de repente un murciélago pasó volando por delante de su cara, tragándose una enorme polilla. Desapareció antes de que Scully pudiera hacer otra cosa que retroceder sobresaltada.

Cuando Mulder hizo una observación acerca de los indios que habían huido ante el temblor de tierra y ahora se negaban a acercarse a las ruinas, Aguilar soltó un bufido y dijo:

–Son unos cobardes supersticiosos. Sus creencias religiosas pesan más que su sentido común. Aseguran que este lugar aún alberga los espíritus de sus antepasados sacrificados para aplacar a los dioses, por no mencionar a los propios dioses ancestrales.

Rubicon volvió la vista hacia las sombras mientras escuchaba el zumbar de los insectos, la danza del depredador alrededor de su presa. Parecía tenso y preocupado. Mulder supuso que el viejo arqueólogo debía de estar pensando en su hija, perdida y sola en aquella selva repleta de jaguares y serpientes venenosas… o asesinos buscadores de tesoros.

Mulder irguió la cabeza al oír que algo se movía entre los árboles; vio oscilar los tupidos helechos mientras una criatura invisible se revolvía entre la maleza baja más allá del límite de la luz de la hoguera. Los demás no lo advirtieron.

–Las cosas no han cambiado tanto en un siglo –murmuró Rubicon, inmerso en sus pensamientos–. Cuando pienso en Cassandra y sus compañeros explorando este lugar, no puedo evitar recordar a algunos de los primeros arqueólogos aficionados que llegaron a esta región. Sufrieron penalidades no muy distintas de las que nosotros podemos encontrar…

Mulder se dijo que había llegado el momento de contar historias.

–Dos de los primeros hombres blancos que exploraron las ruinas mayas fueron Stephens y Catherwood. Eran viajeros experimentados, convencidos de que podían abrirse camino por cualquier terreno difícil. Habían leído algunos libros que mencionaban grandes ciudades enterradas en la selva tropical; «decadentes y deshabitadas, sin siquiera un nombre...» creo que ésas eran las palabras exactas. He leído sus diarios de viaje.

»Stephens y Catherwood se adentraron en la selva de Honduras en 1839. Tras varios días caminando con dificultad entre la espesura, por fin llegaron a las ruinas de Copán, donde encontraron edificios en ruinas y escaleras de piedra cubiertas de maleza y enredaderas. Aquellos hombres no sabían nada de la historia maya, y cuando preguntaron a los indios del lugar quién había construido esos edificios, los indígenas sencillamente se encogieron de hombros.

»Más tarde regresaron varias veces a Centroamérica, donde descubrieron decenas de ciudades en ruinas. Juntos publicaron libros de gran éxito en los que relataban sus aventuras, Stephens se encargaba de redactarlos y Catherwood de ilustrarlos. Para bien o para mal, sus obras despertaron un gran interés por la arqueología.

»Pero no resultó fácil... especialmente para Catherwood. Al parecer fue víctima de una maldición. Contrajo la malaria y sufrió de fiebres recurrentes, a causa de las picaduras de insectos infectadas. Su brazo izquierdo quedó casi paralizado, y los indios tuvieron que llevarlo a hombros, ya que no podía andar.

»Pero se recuperó y regresó a Nueva York para exponer sus pinturas. Sin embargo, sus cuadros y los objetos de artesanía maya que había traído de sus viajes fueron totalmente destruidos por un incendio.

Scully sacudió la cabeza.

–Qué gran pérdida.

Rubicon contempló fijamente el fuego.

–Años más tarde –prosiguió Mulder–, cuando Catherwood regresaba a Estados Unidos tras otra expedición, se ahogó en el mar cuando su barco colisionó con otro. Mala suerte, o una maldición maya... crean lo que quieran.

Aguilar se puso en cuclillas y masticó algo que parecía excesivamente crujiente. Mulder vislumbró unas diminutas patas negras agitarse en la boca del guía.

—Una historia muy interesante, señor —dijo Aguilar sin dejar de masticar—. Pero la maldición no fue lo bastante fuerte para detener el flujo de aventureros blancos como usted mismo, ¿eh?

—O mi hija —dijo Rubicon.

Scully se puso de pie para desentumecerse y se sacudió los pantalones.

—Creo que a todos nos vendría bien que tratásemos de dormir —dijo—. O en cualquier momento alguien empezará a contar historias de miedo para asustarnos.

—Estoy de acuerdo con usted —dijo Rubicon—. Deberíamos levantarnos al amanecer para iniciar nuestra investigación y buscar señales de mi hija.

—Supongo que la historia sobre los adolescentes que se abrazaban y besuqueaban en la colina del Amor tendrá que esperar a otra noche —dijo Mulder ásperamente.

El sonido de algo que se arrastraba despertó a Mulder en mitad de la noche. El ruido se oía cerca, demasiado cerca. Mulder parpadeó, se sentó y aguzó el oído.

No había duda de que algo se movía fuera, en la plaza… quizá una fiera que acechaba en busca de una presa. Las delgadas paredes de la tienda de campaña parecían débiles e incapaces de ofrecer protección.

Mulder apartó el mosquitero y se arrastró hasta la entrada de la tienda. Rozó la tela accidentalmente y permaneció inmóvil, escuchando con atención… pero no volvió a oír el ruido.

Imaginó a un enorme monstruo carnívoro, un habitante prehistórico de la selva que olfateaba el aire, mirando en dirección al lugar de donde provenía el sonido que él había provocado dentro de la tienda. Mulder tragó saliva, apartó muy despacio la solapa de tela y asomó la cabeza.

La luna había empezado a elevarse como un ojo semicerrado, derramando su luz pálida y acuosa a través de las copas de los árboles mientras negros nubarrones cruzaban rápidamente el cielo.

Habían emplazado las tiendas al lado de una de las estelas deterioradas por la acción del tiempo, alrededor de la cual la serpiente emplumada se enrollaba como un guardián atroz. La alta estela estaba levemente inclinada y proyectaba su sombra sobre las losas agrietadas de la plaza.

Más allá, la espesura parecía tranquila y silenciosa. A esas horas de la noche, incluso las criaturas nocturnas aguardaban entre las sombras, reacias a avanzar.

Mulder oyó de nuevo el ruido de algo que se arrastraba y un espeluznante gruñido. Escudriñó la oscuridad en un intento por localizar su origen, pero no vio nada; sólo sombras. Esperó, con la respiración acelerada y todos sus instintos alerta.

Por fin, justo cuando se decía que todo había sido producto de su imaginación hiperactiva, vislumbró algo que se retorcía en la linde de la selva.

Entornó los ojos para aguzar la vista. Entre los árboles enmarañados y las enredaderas distinguió una serpiente enorme que reptaba abriéndose paso a través de la maleza baja con increíble sigilo.

Por un instante Mulder quedó sin aliento, y la criatura se volvió hacia él. El agente vio el destello de unos ojos, el brillo fugaz de unas escamas increíblemente largas semejantes a espejos superpuestos que reflejaban la luz de la luna.

Entonces, tan súbitamente como había aparecido, la criatura se desvaneció entre las sombras de la medianoche. Mulder no vio más señal de ella, aunque esperó durante unos minutos que le parecieron eternos. En una ocasión creyó oír el crujido de una rama en el interior de la espesura, pero podía haberlo causado cualquier cosa.

Finalmente volvió a acostarse y reparó mentalmente la escena vivida. Necesitaba comprender qué había visto… si en realidad había visto algo.

Le llevó mucho tiempo conciliar el sueño.

18

X *Ruinas de Xitaclán.*
Lunes, al amanecer

Los porteadores indígenas regresaron
al alba, tal como Fernando Aguilar había
predicho. El guía se hallaba sentado al lado de la hoguera ya casi extinguida, fumando un cigarrillo liado a
mano y mirando con el entrecejo fruncido a los indios
que se adentraban lentamente en la plaza, cabizbajos
como si sintieran vergüenza.

Mulder salió de su tienda y observó a los indígenas, que parecían exactamente una cuadrilla de obreros
que llegara para el cambio de turno de la mañana. Vladimir Rubicon ya se había levantado, y examinaba
atentamente la estela más cercana en que aparecía la
figura de la serpiente emplumada, arrancando con la
navaja trozos de musgo a fin de observar mejor las
inscripciones.

–¡Ah, agente Mulder, se ha levantado! –exclamó el
arqueólogo–. Sin duda hoy encontraremos algún rastro
de trabajo que mi hija y su equipo estaban realizando.
Cassandra debió de descubrir algún secreto en estas
ruinas. Si somos capaces de dar con él, descubriremos
por qué ella y sus compañeros desaparecieron.

Al oír las voces, Scully también salió de su tienda.

—Buenos días. Mulder, ¿estás preparando el desayuno?

—Para mí sólo cereales con leche, gracias —respondió él.

Aguilar arrojó la colilla de su apestoso cigarrillo. Tenía aspecto de estar recién afeitado. Al ver a sus clientes despiertos y andando por allí, empezó a regañar duramente a los indios en un idioma que Mulder no entendía.

—¿Qué les está diciendo? —preguntó Scully—. ¿Qué han hecho?

Vladimir Rubicon escuchó por un momento antes de negar con la cabeza.

—Debe de ser un dialecto maya. Muchos nativos aún hablan la lengua antigua. —Se encogió de hombros—. Tengo la impresión de que no han hecho nada malo, aparte de salir corriendo para refugiarse entre las sombras. Aguilar sólo trata de impresionarnos con su autoridad.

—Una vez tuve un jefe así —dijo Mulder.

Aguilar se acercó, sonriendo como si acabara de descubrir qué iban a regalarle por su cumpleaños.

—Buenos días, amigos —saludó—. Hoy descubriremos los misterios de la ciudad perdida de Xitaclán y sabremos qué sucedió con la encantadora señorita Rubicon y sus compañeros.

—¿Ha preguntado a los indígenas? —inquirió Scully, señalando con un gesto a los indios que parecían intimidados después de la larga reprimenda.

—Afirman que el espíritu de este lugar se ha llevado a la señorita Rubicon —respondió Aguilar—. Los antiguos dioses están sedientos de sangre después de tantos años. Por eso los nativos acampan lejos de las ruinas. No son gente civilizada, como usted y yo. Ni siquiera tratan de disimularlo.

—Pero ¿alguno de estos trabajadores se quedó para ayudar a los arqueólogos? —preguntó Scully con tono áspero y perentorio—. Alguien debe saberlo.

—Señorita Scully, guié al equipo arqueológico hasta Xitaclán, por lo cual me pagaron muchos dólares que agradecí sinceramente. Estos indios, descendientes de los mayas, aseguran que después de que yo me marchara comenzaron a oír una serie de ruidos extraños. La señorita Rubicon y sus amigos se rieron de ellos, que aun así huyeron para ponerse a salvo. Ahora dicen que los dioses han demostrado quién es tonto y quién es sabio.

—Como si hubiesen suspendido un test de inteligencia sobrenatural —murmuró Mulder.

Aguilar hurgó en su bolsillo en busca de papel y tabaco para liarse otro cigarrillo. Un hermoso pájaro de verde plumaje sobrevoló la plaza emitiendo un trino agudo y musical. Los indios dejaron de trabajar y señalaron hacia arriba mientras cuchicheaban entre ellos con evidente asombro.

—Miren, un quetzal —dijo Aguilar—. Es un pájaro muy preciado. Los mayas utilizaban sus plumas para engalanar sus trajes ceremoniales.

Rubicon frunció el entrecejo y miró alrededor como si buscase alguna señal de su hija, mientras Mulder se dirigía de nuevo a Aguilar.

—¿Saben ellos qué le ocurrió a Cassandra, o no? —preguntó, exasperado.

El guía se encogió de hombros.

—Lo único que sé es que la señorita Rubicon estaba a salvo y bastante contenta con el trabajo que le aguardaba cuando la dejé para regresar a Cancún.

—Entonces iniciemos cuanto antes su búsqueda —dijo Scully.

—Estas ruinas pueden extenderse en un radio aproximado de un kilómetro y medio —intervino Rubicon—.

Y el terreno que separa los distintos templos y construcciones está cubierto por una vegetación muy densa.

–Informe a los indígenas qué estamos buscando –sugirió Scully al guía–. Quizá puedan ayudarnos a peinar la zona.

Aguilar transmitió la información a los indios y éstos se dispersaron en dirección a la selva, examinando las ruinas caídas y hablando agitadamente entre ellos. Algunos parecían intranquilos, otros, confusos, y los había que no podían ocultar su ansiedad.

Scully, Mulder y Rubicon recorrieron el centro de Xitaclán, cruzaron el patio de juego de pelota cubierto de hierba, registrando cada hueco y nicho en busca de pistas, cadáveres, o incluso una nota que explicase que Cassandra y sus compañeros se habían marchado en busca de provisiones.

–El equipo estaba compuesto por un ingeniero, dos arqueólogos, un epigrafista y una fotógrafa –dijo Scully–. No había ningún experto en supervivencia en el grupo. –Echó un vistazo a la densa vegetación que colgaba de las ramas de los árboles entrelazados. El sol lo iluminaba todo como un potente foco–. Aunque los indígenas hubiesen huido, como hicieron anoche, no puedo imaginar a los miembros de la expedición tratando de abrirse camino solos por la selva. Nosotros mismos necesitamos de un guía para llegar hasta aquí, y no me gustaría repetir la experiencia.

–No creo que Cassandra tuviera problemas para sobrevivir –dijo Rubicon–. Contaba con mapas topográficos y un extraordinario sentido común.

–Anoche estudié los mapas –comentó Scully en voz baja–, y no estoy segura de que nuestro amigo Aguilar nos trajese por el camino más directo. En mi opinión retrasó intencionadamente nuestra llegada por algún motivo.

–Yo tampoco confío en él –dijo Mulder–, pero parece más un irritante vendedor de coches usados que un frío criminal.

—Recuerde que ésta es una región muy salvaje, agente Mulder —dijo Rubicon—. No obstante, si los porteadores mayas abandonaron realmente a Cassandra y sus amigos, era sólo cuestión de tiempo que ella se viese obligada a tomar alguna medida drástica. De algún modo habrían encontrado el camino de regreso a la civilización.

—De modo que Aguilar los dejó aquí con los trabajadores nativos… y luego éstos abandonaron al equipo —dijo Scully—. ¿Quizá otro temblor de tierra?

Rubicon asintió con la cabeza.

—Espero que eso fuera lo que sucedió.

—Cuando empezaron a agotarse las provisiones —observó Scully—, a Cassandra no debió de quedarle otra elección que abrirse camino penosamente a través de la selva.

—Pero ¿habrían ido todos juntos? —preguntó Mulder. Deslizó los dedos por los muros de piedra del patio de pelota tallados con bajorrelieves. Algo pequeño se introdujo velozmente en una grieta—. Tendría más sentido que, supongamos, dos miembros del equipo fueran a buscar ayuda mientras el resto permanecía aquí.

—Tú has comprobado lo difícil que es abrirse camino por la selva, Mulder —dijo Scully—. Quizá ella pensase que lo mejor era no separarse.

—Sigue sin sonar bien —replicó Mulder.

Rubicon sacudió la cabeza. El cabello sudoroso se le pegaba al cráneo.

—Personalmente, espero que esa historia sea cierta, pues entonces aún hay esperanzas para mi pequeña.

De pronto oyeron un grito de entusiasmo, procedente de la espesura. Uno de los indios comenzó a dar voces.

—Vamos —dijo Mulder, y echó a correr—. Han encontrado algo.

Vladimir Rubicon los siguió, jadeando y resollando mientras pasaban por encima de árboles caídos, trepaban por rocas y chapoteaban al cruzar riachuelos. En un momento Mulder asustó sin querer a un animal grande que se escabulló entre los helechos y matorrales. No pudo ver de qué se trataba, pero sintió una repentina sensación de frío, un nudo en la garganta. Quizá tuviese la oportunidad de topar con una de esas criaturas resbaladizas que había entrevisto bajo la luz de la luna la noche anterior. ¿Podría ser el origen de ciertos mitos mayas que hablaban de monstruosos depredadores responsables de numerosas desapariciones a lo largo de los años... incluida la de Cassandra Rubicon?

Pronto se encontraron ante un templo del tamaño de un cobertizo para herramientas. Aunque era muy antiguo y se hallaba cubierto de hierba, parecía bastante sólido. La mayor parte de la maleza y enredaderas había sido arrancada para revelar los muros de piedra de aquella construcción achaparrada.

Cerca de la entrada, uno de los indígenas permanecía de pie con aspecto acobardado mientras Fernando Aguilar, furioso, le soltaba un rapapolvo. Cuando el guía vio acercarse a los americanos, su actitud cambió como por milagro.

–¡Miren lo que hemos encontrado, amigos! –exclamó al tiempo que se quitaba el sombrero–. ¡Material almacenado por el equipo de la señorita Rubicon!

En el interior en las sombras del templo había un montón de cajas de madera apiladas bajo una lona. Aguilar cogió la lona por una esquina y le dio un fuerte tirón dejando al descubierto la reserva oculta de provisiones.

–La señorita Rubicon y sus compañeros debieron de dejar estas cajas aquí para protegerlas de los animales salvajes –comentó–. Aunque el resto del material ha desaparecido, éste parece intacto. Qué descubrimiento tan afortunado para nosotros.

—Pero ¿por qué iba a dejar todo esto aquí? —preguntó Scully con calma.

—Miren, víveres... y el radiotransmisor —dijo Aguilar—. Dentro de esta caja grande hay algo más. —Se inclinó para examinar el embalaje. Hizo a uno de los indios un gesto de que lo ayudase a abrir la tapa.

—Mulder —susurró Scully—, ¿sabes qué significa esto? Es imposible que Cassandra saliera en busca de provisiones. Aquí hay comida suficiente para varias semanas, y los miembros de la expedición podrían haber usado el radiotransmisor para pedir ayuda en cualquier momento.

Vladimir Rubicon se inclinó ávidamente para inspeccionar la enorme caja e hizo a un lado al indio con el hombro, dispuesto a abrir con sus propias manos la tapa de la caja mientras Aguilar se apartaba para observar.

Scully miró dentro de la caja y se sorprendió al ver el contenido.

—Es un traje de buzo y tubos de oxígeno —dijo, desconcertada—. ¿Cassandra tenía intención de explorar el cenote?

—Desde el punto de vista arqueológico tiene mucho sentido —explicó Rubicon, asintiendo enérgicamente con la cabeza—. En esos profundos pozos los objetos permanecen resguardados durante años. Sí, mi Cassandra seguramente tenía la intención de bajar allí... al igual que Thompson.

Scully aplastó una mosca que intentaba picarla.

—¿Quién era Thompson? No recuerdo que ningún miembro del equipo se llamase así.

Saliendo de su concentración con un sobresalto, Rubicon levantó la vista de las cajas deterioradas por la intemperie.

–¿Quién? Ah, Thompson... no, me refería a Edward Thompson, el último de los grandes arqueólogos aficionados que exploraron el Yucatán. Pasó años estudiando el cenote de Chichén Itzá, donde descubrió el mayor tesoro jamás encontrado de objetos mayas.

Con aire escéptico, Mulder sostuvo en alto la fláccida manga del traje de buzo confeccionado con lona engomada.

–¿Se sumergió en un pozo para sacrificios como ese de ahí? –preguntó, señalando en dirección a la plaza principal y la alta pirámide.

Rubicon negó con la cabeza.

–Al principio no. Pasó años dragando; dejaba caer un cubo de hierro hasta el fondo y luego sacaba montones de lodo que examinaba cuidadosamente. Recuperó huesos, tejidos, objetos de jade, y varios cráneos intactos... uno de los cuales había sido utilizado como incensario en las ceremonias y aún olía a perfume. Pero al cabo de un tiempo, Thompson decidió que mucho mejor que dragar el fondo del pozo sería que un buzo lo examinara directamente. Previendo tal posibilidad, al emprender su expedición había comprado el equipo y tomado clases de buceo. Así pues, enseñó a sus cuatro ayudantes indios a manejar las bombas de aire y los carretes. –Rubicon volvió la vista hacia la escafandra que su hija tenía la intención de utilizar, y pareció estremecerse–. Cuando Thompson se sumergió en el cenote, los indios se despidieron de él solemnemente, convencidos de que jamás volverían a verlo. Según sus propias palabras, Thompson se hundió «como un saco lleno de plomo» hasta una profundidad de nueve metros, en unas aguas tan oscuras que ni siquiera la luz de su linterna podía penetrarlas. En el cieno del fondo encontró objetos de jade y de caucho, monedas, esculturas... Pero a pesar de su escafandra, sufrió graves daños en el oído a causa de sus inmersiones. A partir de entonces los nativos lo miraban con gran respeto, pues era el único ser humano que había bajado al cenote sagrado y había sobrevivido.

Scully asintió con la cabeza.

–Y usted cree que su hija tenía el propósito de seguir los pasos de Thompson y explorar el cenote de Xitaclán.

Mulder examinó el material que había dentro de las cajas.

–Sin embargo, no parece que haya usado el traje –observó–. Aún tiene pegada la etiqueta de garantía del fabricante.

–Evidentemente –dijo el arqueólogo–, algo impidió que completase sus investigaciones.

Mulder advirtió que Fernando Aguilar lanzaba una última mirada furiosa al indio, quien volvió la cabeza, acobardado.

–Sí, pero ¿qué o quién se lo impidió? –preguntó el agente.

Ascendieron por la escalinata de la pirámide central de Kukulkán. Jadeando, subían con esfuerzo por la empinada cuesta de estrechos y desiguales escalones de piedra caliza.

–Con cuidado –dijo Mulder gravemente–. No es muy estable.

Rubicon se inclinó para inspeccionar las desgastadas escaleras y señaló inscripciones que habían sido limpiadas y despojadas del musgo, la tierra y el polvo calizo que el tiempo había depositado en ellas.

–Miren, han limpiado los primeros doce escalones. Si fuese capaz de leer estos jeroglíficos, sabríamos por qué los mayas construyeron Xitaclán, cuál era el motivo de que lo considerasen sagrado. –Se irguió y se llevó una mano a los riñones–. Pero no soy un experto en esta clase de escritura. En realidad, muy pocos arqueólogos lo son. El lenguaje escrito de los antiguos mayas está entre los más difíciles de descifrar. Por eso Cassandra requirió los servicios de un epigrafista.

–Sí –dijo Scully–. Christopher Porte.

–Tengo entendido que era muy bueno en su trabajo –comentó Rubicon.

–Veamos qué hay en la cima de la pirámide –sugirió Mulder, y siguió ascendiendo con dificultad.

–Probablemente un templo abierto –dijo Rubicon–. El sumo sacerdote solía estar de pie en la plataforma para recibir al sol naciente antes de llevar a cabo los sacrificios.

Una vez en la cumbre, Mulder se detuvo, se llevó las manos a las caderas y respiró profundamente mientras gozaba del espectacular panorama.

La exuberante selva centroamericana se extendía como una alfombra verde hasta donde alcanzaba la vista. En la distancia, las ruinas de los templos de piedra asomaban entre el follaje como lápidas gigantescas.

–El pasado está muy vivo en este lugar –murmuró Rubicon.

Mulder imaginó que allí, tan cerca del cielo bajo el ardiente sol de la mañana, los sacerdotes mayas debían de sentirse verdaderos dioses. Las multitudes debían de aguardar abajo, en la plaza, donde se congregaban después de trabajar en la selva, donde talaban y quemaban la vegetación para sembrar maíz, judías y pimientos. El sacerdote permanecía en la cima, quizá con su víctima sacrificial, drogada o atada, listo para honrar a los dioses vertiendo su sangre.

La desbocada imaginación de Mulder recibió una sacudida cuando Vladimir Rubicon hizo bocina con las manos y gritó:

–¡Cassandra! –Su voz se multiplicó en un sinfín de

ecos, asustando a los pájaros en las copas de los árboles–. ¡Cassandra!

Rubicon miró alrededor, aguzando el oído y aguardando. Mulder y Scully, que se hallaban de pie a su lado, contuvieron la respiración. El anciano tenía los ojos arrasados en lágrimas.

–Tenía que intentarlo –dijo, encogiéndose de hombros.

Luego, con aspecto avergonzado, se volvió hacia la plataforma plana y los altos pilares del templo. Mulder contempló elaborados dibujos cincelados en la piedra caliza, en cuyas grietas y hendiduras aún había restos visibles de pintura.

Los constructores de Xitaclán habían repetido el motivo de la serpiente emplumada una y otra vez, creando impresiones opuestas de temor y protección, poder y sumisión. Otros dibujos mostraban a un hombre alto, sin rostro, con el cuerpo cubierto con una extraña armadura y de cuya espalda salían llamas. Llevaba la cabeza cubierta con algo redondo que sin lugar a dudas parecía un…

–¿Esa figura no te recuerda algo, Scully? –preguntó Mulder.

Ella se cruzó de brazos y negó con la cabeza.

–No se te ocurrirá relacionar la desaparición de los miembros del equipo con astronautas de la antigüedad, ¿verdad, Mulder?

–Sólo constato la evidencia –replicó él tranquilamente–. Tal vez Cassandra descubriese alguna información que otros querían mantener oculta.

–Ése es Kukulkán –dijo Rubicon, sin oír a Mulder, mientras señalaba las otras imágenes que mostraban una nave de forma extraña, complicados dibujos que podrían haber sido perfectamente herramientas o piezas de una extraña maquinaria–. Era muy sabio y poderoso. Trajo el conocimiento desde el cielo. Robó el fuego a los dioses y se lo entregó a los hombres.

Mulder miró a Scully enarcando las cejas.

—No es más que un mito –dijo ella.

El arqueólogo se colocó las gafas, pero al darse cuenta de que era inútil, se las quitó de nuevo.

—Dios del viento y señor de la vida –continuó–, Kukulkán trajo la civilización a los mayas al principio de los tiempos. Inventó la metalurgia. Era el patrón de todas las artes.

—Una especie de renacentista –observó Mulder.

—Kukulkán reinó durante muchos siglos –prosiguió Rubicon– hasta que finalmente su enemigo Tezcatlipoca… el mismo del cadáver hediondo, lo expulsó. Kukulkán se vio obligado a regresar a su tierra natal, de modo que quemó sus casas, construidas con plata y conchas, y luego se marchó por el mar del este. Pero antes de zarpar prometió que un día regresaría.

Mulder sintió una llamada de esperanza arder en su corazón. «Casas construidas con plata y conchas» podía significar metal y cristal; si a eso se le añadía las imágenes del fuego se obtenía la imagen de un cohete o una nave espacial.

—Los mayas estaban tan convencidos de su leyenda –prosiguió Rubicon, protegiéndose los ojos con una mano para mirar hacia el horizonte–, que apostaron centinelas para vigilar la costa este en espera del regreso de Kukulkán. Cuando los españoles llegaron en sus galeones, luciendo brillantes petos de metal, los mayas creyeron firmemente que Kukulkán había vuelto.

—Los hombres con trajes plateados podrían confundirse muy bien con astronautas –comentó Mulder.

—Eres libre de opinar lo que quieras, Mulder –dijo Dana–. Sé que es inútil tratar de disuadirte. Pero aún tenemos a unos arqueólogos desaparecidos que encontrar. ¿Qué tienen que ver los dioses mayas y los antiguos astronautas con nuestro caso?

–Nada, Scully –respondió Mulder con un tono que indicaba exactamente lo contrario–. Nada en absoluto.

19

X *Ruinas de Xitaclán.*
Lunes, 15.10

Mientras descendían por el lado opuesto de la pirámide, donde los escalones se hallaban aun más deteriorados, Scully observó que Rubicon señalaba lugares en que alguien, valiéndose de piqueta y cincel, había arrancado toscamente relieves y nichos que contenían, quizá, piezas de jade y otros objetos valiosos.

El arqueólogo se detuvo y dijo con evidente disgusto:

—Seguramente esos objetos están a la venta en el mercado negro de Cancún o Ciudad de México, a disposición de supuestos coleccionistas de arte precolombino o sencillamente de gente que quiere poseer algo que nadie más pueda tener. Quizá Cassandra haya topado con esos ladrones.

—Pero esta zona está muy aislada —comentó Scully, siguiendo a Rubicon por los últimos escalones de la pirámide central—. ¿Cómo harían para distribuir los objetos? Debería haber alguna clase de red de traficantes.

—No me extrañaría de hombres como ése —dijo

Rubicon al tiempo que señalaba con el codo a Fernando Victorio Aguilar, quien arrojó al suelo los restos de otro cigarrillo liado a mano y se acercaba a toda prisa a ellos.

–¿Han encontrado algo ahí arriba, amigos? –preguntó con tono alentador.

Rubicon le dirigió una mirada cargada de furia, y dijo:

–Hoy concluiremos nuestra inspección de la zona, y si no descubrimos ningún rastro de ellos mañana por la mañana utilizaremos el radiotransmisor de Cassandra para ponernos en contacto con la policía mejicana y solicitar ayuda urgente. Pero hablaremos con las fuerzas de seguridad nacionales, ya que la policía local debe de estar implicada en el tráfico ilegal de objetos artísticos. –Frunció el entrecejo–. De hecho, en estas ruinas ya hay muestras de pillaje.

Aguilar lo miró con expresión de enfado, disgusto y orgullo herido a la vez.

–Lo que usted llama actos de pillaje tal vez hayan sido realizados muchos años atrás por buscadores de tesoros, señor Rubicon. Xitaclán ha estado desprotegido durante demasiado tiempo.

–Señor Aguilar –le espetó Rubicon–, cualquiera que tenga ojos en la cara puede advertir que los robos son recientes.

Aguilar se cruzó de brazos y apretó los labios.

–Entonces es probable que el equipo arqueológico de su hija se llevara las piezas más valiosas para su propio beneficio. Ellos trabajan para museos de Estados Unidos, ¿no es así?

Rubicon se acercó a Aguilar con expresión amenazadora.

–Mi Cassandra y todos los miembros de su equipo jamás harían tal cosa –aseguró–. Conocen perfectamente el valor de los objetos históricos, sobre todo de aquellos que deben permanecer en su lugar para ser estudiados.

—Sé que no confía en mí, señor Rubicon —dijo Aguilar, con tono conciliador—. Pero tenemos que trabajar juntos, ¿no? Aquí en Xitaclán nos hallamos aislados. Debemos conformarnos y evitar convertirnos en enemigos. Si dejásemos de trabajar como un equipo podría ser peligroso.

Scully se encaminó de nuevo hacia el campamento mientras la discusión entre Rubicon y el guía mejicano se volvía más acalorada. Se quitó la mochila y la dejó caer al lado de la tienda de campaña. Aunque era pleno día, la cuadrilla de ayudantes mayas había desaparecido una vez más en el interior de la selva sin dejar rastro, lo cual hizo que se sintiera extrañamente inquieta.

Se detuvo junto a la más próxima de las dos altas estelas, que representaba unas serpientes emplumadas ricamente talladas. Examinó la erosionada superficie de la escultura y advirtió un cambio en la piedra caliza mate, desgastada por el tiempo... un rojo brillante salpicaba los bajorrelieves, y una especie de densa pintura carmesí goteaba de los colmillos de una de las serpientes más grandes. Scully se inclinó, debatiéndose entre la curiosidad y la repugnancia.

Alguien había restregado sangre dentro de la boca de la criatura de piedra, como si le hubiese dado a probar un trozo de un ser recientemente... sacrificado. Dana siguió el rastro de sangre, que descendía por el pilar hasta las losas agrietadas del suelo.

—¡Mulder! —gritó.

Su compañero llegó corriendo con expresión de alarma. Rubicon y Aguilar dejaron de discutir y miraron en dirección a Scully.

Dana señaló las manchas rojas en la estela y luego señaló el dedo humano que yacía sobre la losa en medio de un charco de sangre medio coagulada.

Mulder se inclinó para observar el dedo amputado. Una expresión de repugnancia se reflejó por un instante en su rostro.

Aguilar y Rubicon se acercaron por fin y contemplaron fijamente, sin decir palabra, la sangre y el dedo cercenado.

–Parece reciente –comentó Scully–. No más de una hora.

Mulder tocó la sangre pegajosa.

–Apenas empieza a secarse. Debe de haber sucedido mientras estábamos arriba, en la pirámide. Aunque no oí ningún grito. Aguilar, usted estaba aquí abajo.

–No, estaba en la selva. –El guía sacudió la cabeza, consternado, y se quitó el sombrero como si rindiese homenaje a un amigo fallecido–. Me temía esto. –Bajó la voz y miró alrededor furtivamente. Entornó los ojos como si le preocupara que los indios estuviesen observándolos desde la espesura, espiando a sus posibles víctimas–. Sí, me lo temía. –Rodeó la estela, como si buscase otros indicios–. La religión maya es muy antigua. Sus rituales se celebraban mil años antes de que llegase a nuestras costas el primer explorador blanco, y se volvieron mucho más violentos al mezclarse con las creencias toltecas. La gente no olvida sus creencias tan fácilmente…

–Espere un minuto –dijo Scully–. ¿Está diciendo que algunos descendientes de los antiguos mayas todavía practican la religión de éstos? ¿Que arrancan corazones y lanzan a sus víctimas a los pozos sagrados?

Dana se estremeció ante la posibilidad de que Cassandra Rubicon y sus compañeros hubiesen sido víctimas de un sangriento sacrificio ritual.

–Bueno –intervino Rubicon–, existe gente que aún recuerda los antiguos cánticos toltecas y guarda sus fiestas religiosas, aunque en su mayoría ha sido cristianizada… o al menos civilizada. Sin embargo, una minoría sigue practicando la automutilación y otros ritos sangrientos, sobre todo lejos de las ciudades.

—¿Automutilación? —inquirió Mulder—. ¿Quiere decir que tal vez uno de esos indios se haya cortado un dedo adrede?

Rubicon asintió con la cabeza y contempló el rastro de sangre en la columna de piedra caliza.

—Probablemente lo hicieron con un cuchillo de obsidiana —añadió.

Scully trató de imaginar el fervor religioso que se necesitaba para coger un cuchillo y cortarse un dedo, serrando tendón y hueso sin dejar escapar siquiera un grito de dolor.

Rubicon parecía más despreocupado como si aún no hubiese pensado en la posibilidad de que su hija y sus compañeros hubieran sido víctimas de un sacrificio sangriento.

—Los rituales mayas y toltecas exigían grandes derramamientos de sangre, tanto propia como de prisioneros y víctimas. En la fiesta más sagrada el rey supremo cogía una púa de pez torpedo y se atravesaba el prepucio con ella.

Scully advirtió que Mulder tragaba saliva y se estremecía.

—La sangre es una fuerza muy poderosa —terció Aguilar.

—La sangre —continuó Rubicon— caía sobre largas tiras de corteza de morera, donde dibujaba extrañas formas. Algunos sacerdotes adivinaban el futuro a partir de esos dibujos. —Elevó la vista al cielo—. Finalmente, las tiras de corteza manchadas de sangre eran enrolladas y quemadas para enviar mensajes a los dioses mediante el humo sagrado.

Scully contempló con ceño la sangre medio coagulada.

—Si uno de esos indígenas se ha cortado el dedo con un cuchillo de piedra —dijo—, necesita atención médica.

La herida podría gangrenarse fácilmente, sobre todo en un clima tropical como éste.

Aguilar encontró un cigarrillo doblado y medio roto en su bolsillo, lo sacó y se lo puso entre lo labios sin encenderlo.

—Jamás lo encontrará, señorita —declaró—. A estas horas debe de estar muy lejos de Xitaclán. Ha ofrecido su sacrificio a los guardianes de Kukulkán... pero ahora que nosotros conocemos su verdadera religión, no lo veremos más. La memoria de los descendientes de los mayas que viven en esta región se remonta a tiempos muy lejanos. Aún temen terriblemente al hombre blanco. Recuerdan a uno de los primeros gobernadores españoles de estas tierras, un hombre sanguinario llamado Diego de Landa.

Rubicon emitió un gruñido en señal de acuerdo al tiempo que una expresión de aversión aparecía en su rostro.

—Era un fraile franciscano —explicó—, y bajo su gobierno se derribaron templos y se destrozaron lugares sagrados. Cualquiera que fuese descubierto adorando a un ídolo era azotado y luego torturado en el potro. Vertían agua hirviendo sobre sus heridas...

Aguilar asintió vehementemente con la cabeza, como si se alegrase de tener al viejo arqueólogo de nuevo en su bando.

—Sí —intervino—, el padre De Landa se valió de indios que aún sabían leer antiguas escrituras para traducir los jeroglíficos. Para él todo iba en contra de la palabra cristiana de Dios. Cuando le mostraron un escondite en el que había treinta libros encuadernados en piel de jaguar, muchos repletos de dibujos de serpientes, decidió que contenían falsedades inspiradas por el diablo. De modo que los quemó.

Al pensar en esa pérdida Rubicon no pudo disimular su desconsuelo.

–De Landa torturó a cinco mil mayas y mató a casi doscientos antes de ser llamado de nuevo a España a causa de sus excesos. Mientras esperaba a ser juzgado, escribió un largo tratado en el que detallaba todo lo que había aprendido.

–¿Lo condenaron por sus espantosos actos? –preguntó Scully.

Aguilar enarcó las cejas y soltó una sonora carcajada.

–¡No, señorita! Fue enviado de vuelta al Yucatán... ¡esta vez como obispo!

El arqueólogo se arrodilló delante de la estela manchada de sangre. Scully se agachó para recoger el dedo mutilado. Todavía estaba ligeramente caliente y blando. La sangre, que se había espesado en su extremo, no goteó. La agente observó el corte mellado, donde el cuchillo de piedra había serrado la carne y el hueso. Se preguntó qué otros sacrificios no sería capaz de realizar alguien que practicase una religión tan violenta.

20

X *Selva del Yucatán, frontera con Belice.*
Martes, 2.15 hora militar

La selva era un enemigo, un obstáculo, un objetivo que vencer y al mayor Willis Jakes no le cabía duda de que su escuadrón cuidadosamente elegido conseguiría vencerlo. Ésa era su misión, y la llevarían a cabo.

Los diez miembros de su comando vestían uniformes de camuflaje y gafas de visión nocturna. Tras desembarcar furtivamente en una playa desierta de la bahía de Chetemul, en la frontera del norte de Belice, se habían adentrado en la selva en un par de vehículos todoterreno.

La parte más difícil había sido cruzar de noche unas cuantas carreteras y el puente sobre la angosta laguna de Bacalor para adentrarse luego en la espesura carente de senderos de Quintana Roo.

Franqueando todos los obstáculos, se abrieron paso a través de la selva tropical siguiendo un mapa digitalizado mediante el cual eligieron una ruta que evitaba zonas habitadas mientras avanzaban hacia su punto de destino. La mayor parte de la zona no mostraba señales de población humana, ni caminos ni aldeas, que era exactamente lo que quería el mayor.

Antes de que amaneciese el comando debía alejarse de todas las carreteras y zonas pobladas de la costa. No podían permitirse descansar, ya que era necesario que alcanzasen cuanto antes su objetivo, el origen de la potente señal emitida en clave, en algún momento durante la noche siguiente. Amparados en las sombras, esperaban cumplir su misión. Antes de que regresaran a casa debían asegurarse de que la base militar secreta quedaba completamente destruida.

Al avanzar, los vehículos todoterreno aplastaban el follaje dejando una senda evidente, pero nadie podía advertir su presencia. Además, los comandos se habrían ido mucho antes de que pudieran dar con ellos u organizar siquiera una respuesta armada.

La mitad de los miembros del comando viajaban en los vehículos, mientras que los otros los seguían a pie por el sendero recién abierto. Cada hora los miembros de ambos grupos se alternaban. La experiencia había enseñado al mayor Jakes que ésa era la manera más eficaz en que un comando podía viajar sin necesidad de permisos burocráticos o certificados de aduana por parte de ningún gobierno extranjero. Aquélla era una operación secreta que no existía oficialmente... no más que la reserva clandestina de armas o la base militar oculta en el corazón de la selva del Yucatán.

Al mayor Jakes no le preocupaban las posibles repercusiones de lo que se disponía a hacer. Las órdenes que había recibido, aunque en modo alguno sencillas, eran muy claras. Las pocas preguntas que había formulado se referían exclusivamente a aspectos técnicos de la misión, y los miembros del comando aún pedían menos detalles que él. Sabían que no debían hacerlo.

Las gafas de visión nocturna hacían que el paisaje circundante, bañado de una luz verdosa, pareciese extraño e irreal. El mayor Jakes sabía qué debía hacer. Él y sus subordinados ya habían destruido en otras ocasiones instalaciones ilegales en teoría inexistentes. Y en efecto ya no existían.

El mayor viajaba en el primer vehículo todoterreno. A su lado, el conductor, un teniente primero, avanzaba a la mayor velocidad posible, siempre alerta a cualquier obstáculo que pudiese surgir en el camino, iluminado por un potente foco auxiliar. Hasta el momento, habían avanzado a un ritmo satisfactorio, prácticamente sin interrupción.

«Hazlo bien la primera vez», solía decirle su padre, y el joven Willis Jakes había aprendido a seguir ese credo. Se le ocurrían cosas peores que verse obligado a repetir una tarea, siempre bajo la mirada atenta de su tiránico progenitor, quien no paraba de repetir: «El mundo jamás perdona. Es mejor que lo aprendas mientras eres joven.» Jakes se había pasado muchas horas de pie ante una pared, contemplando inmóvil sus notas o la puntuación de un examen. Había aprendido a concentrarse por completo en un objetivo, a hacer las cosas bien a la primera.

El faro destellaba a través de la espesura, que se agitaba como si tuviese vida propia. De repente Jakes vio dos círculos pequeños pero tremendamente brillantes, los ojos de un depredador que acechaba en las ramas de un árbol.

Al percibir que algo se movía, el teniente primero dirigió el foco hacia arriba, y un esbelto jaguar saltó de una rama a otra. Jakes sabía sin necesidad de verlo que los restantes nueve miembros del comando habían sacado automáticamente sus armas, preparados para disparar. Pero el felino no mostró deseos de pelear y se refugió en la oscuridad.

Avanzaban en silencio. El vehículo vibraba y se sacudía, dando bandazos por encima de árboles caídos y rocas, aunque sin perder el equilibrio. El mayor Jakes y los demás ocupantes del todoterreno luchaban por mantenerse aferrados a sus asientos. Le dolía el cuello y también los músculos del vientre. Evidentemente, viajar en aquel vehículo no era más cómodo que hacerlo a pie, aunque al menos algunos otros músculos descansaban por un rato.

En ocasión de una misión en el sur de Bosnia, un nuevo miembro se había sumado al equipo del mayor; se trataba de un operador de radio que al parecer consideraba parte de su trabajo como especialista en comunicaciones el no dejar de hablar ni por un momento. Jakes y sus hombres preferían el silencio, mantener alerta cada uno de sus sentidos a fin de obtener el mayor rendimiento... pero el nuevo operador de radio quería charlar sobre su familia, sobre su época en el instituto, sobre los libros que había leído, sobre la climatología del lugar...

El mayor Jakes supo desde el principio que el joven no funcionaría. Había solicitado su reemplazo, pero el operador que le habían asignado recibió un tiro en una emboscada mientras se retiraban de una subestación repetidora de microondas que el comando acababa de destruir.

El hecho nunca fue mencionado en ningún medio de comunicación. A los padres del muchacho se les dijo que éste había muerto en un inesperado accidente durante unas maniobras de adiestramiento en Alabama. Por fortuna, eran miembros de una sociedad patriótica y en ningún momento se les ocurrió solicitar una investigación o demandar al ejército por la muerte de su hijo, lo cual habría requerido tapaderas mucho más complicadas...

Ahora, mientras viajaban a través de la jungla, los otros miembros del comando permanecían en silencio, como de costumbre, pensando en la misión que debían realizar, repasando cada detalle de la misma. Eran verdaderos profesionales, y Jakes sabía que podía contar con ellos.

Detrás del mayor, el experto en explosivos no paraba de soltar gruñidos y suspiros mientras unía las manos con fuerza en una serie de ejercicios isométricos para mantenerse en forma. El mayor Jakes no cuestionaba sus métodos, pues el hombre siempre había actuado impecablemente.

Jakes consultó su reloj y luego ordenó un breve alto.

—Es hora de relevarnos —dijo—. Pero antes triangulemos la señal y verifiquemos su posición.

En la parte delantera del segundo vehículo todoterreno, el nuevo operador de radio sacó una red de pantalla plana. Desplegó antenas a los costados del vehículo y ajustó las frecuencias hasta captar aquellas señales que hasta los mejores expertos en lenguajes cifrados del Pentágono hallaban incomprensibles.

La señal se recibía alta y clara, como la emisión de un martilleo subsónico que se extendía en todas las direcciones. El mayor Jakes no lograba comprender a quién podía ir dirigida, o quién la enviaba. Sonaba como una sirena de niebla, una señal de advertencia, tal vez incluso un SOS. Pero ¿qué podía significar? Hasta el momento, nadie se había molestado en contestar.

—Seguimos el rumbo correcto, mayor —informó el operador de radio—. Su posición no ha cambiado. Según mis cálculos, y basándome en este mapa topográfico, ya hemos avanzado quince kilómetros desde que dejamos atrás la autopista 307.

—Bien —dijo el mayor Jakes—, vamos más rápido de lo previsto. A este paso deberíamos llegar antes del amanecer. —Se apeó del vehículo y estiró las piernas, sacudiéndose sus pantalones de camuflaje—. Hora del relevo.

El grupo que hasta ese momento iba a pie subió a los vehículos mientras él, el teniente primero y los otros tres hombres se disponían a seguirlos. Los nuevos conductores arrancaron inmediatamente y continuaron avanzando.

El mayor Jakes caminaba con dificultad tras ellos, con el fusil al hombro, sosteniéndolo de modo que pudiera ser disparado en un instante. Nada de vacilaciones ni contemplaciones. Él y sus hombres eran los buenos, y habían recibido órdenes de eliminar a los malos. Nada de preocupaciones ni remordimientos.

Jakes no sabía si lo que le ordenaban hacer era lo bastante importante como para salvar el mundo, pero algún día tal vez lo fuese, de modo que se tomaba cada misión como si fuera la decisiva.

Pensó en todas las películas de James Bond que había visto, en las frívolas aventuras del agente secreto, tan absurdas y a la vez poco interesantes en comparación con las suyas. Todas esas películas presentaban a un megalómano medio loco y medio genial decidido a dominar el mundo; todas ellas incluían una estrafalaria fortaleza dotada de alta tecnología, aislada en un lugar desierto.

A medida que su equipo se abría paso en las entrañas de la selva del Yucatán en dirección a la ominosa señal, el mayor se preguntaba a qué clase de loco genial se le habría ocurrido esconder su fortaleza en la vasta jungla centroamericana. ¿Por qué iba alguien a escoger erigir una base supersecreta en unas antiguas ruinas mayas?

No importaba. Sus hombres destruirían Xitaclán, y a cualquier ser humano que encontrasen allí, y luego regresarían a casa. El mayor Jakes sólo pensaba en eso.

El grupo prosiguió su marcha adentrándose en la selva, y a medida que avanzaban se acercaban cada vez más al origen de la misteriosa señal.

21

X *Ruinas de Xitaclán.*
Martes, 7.04

Tras otra noche calurosa plagada de insectos y ruidos inexplicables, Scully despertó y permaneció tumbada dentro de su tienda, intentando decidir si descansar unos minutos más o levantarse y enfrentarse al nuevo día.

Observó las rojas e inflamadas ronchas que cubrían su piel. Sacó un tubo de crema de su pequeño botiquín y cubrió las picaduras que presentaban peor aspecto, luego gateó hasta la puerta y asomó la cabeza a la nebulosa luz de la mañana.

El campamento estaba en silencio. La hoguera que había ardido la noche anterior se había convertido en un montón de cenizas frías y blanquecinas. Scully se puso de pie y oyó que Mulder se movía en el interior de su tienda. Se volvió entonces hacia la tienda de Vladimir Rubicon y observó espantada que durante la noche ésta se había desplomado, como si una bestia gigantesca la hubiese aplastado con su peso.

Intranquila, echó un vistazo alrededor, protegiéndose los ojos de la oblicua y deslumbrante luz de la mañana. La ligera neblina cubría todo con un suave velo que ondulaba bajo la brisa. No vio rastro del viejo arqueólogo, de Fernando Victorio Aguilar, ni de ninguno de los ayudantes indios.

—¿Doctor Rubicon? —llamó. Aguardó la respuesta unos segundos, y luego gritó de nuevo el nombre del arqueólogo.

Mulder salió de su tienda desperezándose.

—El doctor Rubicon no está —dijo Scully—. Mira lo que le ha pasado a su tienda. ¿Oíste algo anoche?

—Quizá haya salido en busca de su hija —dijo Mulder con tono de preocupación—. Al parecer decidió empezar sin nosotros.

Scully hizo bocina con las manos y gritó otra vez.

—¡Doctor Rubicon!

En la espesura las aves chillaron, alborotadas. Scully y Mulder oyeron el crujir de ramas en la linde de la selva. Se volvieron inquietos y vieron aparecer a Fernando Aguilar, que iba a la cabeza de un grupo de sus ayudantes indígenas. Todos sonreían, como si se sintieran inmensamente satisfechos de sí mismos. Transportaban un jaguar muerto atado a una gruesa rama.

—¡Miren lo que traemos! —exclamó el guía—. Esta bestia merodeaba cerca del campamento anoche, pero nuestros amigos le han cazado con sus flechas. La piel de jaguar es muy valiosa. —Enarcó las cejas—. Ha sido una suerte que no estuviese lo bastante hambriento como para atacarnos, ¿verdad?

—Bueno, tal vez lo estaba —dijo Mulder, y señalando la tienda caída, añadió—: No encontramos al doctor Rubicon.

—¿Está seguro de que no ha ido a explorar por ahí? —preguntó Aguilar—. Yo y mis amigos nos hemos levantado al amanecer.

—Es verdad —dijo Scully—, tal vez esté echando un vistazo a las construcciones que no vimos ayer. —Hizo una pausa y agregó–: Sin embargo, no responde a mis llamadas.

–Entonces debemos buscarlo, señorita –dijo Aguilar–, pero estoy seguro de que se encuentra bien. Ya hemos matado al jaguar, ¿lo ve?

Los nativos sonreían con expresión triunfal. El felino moteado colgaba del palo que éstos sostenían, sangrando por múltiples heridas de flecha.

Aguilar miró fijamente al jaguar, y dijo:

–Nos dará trabajo despellejar este gato. Ustedes adelántense y busquen al doctor Rubicon.

–Vamos, Mulder –instó Scully.

Mulder asintió con gravedad.

–No podemos culpar al doctor por no querer desperdiciar ni un instante –declaró–. Dividámonos. Yo buscaré dentro de la gran pirámide. Sé que el doctor Rubicon quería echar un vistazo allí.

–De acuerdo –dijo Scully–. Yo subiré hasta la cumbre de la pirámide y miraré alrededor del templo. Quizá pueda divisarlo desde allí arriba.

Detrás de ellos, frente al par de estelas de serpientes emplumadas, los nativos, con sus toscos cuchillos de obsidiana, y Aguilar, con su enorme cuchillo de caza, se agacharon y comenzaron a desollar el felino muerto. Scully se preguntó si habrían elegido ese lugar por algún motivo religioso.

Decidió hacer caso omiso a esos pensamientos y empezó a subir por la empinada escalera repleta de jeroglíficos que había a un lado de la pirámide. Le dolían los brazos y las piernas a causa de la actividad física de los últimos días, pero ascendió por los desgastados y angostos escalones inclinándose hacia adelante y utilizando las manos para apoyarse, como si escalase un acantilado. Se preguntó cómo habrían hecho los sacerdotes para subir airosamente con sus pesadas vestiduras hasta el templo que se alzaba en la cumbre, donde llevaban a cabo sus sacrificios rituales.

La gente debía de reunirse alrededor de la base, en la plaza, entonando cánticos, haciendo sonar tambores de caparazón de tortuga, luciendo vistosos trajes adornados con plumas de aves tropicales y ornamentos tallados en jade. Cuando llegó a los pilares del templo en la plataforma más alta de la pirámide, observó el lugar desde el cual los espectadores de la realeza podían contemplar la sangrienta ceremonia, y quizá participar en ella. Dada la pendiente de la pirámide, los detalles de los sacrificios no debían de ser visibles para el público que aguardaba en la base, quien sólo vería las manos alzadas, la sangre de la víctima cayendo por los escalones...

Scully sacudió la cabeza para alejar esa imagen y recordó las palabras que el doctor Rubicon había musitado mientras contemplaba con gran respeto la ciudad de Xitaclán: «El pasado está muy vivo en este lugar.»

Se protegió los ojos del sol y miró alrededor.

–¡Doctor Rubicon! –gritó. Su voz resonó como el cántico de un antiguo sacerdote invocando a los dioses. Echó un vistazo a los bajorrelieves que la rodeaban, a las estilizadas imágenes del dios Kukulkán, a los dibujos e incomprensibles inscripciones que en opinión de Mulder representaban una antigua nave espacial. –¡Doctor Rubicon! –repitió Dana, recorriendo con la mirada el espeso manto verde de la jungla. Abajo, en la plaza, vio que una mancha roja se extendía alrededor del cadáver del jaguar que los indios y Aguilar despellejaban. Tres de aquéllos cargaron con el cuerpo del animal, sanguinolento y ya sin piel, y desaparecieron en la selva. Scully se preguntó si tendrían intención de comerse la carne.

Sin poder evitar estremecerse, la agente pensó en el misterioso indígena que, llevado por su fervor supersticioso, se había cercenado un dedo con uno de aquellos cuchillos de obsidiana… y otra imagen apareció instantáneamente en su mente: un grupo de nativos en un claro de la selva, arrancando el corazón del felino moteado y devorando la carne ensangrentada de aquel gran espíritu de la selva.

Sacudió nuevamente la cabeza para alejar aquella visión. En la cima de la pirámide se sentía sola e indefensa.

Tras abandonar la esperanza de distinguir alguna señal del anciano, Scully se volvió y observó la zona cercana a la gran pirámide. Entrecerró los ojos, reacia a gritar de nuevo, recordando la llamada que el propio arqueólogo había hecho a su hija con la vana esperanza de que ésta respondiese.

Scully estaba a punto de abandonar cuando se acercó al borde y miró hacia abajo, al otro lado de la plaza. Entonces sintió que se quedaba sin respiración.

Mulder asomó la cabeza en el interior de la húmeda pirámide y miró hacia las sombras. Observó las marcas que Cassandra Rubicon y sus compañeros habían dejado al forzar la entrada de la antigua construcción haciendo palanca con una barra. Sin duda habían sido cuidadosos, pero abrirse paso a través de bloques de piedra sellados requería cierta dosis de fuerza bruta.

Encendió su linterna y el brillante haz de luz penetró en la misteriosa oscuridad del laberinto construido por esclavos mayas. El peso de la linterna en su mano confortó a Mulder, que se alegró de haber cambiado las pilas recientemente.

Aunque la enorme pirámide había permanecido en pie por más de mil años, el interior no parecía lo bastante firme para resultar tranquilizador, especialmente después de los temblores que habían sacudido Xitaclán la primera noche que pasaron allí. Los bloques de piedra caliza cincelados a mano habían empezado a desmoronarse y el liquen y el musgo habían empezado a devorar su superficie.

Los pasos de Mulder resonaban en el suelo de piedra. Enfocó la linterna hacia abajo para examinar las pisadas que se veían en el polvo y la suciedad... pero ignoraba si esas huellas pertenecían a algún miembro del equipo de Cassandra, a los ladrones que alimentaban de objetos valiosos el mercado negro, o si habían sido dejadas por el viejo arqueólogo aquella misma mañana.

–¡Doctor Rubicon! ¿Está ahí? –gritó Mulder, enfocando la linterna en varias direcciones. Las palabras resonaron en sus oídos como si fuese el tañido de una campana.

Mulder siguió adentrándose en la pirámide y echó un vistazo por encima de su hombro para observar la menguante luz del día que se filtraba por la entrada. Deseó haber llevado migas de pan para marcar el camino... o al menos pipas de girasol.

Goteaba agua de algún lugar. Con el rabillo del ojo Mulder creyó percibir un movimiento, pero cuando enfocó el haz de luz en esa dirección y vio bailar las aguzadas sombras, imaginó que sólo había sido una ilusión óptica. La oscuridad y el aire pesado resultaban sofocantes. Mulder se alegró de no ser claustrofóbico y se frotó la punta de la nariz con el dorso de la mano. La temperatura había descendido, como si alguna fuerza absorbiera gradualmente el calor del aire. Hacía al menos doce siglos que la luz del sol no iluminaba el interior de la pirámide. Enfocando la linterna hacia adelante, vio que el techo había sido reforzado con vigas de madera hechas con troncos de árbol toscamente desbastados. Mulder pensó que debía de ser obra de los ayudantes de Cassandra, y se dijo que ésta debía de estar ansiosa por explorar la pirámide, adentrarse cada vez más en ella, con la intención de descubrir sus secretos.

—¡Eh, doctor Rubicon! —repitió de nuevo, esta vez tratando de no alzar demasiado la voz, por temor a los ecos que herían sus oídos.

Bajó la mirada hasta el suelo polvoriento y descubrió un par de huellas demasiado pequeñas para pertenecer al doctor Rubicon. Sin duda, debían de ser de su hija. El corazón le dio un vuelco. ¡Cassandra había estado allí!

Avanzó con mayor cautela, intrigado al hallar que la construcción poseía varios niveles. Su percepción espacial sugería que estaba aproximándose al corazón de la pirámide. El corredor por el que iba serpenteaba hacia el interior, quizá incluso bajo tierra.

Los muros interiores parecían ahora muy distintos de los pasillos que acababa de recorrer, cuyas paredes estaban hechas con bloques tallados de piedra caliza. Los que tenía a la izquierda eran oscuros y extrañamente lisos y resbaladizos, como si se hubiesen derretido parcialmente. La composición de aquellas paredes implicaba algo nuevo e inusual, de una naturaleza distinta del resto de la antigua construcción.

Siguió avanzando al tiempo que acariciaba la deslizadiza y cristalina superficie. Más adelante, una pila de escombros bloqueaba el pasillo que conducía directamente hacia el centro de la pirámide. Mulder se detuvo, pensando que había tomado un camino equivocado. Ni Vladimir ni Cassandra Rubicon podrían haber seguido más allá… pero entonces vio que entre las rocas alguien había abierto un agujero angosto por el que sólo podía deslizarse una persona muy delgada… o muy desesperada.

Se acercó lentamente a la abertura, sin poder evitar sentirse como un intruso. Alrededor, el templo se tragaba todo sonido y todo calor. La luz de la linterna de Mulder hendió la oscuridad de aquel estrecho agujero.

Mulder trepó por el montón de escombros y siguió enfocando con la linterna para mirar en el interior.

—¿Cassandra Rubicon? —llamó, sintiéndose estúpido—. ¿Está ahí?

De pronto, vio algo que le asombró. El haz de la linterna alumbró unas paredes lisas que parecían de metal, y reveló una serie de objetos curvos de vidrio o cristal. La misteriosa e inesperada naturaleza de aquella cámara hizo que se sintiese sorprendido y al mismo tiempo confuso.

¿Qué habría pensado Cassandra al descubrir aquel extraordinario cambio en la arquitectura de la pirámide?

Mientras imágenes de Kukulkán danzaban en su mente, Mulder trató de escudriñar el interior de la cámara, pero la luz de su linterna empezó a parpadear. Él la agitó para mantener las pilas en contacto, sin éxito satisfactorio.

Decidió que en cuanto encontrase al arqueólogo regresaría a ese lugar para explorarlo. Tal vez Rubicon pudiera darle una explicación. Sin embargo, supondría un gran esfuerzo abrir un hueco lo bastante grande para que alguien entrase sin dejar tiras de piel en el intento.

Mulder oyó una voz distante y se quedó paralizado. Las palabras rebotaban a través de los sinuosos pasadizos del templo. Antes de que tuviese tiempo de maravillarse de las cualidades acústicas de éste, reconoció el débil sonido de la voz de Scully, que gritaba su nombre.

La voz de su compañera denotaba una urgencia que lo hizo ponerse en acción al instante; descendió de nuevo por la pila de escombros y corrió por los pasadizos, desandando el camino que había memorizado. El haz de luz de la linterna parecía estable; al parecer las pilas funcionaban correctamente ahora que se había alejado del corazón de la pirámide.

Scully llamó una y otra vez. Mulder percibió la tensión en su voz, y corrió más rápido.

—¡Mulder, lo he encontrado! ¡Mulder!

Sus palabras resonaron entre los muros de piedra, y por fin Mulder vio la luz del sol y a Scully de pie en la entrada. Parecía desconsolada.

–Allí –dijo ella.

Mulder respiraba con demasiada dificultad para hacer preguntas, de modo que se limitó a seguir a su compañera, quien rodeó a toda prisa la base de la pirámide por el angosto sendero a través de la maleza. Llegaron a la plataforma de piedra medio derruida donde antaño se habían realizado los sacrificios en el borde del profundo pozo circular.

Mulder se detuvo en seco y bajó la mirada hacia las lóbregas e insondables aguas. Scully se detuvo a su lado, con un nudo en la garganta, sin decir nada.

En el cenote, como una muñeca a la que hubiesen retorcido, roto y finalmente desechado, flotaba el cuerpo de Vladimir Rubicon.

22

X *Ruinas de Xitaclán.*
Martes, 11.14

Sujetaron las cuerdas en los robustos árboles que crecían cerca del borde del cenote y luego las dejaron caer al agua. Todos permanecían de pie con aire pensativo, como espectadores en la escena de una accidente de tráfico, aturdidos por el descubrimiento del cadáver del viejo arqueólogo.

Fernando Aguilar ofreció la asistencia de los trabajadores indios y sugirió que algunos de éstos, que aunque enjutos eras musculosos, podían descender fácilmente deslizándose por las cuerdas y recuperar el cuerpo de Vladimir Rubicon. Pero Mulder se negó. Era algo que debía hacer personalmente.

Sin articular palabra, Scully lo ayudó a atarse un arnés de cuerda bajo los brazos y alrededor de los hombros, luego tiró de los nudos para comprobar que fuesen seguros. Agarrándose a la cuerda, Mulder se dejó caer por encima del borde y empezó a descender por la tosca pared de piedra caliza del pozo. Ésta estaba cubierta de salientes y protuberancias, como si el cenote hubiese sido abierto en la roca con una broca gigante. Mulder se alejó de los salientes y se balanceó en el aire mientras los indios lo bajaban.

Arriba, Fernando Aguilar permanecía al lado de Scully, vociferando instrucciones, gritando a los indios con severidad cuando no hacían exactamente lo que él decía, aunque aquéllos parecían no prestar atención a sus órdenes.

Al oír la noticia de la muerte del arqueólogo, Aguilar había reaccionado con horror.

—El viejo debe de haber salido en mitad de la noche —había dicho—. El borde es muy resbaladizo aquí, y seguramente cayó accidentalmente. Lamento mucho esta desgracia.

Los agentes habían intercambiado miradas de complicidad, pero ninguno de ellos intentó contradecir al guía, al menos por el momento.

Los pies de Mulder rozaron el agua estancada. Percibía el olor de la humedad malsana, las acres algas y los infectos vapores atrapados después del principio de erupción volcánica que había tenido lugar la noche en que habían llegado a Xitaclán.

Y justo debajo flotaba el cadáver de Vladimir Rubicon; la camisa empapada se pegaba a su huesuda espalda. La cabeza cana del anciano estaba torcida en un extraño ángulo, lo que significaba que tenía el cuello roto... pero ¿era esto producto de la caída, o de una agresión física? Los brazos y piernas de Rubicon permanecían ocultos por las oscuras y profundas aguas.

Mulder rechinó los dientes y contuvo la respiración y se sumergió en el agua, empapándose por completo. El arnés sostenía casi todo su peso, pero aun así Mulder se las arregló para nadar hasta el cadáver que flotaba. Una cuerda tiró de él al tensarse.

—Ten cuidado, Mulder —gritó Scully, y él se preguntó si su compañera pretendía advertirle un peligro concreto.

—Ésa es mi única prioridad —respondió Mulder. El

agua parecía espesa, casi gelatinosa, y aun cuando estaba tibia a causa de la temperatura de la selva, producía escalofríos. El agente confió en que el pozo de los sacrificios no estuviese infestado de sanguijuelas, o de algo todavía peor.

Escudriñó debajo de la superficie y no vio nada extraño. Ignoraba qué podía acechar en las profundidades del cenote, donde no llegaba la luz del sol. Recordó las viejas historias de Lovecraft acerca de monstruos ancestrales más allá del tiempo y el espacio –¿tal vez serpientes emplumadas?– que nadaban en el oscuro cieno a la espera de devorar a incautas e inocentes víctimas.

Creyó sentir un remolino bajo sus pies, y apartó las piernas bruscamente. El cuerpo de Rubicon se balanceó en el agua, agitado por alguna perturbación invisible. Mulder tragó saliva y escudriñó nuevamente el abismo insondable, pero siguió sin ver nada.

«Deben de ser imaginaciones mías, para variar», se dijo. Desenganchó la cuerda que le rodeaba el pecho y tiró de ella para pedir más cabo. Desde arriba, los indios obedecieron sus deseos. Aguilar le hizo señas de ánimo.

Mulder enrolló la cuerda floja alrededor de su hombro, mojado y resbaladizo. Asiendo por la camisa empapada el cuerpo inerte del anciano, tiró de él y luego aseguró el extremo de la cuerda alrededor del esquelético pecho. Mulder se sintió como si estuviese abrazando al arqueólogo.

–Adiós, Vladimir Rubicon –dijo, apretando el nudo–. Al menos su búsqueda ha terminado. –Tiró de la cuerda, y luego gritó–: ¡De acuerdo, izadlo!

Las cuerdas se tensaron mientras los indios halaban con esfuerzo desde lo alto. Incluso Aguilar echó una mano. Las sogas crujían a causa del peso mientras sacaban el cuerpo de Rubicon del agua, como si el cenote se negase a entregar su nuevo trofeo. Mulder se quedó solo en el agua. Confió en que cualesquiera que fuesen los dioses que aún moraban en Xitaclán, no desearan hacer un trueque… el cuerpo de Rubicon por el suyo.

El cadáver del viejo arqueólogo se elevó como un espantapájaros empapado. El agua goteaba de sus brazos y piernas. Sus dedos embotados y de grandes nudillos se balanceaban tensos como garras, y su cabeza colgaba hacia un lado. Su perilla estaba desaseada, mojada y cubierta de algas verdes.

Mulder tragó saliva y esperó, chapoteando en el cenote mientras el cuerpo inerte era izado hasta el borde del pozo como si se tratase de material para la construcción. La proximidad del hombre muerto pareció inquietar a los indígenas.

El agente observó el cuerpo balancearse por encima del saliente de piedra caliza y luego desaparecer al ser arrastrado hasta el seco suelo de tierra. Scully ayudó, apartando por un instante su atención de Mulder.

El agua que lo rodeaba parecía fría, como si manos cadavéricas palpasen sus brazos y piernas y tiraran hacia abajo de sus ropas mojadas. Mulder decidió no esperar más y nadó hacia el escarpado muro para empezar a ascender sin ayuda por los salientes en espiral.

Cuando Aguilar y los indios empezaron a tirar de la cuerda floja e izaron hasta el borde, Mulder ya había llegado hasta la mitad del pozo.

Chorreando agua y tiritando a pesar del sofocante calor, el agente miró nuevamente hacia el fondo del cenote y contempló fijamente las oscuras aguas. El pozo sagrado parecía tranquilo, plácido, abismal y… hambriento.

De nuevo en la plaza, Mulder, con la paciencia prácticamente agotada, increpó al guía.

—¡Basta de excusas, Aguilar! Quiero tener ese radiotransmisor listo y funcionando ahora mismo. Sabemos dónde está, de modo que deje de andarse con rodeos. El doctor Rubicon pretendía enviar un mensaje esta mañana, y ahora es imprescindible que lo hagamos.

Aguilar por fin cedió y sonrió al tiempo que retrocedía.

–Desde luego, señor Mulder, es una idea magnífica. Después de esta tragedia, no podemos manejar la situación solos. Estoy de acuerdo en que abandonemos la búsqueda de la señorita Rubicon y sus compañeros. Sí, iré a buscar el radiotransmisor.

Aliviado al parecer por alejarse del agente, Aguilar se dirigió a toda prisa hacia el templo donde el equipo arqueológico de la Universidad de San Diego había escondido el material, que no había sido tocado desde su descubrimiento el día anterior.

Sin embargo, Mulder no le dijo al guía que no tenía intención de dejar de buscar a Cassandra.

Scully había hecho colocar el cuerpo del doctor Rubicon sobre las losas y había empezado a examinarlo, tratando de reunir información a partir del estado del cadáver.

–No necesitaré hacer una autopsia para determinar qué lo mató, Mulder –dijo.

Deslizó sus manos por el cuello del anciano, palpando la abultada nuez, y luego desabrochó la camisa para inspeccionar el frío y húmedo pecho y los brazos de tacto gomoso.

Los demás se habían esfumado, pues no querían estar cerca del cadáver mientras ella lo examinaba. Por el momento, a Mulder no le importaba que los hubiesen dejado solos. Aquel lugar aislado y la desconfianza que le inspiraban el guía y sus compañeros hacían que su desasosiego aumentara por momentos.

Scully presionó el pecho de Rubicon, palpó su caja torácica y ladeó la cabeza para escuchar el silbido del aire expulsado por los pulmones sin vida. Alzó la mirada hacia Mulder.

—Bueno, no murió ahogado, de eso no cabe duda —dijo con tono de preocupación. Luego palpó cuidadosamente la nuca de Rubicon y añadió—: Tiene varias vértebras rotas. —Dio la vuelta al cadáver y descubrió una zona lívida en la base del cuello que se había puesto morada a causa del tiempo que había estado sumergido en el agua—. También estoy convencida de que esta lesión no fue causada por una simple caída. El doctor Rubicon no cayó al agua después de tropezar en el borde. Creo que Aguilar quiere que pensemos que su muerte se debió a un accidente… pero la evidencia demuestra que Rubicon recibió un fuerte golpe por la espalda. Algo le aplastó la nuca. Mi opinión es que el doctor estaba muerto antes de que lo arrojaran al cenote.

—Aguilar no quería que realizase su transmisión esta mañana —señaló Mulder—. Quizá la discusión de ayer fue más seria de lo que yo pensaba. ¿Qué nos oculta?

—No olvides —dijo Scully— que Aguilar fue quien condujo hasta aquí a Cassandra Rubicon y sus compañeros, y todos ellos han desaparecido. Creo que deberíamos darlos por muertos.

—¿Crees que Aguilar pretende matarnos? —Mulder se dio cuenta de que ésa era una pregunta absolutamente seria, que nada tenía que ver con fantasías paranoicas—. Él juega con toda la ventaja aquí.

—Aún tenemos nuestras pistolas. —Scully parecía desolada—. Mira, Aguilar sabe que somos agentes federales y que nuestro gobierno no permitirá que quede impune si por su culpa nos ocurre algo malo. ¿Recuerdas cuando esos agentes secretos de la DEA fueron asesinados aquí en México? No creo que sea tan insensato como para buscarse algo así. Todavía puede hacer pasar la muerte de Rubicon por un accidente, a menos que nosotros demostremos lo contrario, pero no podría achacar nuestras muertes a accidentes fortuitos.

Mulder miró alrededor y advirtió que Aguilar y sus incondicionales acompañantes indios surgían de nuevo de la espesura; transportaban una caja de material. La expresión del guía no parecía precisamente cálida y acogedora.

–Aguilar tal vez reparase en las consecuencias –dijo Mulder–, pero ¿y si después de todo no es él? ¿Y si los indígenas están realizando sacrificios, como ese que ayer se cortó el dedo?

Scully lo miró con aire sombrío.

–En ese caso, no creo que les preocupase demasiado la intervención del gobierno de Estados Unidos.

Fernando Aguilar se acercó a toda prisa a ellos mientras los indios permanecían atrás, temerosos del cuerpo de Rubicon tendido sobre las losas de la plaza.

–Señor Mulder –dijo–, traigo malas noticias. El radiotransmisor está estropeado.

–¿Cómo puede ser? –inquirió Mulder–. Ayer, cuando lo sacamos de la caja, estaba intacto.

Aguilar se encogió de hombros y se quitó el sombrero.

–El tiempo, la lluvia… –Sostuvo en alto el radiotransmisor y Mulder observó que la chapa posterior estaba suelta, doblada y fuera de su ranura. Los mecanismos del interior estaban sucios de barro y corroídos–. Le ha entrado agua, o insectos, ¿quién sabe? Ha permanecido en ese viejo templo desde que la expedición llegó a Xitaclán. No podemos pedir ayuda.

–Es una tragedia –dijo Mulder. Y luego masculló–: Y muy oportuna, por cierto.

Scully lo miró y Mulder supo que él y su compañera tendrían que jugar sus cartas con mucho cuidado. Si Mulder se dejaba llevar por su imaginación hasta límites increíbles, podía llegar a convencerse de que la destrucción del radiotransmisor había sido accidental, la muerte de Rubicon fortuita o la desaparición de

Cassandra y los otros arqueólogos meramente casual.

Pero todo junto era demasiado.

Scully se esforzó por decir con tono animado:

—Entonces tendremos que conformarnos, ¿verdad, Mulder?

Él sabía que su compañera también se sentía atrapada en mitad de la nada, sin ningún contacto con el exterior… y las únicas personas que la rodeaban eran unos asesinos en potencia que no sentían ningún escrúpulo a la hora de eliminar todo aquello que se interpusiese en su camino.

23

X

Ruinas de Xitaclán.
Martes, 14.45

Scully sentía sobre los hombros el peso del traje de buzo, como si fuese una piel extraordinariamente rígida que dificultaba sus movimientos y aislaba su cuerpo. Allí, en tierra firme, tropezando por el sendero que conducía al pozo de los sacrificios, el traje parecía increíblemente pesado. Los lastres que llevaba a la cintura producían un ruido metálico. Dana esperaba que una vez se sumergiese en el agua, dejaría de ser un estorbo para convertirse en una ventaja.

Mulder retrocedió con los brazos en jarras y observó atentamente a su compañera.

—A eso llamo yo elegancia —bromeó.

De pie en el borde del cenote, Scully tiró de los pliegues del grueso tejido para ajustarse el traje. No podía dejar de pensar en que Cassandra Rubicon lo había adquirido para utilizarlo en la búsqueda de objetos arqueológicos y respuestas a los misterios de la cultura maya. De algún modo, se sentía una usurpadora.

Ahora ella era la única que podía usar el traje...

pero el objeto de su búsqueda era mucho más siniestro y reciente.

Tras encontrar el cadáver de Vladimir Rubicon, su aprensión había aumentado. Apenas le cabía duda de que los cuerpos de los cinco miembros de la expedición arqueológica de la Universidad de San Diego yacían en las profundidades del pozo sagrado, saturados de agua y medio descompuestos. Si encontraba a la hija del arqueólogo y descubría que había sido asesinada como su padre, su único consuelo sería que el doctor Rubicon no estaría allí para presenciar el horrible final de su investigación.

Mulder sostenía la pesada escafandra en las manos.

—Y ahora, para completar el modelo —dijo—, tu encantador sombrero.

Incluso recién sacado de la caja, parecía un traje viejo, comprado en unas rebajas. Scully confiaba en que hubiesen comprobado que el equipo funcionaba correctamente. Como muchas expediciones de investigación, el equipo de la Universidad de San Diego había trabajado con un presupuesto muy ajustado que lo obligaba a recortar gastos al máximo. Según el papeleo que se adjuntaba en la caja, y que Fernando Aguilar les había traducido, el traje había sido donado por el gobierno mejicano como parte de su financiación conjunta de la expedición a Xitaclán.

Mientras Scully se colocaba la pesada escafandra, la expresión de Mulder se tornó más seria.

—¿Estás preparada para esto, Scully?

—Es parte del trabajo, Mulder —dijo ella—. Estamos a cargo de este caso, y alguien tiene que bajar a mirar. —Hizo una pausa y añadió—: Mantén la pistola a mano. Tú estarás solo aquí arriba y yo estaré sola allá abajo. No es una situación estratégicamente ventajosa.

Desde que había descubierto la «muerte accidental» del viejo arqueólogo, Mulder no se separaba de su Sig

Sauer, pero los indios los superaban en número, y no parecía que les importase resultar heridos si intentaban hacer otro sacrificio sangriento.

Y aun cuando Mulder y Scully no sufriesen agresión alguna, permanecían a merced de Fernando Aguilar, quien debía conducirlos de regreso a la civilización.

«No es una situación estratégicamente ventajosa», pensó Scully de nuevo. Se calzó la pesada escafandra y la ajustó herméticamente al cuello del traje. Dentro, su respiración resonaba como la brisa en una cueva. Tragó saliva con dificultad.

Mulder la ayudó a comprobar los conductos del aire, unos tubos largos envueltos en goma que parecían mangueras de jardín y estaban conectados a la espalda del traje. Un pequeño generador bombearía el aire y lo haría circular dentro de la escafandra.

Aguilar y los indios permanecían cerca de los agentes, observando a Scully con una mezcla de curiosidad y ansiedad. Ella les echó un vistazo, intranquila, pero no vio que ninguno llevara la mano vendada o le faltase un dedo.

—No sé qué pretende hacer ahí abajo, señorita —dijo Aguilar una vez más—. Nos hallamos en una situación terrible y deberíamos marcharnos cuanto antes. —Señaló a los indígenas con un gesto y habló pausadamente, aunque Scully dudaba de que alguno de ellos hablase inglés—. Mis socios están muy angustiados porque creen que con su acción puede perturbar el cenote sagrado. Según ellos, está maldito por las víctimas arrojadas a él, y los antiguos dioses se han vengado en el viejo arqueólogo. Aseguran que si seguimos molestándolos, los dioses también nos atacarán a nosotros.

—¿Igual que atacaron a Cassandra Rubicon y sus compañeros? —sugirió Mulder.

Aguilar se caló el sombrero y replicó:

—Quizá exista una razón por la que Xitaclán permaneció abandonada durante tantos siglos, señor Mulder.

–Voy a descender –dijo Scully con firmeza; su voz sonaba hueca a través de la visera abierta de la escafandra–. Es nuestro deber investigar y tratar por todos los medios de encontrar a nuestra gente. En el cenote aún no hemos buscado, y en él hemos hallado al doctor Rubicon. –Comprobó los pesos que llevaba a la cintura y la linterna que colgaba del cinturón–. Yo respeto las creencias religiosas de sus «socios», señor Aguilar, de modo que pídales que respeten las leyes internacionales.

Scully cerró herméticamente la visera y luego hizo un gesto a Mulder de que pusiera en marcha el generador de aire, cuyo zumbido quejumbroso resonó en la selva. Dana respiró hondo y olió el aire viciado, acre a causa de los productos selladores y la goma vieja. Cuando sintió que una leve brisa se agitaba alrededor de su rostro, supo que el aire había empezado a circular.

Pidió con gestos que la ayudasen a descender al cenote, confiando en que el generador y el traje durasen lo suficiente para echar un vistazo debajo del agua. Los indios la contemplaron con actitud solemne, como si se despidieran de ella para siempre.

Scully asió las mismas cuerdas que Mulder había utilizado para deslizarse por las rugosas paredes de piedra caliza y descendió lenta y laboriosamente. Se sentía como si llevase un camión a cuestas, pero cuando alcanzó la superficie engañosamente apacible del agua, se sintió reacia a sumergirse en ella.

Sin embargo, no se dejó dominar por el miedo, sino que se separó de la pared del pozo y se zambulló en el agua, hundiéndose de inmediato debido a los lastres que llevaba a la cintura.

La oscuridad la tragó y el agua estancada rodeó su escafandra como un jarabe pegajoso. El tejido del traje se aferraba a sus brazos y piernas, estrechándola íntimamente mientras Dana se hundía cada vez más. Las profundidades y el agua opaca la cegaron por un instante.

Un silbido de burbujas se arremolinó junto a las costuras del traje. Scully respiró una vez más para comprobar el equipo, y verificó que al parecer no se filtraba agua y que el suministro de aire continuaba llegando a través de los tubos. Poco a poco su confianza aumentó.

Atraída por la fuerza de la gravedad, Dana siguió hundiéndose hacia el fondo… si el cenote tenía fondo.

Mientras descendía, poco a poco comenzó a distinguir lo que la rodeaba. El agua se volvía lóbrega y verdosa, como si una tenue luz se filtrase a través de gruesos cristales ahumados. Dana agitó las manos y los pies y advirtió que le costaba moverse en el agua. Desorientada, sintió que continuaba hundiéndose.

La presión fue en aumento, y lo notó en los oídos; el agua era como un torno que apretase su escafandra. Recordó la historia que el doctor Rubicon había contado acerca de la lesión que había sufrido Thompson en el oído a pesar de llevar su equipo de buzo durante el descenso al cenote de Chichén Itzá.

Scully se obligó a alejar esos pensamientos y trató de mirar alrededor, volviendo la cabeza en la opresiva escafandra. Continuaba descendiendo. No lograba imaginar la profundidad del pozo. Seguramente ya se hallaba por debajo de los doce metros de profundidad del cenote de Chichén Itzá.

El círculo de luz por encima de su cabeza se había reducido a un reflejo muy tenue del brillante cielo mejicano. Sentía su propia respiración resonar en sus oídos y apenas percibía el intercambio de oxígeno a través de los tubos.

Respiró profundamente una vez más y percibió un desagradable olor a sustancias químicas residuales que le recordaron al hedor de un cadáver que llevase mucho tiempo muerto. El traje parecía terriblemente caliente y mal ventilado, y la escafandra le producía una sensación de claustrofobia.

Por un instante se le nubló la vista y se sintió mareada, inspiró profundamente y luego se calmó. Su problema sólo había sido imaginario; había empezado a hiperventilarse.

De pronto percibió un resplandor leve y vacilante muy por debajo, mucho más lejos de lo que deseaba descender, una luz azulada que parecía salir del fondo del pozo, una neblina brillante que rezumaba de la misma piedra caliza porosa.

Scully aguzó la vista y advirtió que no había error posible, el vago resplandor palpitaba y vibraba como si emitiese una señal semejante a un SOS, pero a intervalos mucho más lentos.

La tenue luz del fondo parecía fría y sobrenatural. Scully no pudo evitar sentir un hormigueo en la piel. Experimentaba la clase de nerviosismo irracional que provoca el oír historias de terror alrededor de una hoguera. A Mulder le hubiese encantado.

Su compañero seguramente habría sugerido que aquel resplandor procedía de los espíritus de las víctimas de los sacrificios mayas. Sin embargo, la mente científica de Scully daba por sentado que se trataba de alguna variedad de algas fosforescentes o microorganismos anaerobios que vivían en la pared de piedra caliza del fondo, emitiendo una luz tenue y sin calor. Era imposible que fuesen espíritus vengativos o seres extraterrestres...

Scully advirtió que su descenso se había hecho más lento y que el lastre que llevaba en el cinturón del traje había contrarrestado el peso de su cuerpo. Ahora flotaba en el agua como un ancla suspendida; notaba la presión alrededor de ella, pero se sentía ingrávida.

Buscó a tientas la linterna que colgaba de su ancho cinturón, la sacó de su sujeción, aseguró la cadena alrededor de su cintura para mayor seguridad, y la agarró por el mango para sentirse más confiada.

Venciendo su desasosiego, Scully encendió la linterna y el deslumbrante haz de luz hendió la oscuridad. Agitando lo pies, se adentró en las densas y calmadas aguas, mirando alrededor.

Y se encontró cara a cara con un cadáver.

Un cuerpo hinchado flotaba en el agua a menos de un metro de ella, con los brazos extendidos, las cuencas de los ojos vacías, y la carne arrancada a jirones por los peces, algunos de los cuales salieron, veloces como flechas, de su boca abierta.

Scully jadeó y se apartó del cuerpo inerte con un movimiento brusco; un estallido de burbujas brotó de las uniones de su traje. En un acto reflejo, soltó la pesada linterna y el haz de luz se hundió, iluminando las profundidades. Al darse cuenta de su error, tendió el brazo con desesperación para intentar recuperarla. La linterna descendió un poco y se detuvo, balanceándose; entonces ella recordó que se la había atado a la cintura.

El corazón le latía violentamente. Scully asió de nuevo la linterna y dirigió el haz de luz hacia arriba para examinar el cadáver. Era un hombre; el pelo oscuro flotaba delante de su cara. De su cintura colgaban cuerdas con piedras atadas a los extremos. Había sido asesinado y arrojado al cenote. Recientemente.

A pesar del aire caliente que llenaba la escafandra, Scully sintió un frío sobrenatural que se filtraba a través de la tela del traje, procedente del agua que la rodeaba.

Movió la linterna barriendo con su luz las tranquilas honduras del cenote. No perdió más tiempo con el cadáver que tenía delante y procedió a examinar las profundidades.

El haz de luz iluminó otras siluetas rígidas que flotaban como insectos aplastados y saturados de agua. Eran los cadáveres de los arqueólogos norteamericanos.

24

X

Ruinas de Xitaclán.
Martes, 16.16

La plaza enlosada estaba cubierta de
cadáveres.

Los indios se habían negado a ayudar a sacar los
cuerpos sin vida, de modo que Scully y Mulder tarda-
ron horas en izarlos hasta el borde del pozo, uno a uno.

Mientras se hallaba aún en las profundidades del
cenote infernal, Scully había utilizado su cuchillo para
cortar las cuerdas que sostenían las rocas que lastraban
los cadáveres, y éstos, saturados de agua, habían ascen-
dido lentamente hasta la superficie.

De pie en el borde del pozo de los sacrificios, desde
donde vigilaba ansioso a su compañera, Mulder vio es-
pantado cómo de las profundidades emergía un cuerpo
horriblemente hinchado, y luego otro, y otro más, mientras Scully permanecía en el fondo, respirando a través de
los tubos de oxígeno. Por fin, también ella emergió, y
después de abrir la visera de su escafandra respiró profundamente el húmedo aire de la superficie antes de proceder con la parte más desagradable del trabajo.

Mientras sacaban del agua los cuerpos chorreantes
y hediondos y procedían a depositarlos en el suelo seco,

Fernando Victorio Aguilar permaneció muy cerca, observando, con aspecto de sentirse extremadamente agitado e inquieto. Mulder había mantenido a la vista su pistola, y finalmente el guía lo ayudó a regañadientes a subir a Scully por la pared de piedra caliza.

Jadeante y con los nervios destrozados, Dana se despojó del incómodo traje de buzo y permaneció de pie, con la blusa y los pantalones cortos empapados de sudor, contemplando fijamente la parte más difícil del trabajo. Tenía ante ella cuatro cadáveres, y un sinfín de preguntas.

Aguilar no podía apartar la vista de aquellos cuerpos de piel marchita y gris verdosa que yacían en el suelo al lado de la plataforma de ladrillo. Los rostros deformados y medio descompuestos de los investigadores lo miraban acusadoramente a pesar de tener las cuencas vacías. Aguilar tragaba con dificultad y se frotaba nerviosamente las mejillas.

–Sólo ayúdenos a llevarlos hasta la plaza –pidió Scully–. Como imaginará, no pueden ir por su propio pie.

Finalmente transportaron los cuerpos empapados y pestilentes dispuestos alrededor de la alta pirámide hasta la plaza abierta. Mientras lo hacían, Aguilar lanzaba miradas furtivas a los cadáveres con el rostro demudado. Finalmente se aclaró la voz y, retrocediendo con paso vacilante, dijo:

–Me temo que si permanezco aquí por más tiempo voy a vomitar. Ese horrible hedor...

Los indios habían huido hacia la espesura, tan espantados que Scully dudaba que regresaran. Se preguntaba si habría una aldea cerca de allí, o si sencillamente habían encontrado un lugar donde refugiarse, hablar entre ellos de sus absurdas supersticiones y cortarse los dedos.

–Vaya a ver si puede encontrar a su cuadrilla de buenos para nada, Aguilar –dijo Mulder mientras el guía se alejaba–. Los necesitaremos si queremos salir de aquí. Ahora que hemos encontrado lo que buscábamos ya podemos marcharnos.

–Sí, señor –respondió Aguilar–. Regresaré lo antes posible, y... –Arrastró los pies nerviosamente–. Los felicito por haber encontrado a su gente... aunque siento mucho que tuviera que terminar así. Igual que el viejo arqueólogo. –Desapareció corriendo por una senda bordeada de helechos.

Bajo las últimas luces de la tarde, Mulder contemplaba los silenciosos templos y ruinas cubiertos de maleza, escuchando los inquietantes sonidos de la selva. Mantenía los ojos muy abiertos para detectar cualquier movimiento sospechoso, mientras Scully dedicaba toda su atención a los cuatro cadáveres que yacían al lado del de Vladimir Rubicon. Comparado con aquellos cuerpos hinchados, el viejo arqueólogo tenía el aspecto de un jubilado feliz que había muerto plácidamente mientras dormía.

–Ya que tenemos un abanico tan reducido de posibilidades, será bastante fácil identificar los cuatro cuerpos –murmuró Scully, tras decidir que no le quedaba otra elección que ser práctica.

Dana había ido a su tienda en busca de la mochila, había sacado los informes del equipo de arqueólogos y había examinado las hojas de papel y las fotografías: imágenes de jóvenes sonrientes y ambiciosos ansiosos por hacerse un nombre en una disciplina científica poco conocida. Habían emprendido una inocente aventura en el Yucatán con la esperanza de que el futuro les depararía el honor de ser entrevistados en televisión o presentar ponencias en actos académicos por todo el país. Pero en lugar de eso, sólo habían encontrado la muerte.

Scully echó un vistazo a cada fotografía y al informe que la acompañaba. Estudió el color de pelo, la estatura y la estructura ósea general. Debido a que los cuerpos estaban hinchados y el proceso de descomposición ya había comenzado, los rasgos faciales de los jóvenes resultaban irreconocibles.

—Este de pelo oscuro es Kelly Rowan, el segundo a la cabeza del equipo —informó Scully—. Era el más alto de todos, de modo que resulta fácil de identificar.

Mulder se arrodilló al lado de su compañera.

—Esta expedición debería haber sido uno de sus mayores logros —dijo contemplando los rasgos destruidos del joven—. Según el doctor Rubicon poseía mucho talento para la arqueología y tenía un gran futuro por delante; un buen compañero para Cassandra.

Scully decidió no pensar en aquello. En momentos como ése, en que debía realizar autopsias e identificar cadáveres, creía más conveniente no considerar esos cuerpos como meros «objetos» en lugar de como personas de verdad. Por el momento debía actuar como la profesional que era, a pesar de las rudimentarias condiciones.

—Éste es John Forbin —dijo Scully, pasando al segundo cadáver—. Era el más joven del grupo… es evidente. Estaba en su primer año de estudiante graduado de arquitectura. Su especialidad eran las construcciones antiguas a gran escala.

Mulder sacudió la cabeza.

—Aquí debió de sentirse como un niño en una tienda de golosinas, con todos estos templos intactos para estudiar.

Scully siguió adelante con su tarea de identificación.

—Esta mujer joven sin duda es Cait Barron, la fotógrafa y artista. Le gustaba más pintar acuarelas que tomar fotografías. El color del cabello y el peso corporal indican con toda seguridad que no se trata de Cassandra.

Mulder asintió con la cabeza. Scully respiró hondo e intentó olvidar el insoportable olor. Normalmente, durante una autopsia se frotaba ungüento de alcanfor bajo las fosas nasales a fin de contrarrestar el hedor, pero allí en la selva se veía obligada a prescindir de ello.

—Y el último tiene que ser Christopher Porte, el experto en jeroglíficos mayas –dijo Dana–. ¿Cuál era la palabra? ¿Un epigrafista?

—Sí –respondió Mulder–. Son pocos los que poseen esos conocimientos, y ahora la profesión cuenta con uno menos. –Aguzó el oído y guardó silencio, como si escuchase algo… Un repentino ruido hizo que se volviese rápidamente, con la mano en la pistola, pero resultó ser una bandada de pájaros que alborotaban en las enredaderas colgantes. Más tranquilo, se volvió nuevamente hacia Scully y dijo–: ¿Qué le ocurrió entonces a Cassandra Rubicon? ¿Estás segura de que su cuerpo no se hallaba ahí abajo, en el agua? Estaba oscuro, y hacía frío…

—Busqué bien, Mulder. Todos éstos estaban juntos, lastrados y flotando a la misma profundidad. Créeme, pasé mucho más tiempo del que deseaba junto a esos cadáveres–. Asintió con la cabeza mientras observaba los cuerpos sin vida–. Pero no había ninguno más. A no ser que algo lo hubiese alejado, te aseguro que el cuerpo de Cassandra no estaba ahí abajo.

—Así pues, hemos resuelto un misterio pero aún nos queda otro.

Scully se sentía acalorada, sudorosa y sucia. La miasma que desprendían los cadáveres saturados de agua se aferraba a todo; un hedor dulce y nauseabundo que se abría paso a través de su nariz y su boca para alojarse permanentemente en sus pulmones. Dana anhelaba con desesperación una ducha o un baño caliente, lo que fuese con tal de sentirse limpia de nuevo.

Pero aún no había finalizado su trabajo. Cuando terminase, quizá se permitiera el lujo de un rápido baño.

—Veamos si a partir del estado de los cuerpos podemos determinar la causa de la muerte –dijo. Utilizó su cuchillo para cortar las ropas y dejar al descubierto el torso de cada una de las víctimas–. Es imposible saber a ciencia cierta si sencillamente se ahogaron –observó–, pues llevaban demasiado tiempo allí abajo, el aire ha escapado de sus pulmones y éstos se han llenado de agua. –Movió la cabeza de John Forbin de un lado a otro y, al advertir que el cuello no estaba completamente laxo, añadió–: A diferencia del doctor Rubicon, no tiene el cuello roto. –Dio la vuelta el cuerpo de Cait Barron y echó un vistazo a la piel blancuzca de la espalda, en cuya base había dos orificios circulares de bordes arrugados. Enarcó las cejas y declaró–: Heridas de bala. Apuesto a que todos fueron asesinados a tiros antes de ser arrojados al cenote. –Sacudió la cabeza, absorta en sus pensamientos.

–Pero ¿dónde estaba Cassandra mientras sucedía todo esto? –preguntó Mulder–. Aún no la hemos encontrado.

–Eso significa que aún hay esperanza –aseguró Scully. Examinó los otros cuerpos. Los cuatro habían recibido disparos… la mayoría en la parte inferior de la espalda, donde las heridas podían resultar paralizadoras pero no mortales. Evidentemente, las víctimas habían sido arrojadas al pozo de los sacrificios cuando todavía estaban con vida–. Por aquí hay gente muy mala –observó Scully.

Mulder frunció el entrecejo.

–Después de ver el dedo mutilado –comentó–, y considerando lo supersticiosos que son estos nativos, parece que la antigua y sanguinaria religión aún tiene adeptos. La oportuna presencia de extranjeros debió de incitar a los nativos a realizar sacrificios. Recuerda que las antiguas tribus solían hacer prisioneros para ofrecerlos a los dioses; preferían arrancar el corazón a sus enemigos antes que matar a su propia gente. –Se volvió para contemplar la pirámide central de Kukulkán que se elevaba amenazadora en el centro de la plaza.

–No les arrancaron el corazón, Mulder. Se limitaron a dispararles.

Mulder se encogió de hombros.

–Arrojar a las víctimas al pozo sagrado era otro modo perfectamente válido de aplacar a los dioses. Si los indígenas dejaron paralíticos a los arqueólogos antes de arrojarlos al cenote, éstos aún debían de estar vivos, de modo que constituían una ofrenda perfectamente apropiada.

Scully se puso de pie y se limpió las manos en los pantalones sucios.

–Mulder, recuerda que estas personas no fueron atacadas con primitivos cuchillos de obsidiana sino con armas de fuego.

–Tal vez estén modernizando su religión. –Mulder sacó su pistola y escudriñó atentamente la espesura que los rodeaba–. Éste es su territorio, Scully, y son muy numerosos. Me siento como otra víctima propicia para un sacrificio…

Scully se acercó a su compañero y, como él, volvió la vista hacia la selva. Eran los únicos seres humanos a la vista, e incluso con Mulder a su lado, Dana se sentía muy, muy sola.

25

X *Ruinas de Xitaclán.*
Martes, 23.17

Era noche cerrada y sólo iluminaba el campamento la pálida luz de la luna y el brillo de la pequeña hoguera que habían encendido. La siniestra oscuridad que los rodeaba amenazaba con tragárselos. Mulder se sentía muy pequeño y vulnerable en la inmensidad de la selva.

–¿Recuerdas cuando te dije que México sonaba mejor que un centro de investigación en el Ártico o una granja de pollos en Arkansas? –comentó Scully mirando fijamente el fuego.

–Sí.

–Creo que he cambiado de opinión.

Ante la tácita amenaza que suponían los fieles de la antigua religión maya, el traicionero Aguilar o quienquiera que fuese responsable de los numerosos asesinatos, los dos agentes habían decidido hacer turnos de vigilancia durante la noche. Pero ninguno de los dos tenía la menor intención de dormir.

Sentado sobre las losas de la plaza, Mulder contemplaba el fuego, alzaba la vista hacia la luna y escuchaba el canto de los insectos de la selva. El humo de la leña húmeda y cubierta de musgo ascendía en volutas hasta su nariz; aunque denso y acre, suponía un alivio después del hedor a descomposición que emanaba de los cadáveres. El agente acunaba su pistola en el regazo, completamente atento y alerta.

Aunque la noche había caído hacía horas, Scully había salido gateando de su tienda para sentarse al lado de su compañero.

–Podríamos calentar agua y preparar un poco de té o café –sugirió Dana–. Parece lo más apropiado para pasar una noche alrededor de la hoguera.

Mulder se volvió hacia ella y, con una sonrisa, preguntó:

–¿Hemos traído cacao?

–Creo que Aguilar se lo llevó.

Mulder alzó la vista hacia los árboles circundantes y observó el resplandor plateado que la luna proyectaba sobre ellos. Ni los indios ni Aguilar habían regresado. Mulder no sabía con certeza si eso era bueno, ya que aunque suponían un peligro, sin su ayuda les resultaría prácticamente imposible regresar a la civilización.

Entretanto, sus únicos compañeros en el campamento eran las abultadas siluetas de los cinco cadáveres tendidos no muy lejos de las tiendas, cubiertos con una lona manchada que habían rescatado del templo donde los arqueólogos habían escondido sus provisiones. Mulder no podía apartar la vista de los cuerpos hinchados y saturados de agua de los cuatro miembros de la expedición arqueológica y el esquelético cadáver del doctor Vladimir Rubicon, cuyos ojos azules conservaban una expresión de sorpresa incluso después de muerto.

Mulder echó un vistazo a su compañera. Hacía dos días que ninguno de los dos tomaba un baño y estaban cubiertos de suciedad. Su cabello colgaba enmarañado a causa del sudor y la humedad. Mulder se alegraba de estar allí con ella, pues la prefería a cualquier otra persona en el mundo.

—Scully —dijo con voz tranquila y grave—, al estudiar las evidencias a menudo encuentro explicaciones muy poco… ortodoxas, y sé que aunque te muestras invariablemente escéptica conmigo, al menos siempre has sido sincera. Respetas mis opiniones, aunque no las compartas. —Bajó la vista, hizo una pausa, y añadió—: No sé si alguna vez te lo he dicho, pero aprecio mucho tu actitud.

Ella lo miró y sonrió.

—Me lo has dicho, Mulder. Quizá no con palabras… pero me lo has dicho.

Mulder tragó saliva, y luego decidió mencionar el tema que había estado evitando.

—Sé que probablemente tampoco vas a creer esto, que lo achacarás a una ilusión óptica provocada por la luz de la luna o a mi falta de sueño, pero hace un par de noches oí ruidos procedentes de la selva. Asomé la cabeza para investigar, y vi que algo se movía, una enorme criatura que no se parecía a nada que hubiese visto antes. Bueno, eso no es totalmente cierto, ya que la he visto muchas veces últimamente, pero no en la vida real.

—Mulder, ¿de qué estás hablando? —preguntó Scully con tono apremiador.

De pronto, proveniente de la espesura oyeron el susurro de algo que se acercaba; debía de ser muy grande. Mulder aguzó el oído y sintió que se le helaba la sangre.

—Creo que vi… una de esas serpientes emplumadas. Como ésa de allí. —Señaló la serpiente enroscada que estaba tallada en la columna de piedra caliza de la plaza—. Era más grande que un cocodrilo, y se movía con gran sigilo. Ah, Scully, deberías haberla visto. Me recordó a un dragón.

—Mulder, la serpiente emplumada es una criatura

mitológica –declaró ella, asumiendo de manera automática su papel de escéptica–. Lo que viste debió de ser consecuencia de contemplar durante días esa figura reproducida en un sinfín de esculturas y de haber leído demasiados libros sobre leyendas precolombinas. Sin duda, lo que vislumbraste fue un caimán. Al ver que se movía, tu imaginación se encargó de añadir otros detalles que deseabas ver.

–Es posible, Scully –admitió Mulder, cambiando la pistola en su regazo de una mano a otra. Oyó de nuevo el crujir de las ramas y el claro movimiento en la espesura de algo que se arrastraba lentamente hacia ellos. Sacudió la cabeza y prosiguió–: Pero, por otro lado, considera la gran cantidad de imágenes de serpientes emplumadas que se encuentran en objetos mayas, todas ellas en distintos emplazamientos… aquí en Xitaclán en particular. ¿No te parece que una serpiente con plumas es una cosa muy extraña? ¿Qué podría haber inspirado semejante mito si los indios del Yucatán no hubiesen visto una criatura así con sus propios ojos? Incluso podría explicar los mitos extendidos por todo el mundo acerca de dragones y grandes reptiles. –Mulder hablaba con mayor velocidad a medida que se dejaba llevar por su imaginación–. ¿Te parece probable que decenas de culturas en todo el mundo creasen una imagen con un parecido tan exacto? Piensa en los dibujos que has visto de dragones chinos. No los llamaban serpientes emplumadas, pero tenían la misma configuración. Largas escamas plumosas y un cuerpo sinuoso.

Los sonidos procedentes de la espesura se hacían cada vez más fuertes. No cabía duda de que alguna clase de criatura se dirigía hacia Xitaclán como atraída por un imán. Mulder alzó la pistola y dijo:

–Escucha eso, Scully. Espero que no tengamos ocasión de encontrarnos cara a cara con una de mis imaginarias serpientes emplumadas.

Los sonidos siguieron en aumento. Algunos árboles se inclinaron, crujieron y cayeron al suelo; los helechos se agitaron. Scully aguzó el oído y volvió la cabeza hacia su compañero. Ambos empuñaron firmemente sus armas, dispuestos a resistir hasta el final si era necesario.

Pero de repente Scully se mostró más curiosa que asustada.

–Aguarda -dijo–. Es un ruido mecánico.

Mulder se dio cuenta al instante de que, en efecto, el ruido que escuchaba era el de un motor, y también el de ramas que se partían bajo el peso de neumáticos.

Entonces, con un estruendo cegador, se produjo una explosión de estrellas en el cielo, una serie de luces deslumbrantes hendieron la oscuridad y estallaron como un crisantemo blanco.

–Son bengalas fosforescentes –informó Mulder–. Material militar.

Bajo el resplandor de la abrasadora luz blanca, dos pesados vehículos todoterreno se abrieron paso aplastando la maleza y en dirección a la plaza de Xitaclán. Detrás de los vehículos, oscuras siluetas con uniforme de camuflaje surgieron de la espesura. Se arrastraban sujetando sus fusiles e intercambiando enérgicas y concisas instrucciones mientras se apresuraban a alcanzar su posición.

–¿Qué está pasando aquí? –preguntó Scully, mirando a su compañero con expresión de alarma y perplejidad.

–Creo que no es una buena idea que nos demos a la fuga –respondió Mulder.

Scully evaluó al instante las características de los vehículos y el armamento de los soldados. Los grandes y pesados todoterreno se detuvieron, haciendo crujir las desgastadas losas bajo su peso y aplastando las raíces que sobresalían. Los miembros del comando se movían en todas las direcciones, concentrados en su misión, y Mulder advirtió con sorpresa que no hablaban en español sino en inglés.

A primera vista, el agente había imaginado que se trataba de guerrilleros centroamericanos, pero aunque sus uniformes no mostraban distintivo alguno, supo que se había equivocado.

—Son norteamericanos —dijo—. Del ejército de Estados Unidos. Alguna clase de operación comando.

Mulder y Scully permanecieron sentados, inmóviles, con las manos en alto, pero sin soltar las pistolas. Los miembros del comando corrieron hacia ellos y los rodearon, apuntándolos con fusiles.

—Sabía que debería haber pagado esa multa de aparcamiento —musitó Mulder.

Mientras dos de los soldados apuntaban los cañones de sus fusiles directamente al pecho de Mulder y Scully, otro hombre se adelantó con sigilo y cogió con cuidado las armas de los agentes, sujetándolas con el brazo tendido como si se tratase de serpientes venenosas.

Las bengalas fosforescentes se habían desvanecido lentamente. Varios de los miembros del comando secreto encendieron unos focos que iluminaron la plaza con una luz deslumbradora.

Un hombre delgado y de piel oscura que estaba claramente al mando de la operación se acercó a los agentes. Tenía pómulos altos, nariz aguileña, labios carnosos y barbilla puntiaguda. Sus ojos eran pequeños y tan oscuros como la obsidiana. En sus hombros lucía las hojas de arce propias de la insignia de mayor.

—¿Hablan español? —preguntó en la lengua de los conquistadores—. ¿Qué ocurre?

—Hablamos inglés —anunció Scully—. Somos estadounidenses, agentes especiales del FBI.

Los soldados se detuvieron e intercambiaron miradas.

–¿Qué están haciendo aquí, en suelo extranjero? –preguntó el mayor.

–Podríamos hacerle la misma pregunta –replicó Mulder.

–Mi compañero y yo estamos investigando la desaparición de ciudadanos estadounidenses –terció Scully al tiempo que metía con suma cautela la mano en el bolsillo. Al advertir que los soldados se ponían alerta, agregó–: Estoy buscando mi documentación. –Extrajo cuidadosamente la placa y la credencial con su fotografía.

Mulder la miró, asombrado de que incluso en mitad de la selva su compañera siguiera llevando la credencial del FBI en el bolsillo de la camisa.

–Somos agregados legales del consulado de Estados Unidos –informó–. Nuestra misión en Quintana Roo es buscar a los miembros de una expedición arqueológica desaparecidos.

–¡Mayor Jakes, aquí! –gritaron dos soldados que habían estado explorando la plaza. Sostenían en las manos la lona que había cubierto los cinco cuerpos junto a la estela de la serpiente emplumada–. Cadáveres, señor. –El mayor volvió la vista hacia los cuerpos inertes.

Mulder se encogió de hombros.

–Bien, de hecho ya hemos encontrado a la mayoría de sus miembros –dijo.

El mayor Jakes recorrió con la mirada las ruinas y la plaza. Al comprobar que allí no había nadie más que los dos agentes, ordenó a sus hombres:

–Continúen vigilando el lugar. Esto no es lo que esperábamos encontrar, pero nuestras órdenes siguen en pie. Debemos cumplir la misión hasta el final, destruir este enclave secreto y marcharnos antes del amanecer.

–De paso, ¿cree que podrían ayudarnos a salir de aquí? –preguntó Mulder–. Quiero decir, si tienen lugar en el asiento trasero de uno de esos todoterreno.

–Sólo si las condiciones lo permiten –respondió

Jakes con voz totalmente inexpresiva. Se inclinó para examinar la credencial de Scully–. Esta misión nunca ha tenido lugar.

–He oído eso antes –comentó Mulder.

–Podemos adaptarnos perfectamente a esas condiciones –respondió Scully con mayor firmeza–, si ése es el requisito para sacarnos de aquí. ¿Cuál es su misión, mayor?

–Destruir este emplazamiento militar –declaró Jakes con tono práctico–. Eliminar el origen de una extraña transmisión en clave.

–¿Esto es un enclave militar? –exclamó Mulder, perplejo. Tendió las manos para señalar la erosionada pirámide, las estelas deterioradas por el tiempo, los templos derruidos–. Son unas antiguas ruinas mayas que llevan abandonadas más de mil años. Puede verlo con sus propios ojos. Mi compañera y yo llevamos días registrando este lugar y no hemos hallado la menor evidencia de que exista alta tecnología o armamento almacenado. No hay nada aquí que tenga relación alguna con actividades militares.

Entonces, como si pretendieran contradecir sus palabras, desde la espesura llovieron ráfagas de armas automáticas sobre los miembros del comando.

26

Ruinas de Xitaclán.
Miércoles, 12.26

Cuando las detonaciones resonaron como el eco de una sierra mecánica, Scully se agachó en un acto reflejo.

Mulder se lanzó sobre ella para protegerla. Con el rostro pegado a las frías losas, Scully vislumbró los destellos de los disparos mientras agresores emboscados proseguían con su ataque.

El mayor Jakes y su comando repelieron el fuego al instante, y su respuesta fue tan rápida como la de un enjambre de avispas enfurecidas.

–¡Todo el mundo a cubierto! –gritó Jakes–. ¡Fuego a discreción!

–Claro que podría equivocarme en eso de que este lugar no tiene nada que ver con actividades militares –dijo Mulder, respirando con dificultad junto al oído de su compañera–. ¿Estás herida?

–No –respondió ella, jadeante–. Gracias, Mulder.

Aunque Scully no podía determinar de dónde provenían los disparos, los miembros del comando estadounidense respondieron con una impresionante descarga que suplió con creces la ausencia de un blanco preciso.

Uno de los soldados que se hallaban más cerca de Scully giró en redondo de repente, como impulsado por una fuerza invisible, y cayó sobre las losas rotas. El joven teniente primero dejó escapar un gemido ahogado mientras un chorro de sangre brotaba de la herida que atravesaba su pecho. Scully supo al instante que el joven soldado había recibido un disparo mortal.

El fuego de los atacantes resonaba desde la maleza. Una bala dio contra la estela más próxima a la tienda, arrancando pedazos de la serpiente emplumada esculpida, aún manchada con la sangre reseca del dedo amputado.

Los soldados corrieron a toda velocidad hacia los dos vehículos todoterreno blindados. Uno de ellos se agachó detrás de la estela de piedra caliza y otro se arrojó cuerpo a tierra detrás de los cadáveres que yacían sobre las losas de la plaza.

–¿Quién está atacándonos? –preguntó Scully cuando hubo recobrado el aliento.

Los miembros del comando continuaron disparando hacia los árboles, pero las posibilidades de alcanzar a los enemigos ocultos entre las sombras eran mínimas. Alguien a quien no podían ver soltó un alarido de dolor, y luego una nueva ráfaga de disparos ahogó cualquier otro sonido. Una bala proveniente de la espesura hizo pedazos uno de los focos portátiles que los soldados habían encendido.

Entonces, una voz profunda bramó desde la jungla, lo bastante potente para oírse sobre el fragor de los disparos.

–¡Invasores norteamericanos! –vociferó con claro acento mejicano–. Se hallan ilegalmente en el estado soberano de Quintana Roo. Su presencia aquí va en contra de nuestras leyes y viola todos los acuerdos internacionales.

Scully, que reconoció esa voz, se volvió hacia Mulder y exclamó:

—¡Es el jefe de policía, Carlos Barreio! —Las balas silbaron por encima de sus cabezas—. Pero ¿por qué nos ataca, en plena noche y en el corazón de la selva? Esto no parece una intervención de las fuerzas del orden.

Mulder enarcó las cejas y dijo:

—Tal vez el jefe Barreio haya decidido realizar algunas actividades extraoficiales.

Uno de los soldados del comando lanzó otra bengala, que derramó sobre el terreno su intenso resplandor.

—¡Identifíquese! —gritó el mayor Jakes, agazapándose junto a Mulder y Scully al ilusorio amparo de la tienda de campaña—. Les superamos en armamento.

Más disparos llegaron desde los árboles y rasgaron la tela de la tienda de campaña. Jakes esquivó las balas girando sobre un costado y cayó encima de Mulder y Scully. Una mancha de sangre apareció en su hombro; se trataba de una herida superficial, y al parecer el mayor ni siquiera reparó en ella.

—Esto es una acción de guerra —aulló Barreio—. Ustedes, invasores, han traído armas de contrabando a nuestro país. —Los disparos disminuyeron a unos cuantos ruidos secos—. No tenemos más remedio que preservar nuestra cultura. No podemos permitir que intrusos del ejército de Estados Unidos se lleven nuestros tesoros nacionales.

—Pero nosotros no estamos aquí para robar objetos arqueológicos —masculló para sí el mayor Jakes, sacudiendo la cabeza—. Sólo hemos venido para volar la pirámide.

Mulder se alzó sobre un codo y miró al mayor.

—Bien, entonces, si todo esto no es más que un gran malentendido, quizá pudiésemos estrecharle la mano y hablar de ello.

El mayor Jakes no pareció oírlo.

—Ahora lo entiendo todo —declaró—. Son independentistas, miembros de Liberación Quintana Roo, el frente revolucionario del Yucatán... Pretenden separarse de México, sin importarles lo que quiera el resto de la población del Yucatán. Su armamento es escaso, así como sus escrúpulos morales.

—Al contrario que usted y sus hombres —dijo Mulder ásperamente.

—Correcto, agente Mulder —replicó el mayor Jakes con tono inexpresivo.

—¡Tiren las armas y ríndanse! —continuó vociferando Barreio—. Serán arrestados, acusados de incursión ilegal y castigados como corresponde... a menos que su país decida negociar la extradición.

Una expresión de ira se dibujó en el rostro del mayor. Dado que no se trataba de una misión oficial, Scully estaba segura de que el gobierno de Estados Unidos negaría su existencia y tacharía de sus listas a los miembros del comando. Jakes y sus hombres serían abandonados a su suerte en manos de cualquier tribunal ilegal, para acabar en las oscuras cámaras de tortura del grupo guerrillero.

—Mis hombres jamás se rendirán —anunció el mayor Jakes con voz potente, y al instante sonaron más disparos—. No a unos cobardes terroristas que se niegan a pelear a cara descubierta.

Scully sabía que el comando estadounidense podía superar en armas y adiestramiento a los rebeldes de Liberación Quintana Roo en un combate abierto, pero que le resultaba imposible escapar o batirse en retirada con tantos enemigos emboscados en la espesura. Estaban atrapados.

La bengala silbó y se desvaneció, y cuando el segundo foco fue alcanzado por un disparo, las ruinas quedaron sumidas en una oscuridad rota únicamente por ocasionales disparos.

—Ustedes dos quédense a mi lado —ordenó el mayor Jakes dirigiéndose a los agentes—. No son personal militar… aunque no estoy seguro de que sea el momento para esa clase de consideraciones.

—En ese caso, ¿pueden devolvernos nuestras armas, señor? —preguntó Mulder—. Ya que esto se ha convertido en una batalla…

—No, agente Mulder. No creo que eso los beneficiase. —El mayor Jakes enfocó sus prismáticos de visión nocturna hacia el bosque.

Mientras yacía sobre las losas, encogiéndose cada vez que las balas silbaban por encima de su cabeza, Scully notó un temblor en el suelo que se convirtió en una enérgica vibración, como si vehículos incluso más pesados que los del comando rodaran hacia ellos. Pero entonces se dio cuenta de que procedía de las entrañas de la tierra. Percibió otro retumbar acompañado de violentas sacudidas mientras la presión volcánica aumentaba bajo la corteza de piedra caliza.

—Scully, agárrate bien —dijo Mulder al tiempo que la asía del brazo.

El mayor Jakes y sus hombres no comprendían qué estaba pasando. El suelo vibraba y grandes bloques de piedra bajaban rodando por las empinadas escaleras de la gran pirámide de Xitaclán, que parecía oscilar debido a los temblores. Mientras los soldados de Jakes se miraban confusos los unos a los otros, de la selva llegaron los gemidos de pánico de algunos atacantes.

Entonces la más distante de las dos estelas de serpientes emplumadas de la plaza crujió y se derrumbó sobre las losas, convertida en un montón de escombros; los árboles se agitaban en una danza grotesca.

De las grietas que cubrían el suelo de la plaza comenzaron a surgir chorros de vapor, como pequeñas fumarolas que liberaran una tremenda presión.

—¡Vamos, Scully, salgamos de aquí! —gritó Mulder, tirando del brazo de su compañera—. Aprovechemos la confusión para escapar y buscar refugio. —Se puso de pie y se alejó con paso vacilante mientras el suelo se movía bajo sus pies.

Scully se levantó para seguirlo, pero el mayor Jakes le bloqueó el paso.

—No tan rápido, ustedes dos. De aquí no se mueven.

Furiosos gritos se elevaron desde la espesura, y Scully oyó que algunos árboles caían, desarraigados por los temblores. Miró fijamente al mayor Jakes, que le apuntaba con su arma, y por la expresión de sus ojos supo que no podría huir. Mulder ya había cruzado la mitad de la plaza, agachándose y zigzagueando, tratando de llegar hasta una de las ruinas del templo inferior. El agente se volvió hacia su compañera y se detuvo, como si pretendiera correr de nuevo hasta donde ella se encontraba, para correr su misma suerte.

—¡Vete, Mulder! —gritó Scully—. ¡Aléjate de aquí!

Él echó a correr con mayor velocidad y se arrojó tras el amparo de la plataforma inferior de la pirámide. Las balas hacían saltar lascas de las losas del suelo. Scully no sabía con certeza si los disparos provenían de los guerrilleros ocultos en la selva o de los soldados del mayor Jakes.

El suelo se agitó con violencia y la agente oyó un ruido semejante al de músculos que se desgarrasen, como si la tierra bajo sus pies estuviese dando a luz. Una gigantesca columna de vapor se elevó desde la parte posterior de la pirámide de Kukulkán, secando la tierra con el calor que despedía.

Scully advirtió que el vapor provenía del cenote… el fondo del pozo se había resquebrajado soltando un chorro de agua hirviente, como si de una verdadera caldera volcánica se tratase.

Con una angustia que le oprimió el pecho, la agente vislumbró la silueta de su compañero, que corría hacia allí como atraído por una fuerza desconocida.

27

X *Ruinas de Xitaclán.*
Miércoles, 1.31

Para cuando Mulder alcanzó el frágil refugio, el suelo había dejado de sacudirse bajo sus pies. Alguno de los tiradores emboscados dispararon al azar contra él, pero la mayoría parecían más preocupados por su propia seguridad. Antes de que el tiroteo se reanudara en toda su intensidad, el agente aprovechó los momentos de desconcierto y siguió corriendo hasta ponerse a cubierto en el extremo de la enorme pirámide.

Se sintió angustiado por dejar a Scully atrás, prisionera del mayor Jakes y sus hombres, o quizá «bajo la protección» de éstos. Pero ella le había dicho que corriese, que se alejara de allí. Las últimas palabras de su compañera habían sido como una cuerda que se hubiese roto de repente, liberándolo. Si él conseguía resolver el misterio, encontrar las respuestas que buscaban tanto los guerrilleros de Barreio como los soldados estadounidenses, tal vez pudiera valerse de ello para recuperar la libertad de Scully.

Para bien o para mal, Mulder se precipitaba ahora en una sola dirección. Sabía que él, un hombre solo y desarmado, puesto que Jakes lo había despojado incluso de su pistola, podía hacer muy poco contra dos fuerzas militares enfrentadas. Esperaba abordar el problema desde un ángulo distinto, hallar una solución inesperada fuera del campo de batalla.

Tenía que descubrir el secreto de la gran pirámide de Xitaclán. ¿Qué había encontrado Cassandra Rubicon allí?

El inicio de erupción y los temblores no habían conseguido hacer que brotase lava y ceniza, pero cuando Mulder llegó con paso vacilante al escarpado borde del pozo para los sacrificios, se detuvo y bajó la mirada, atemorizado.

Las entrañas de la tierra se habían agrietado abriendo una brecha en el fondo del cenote sagrado, que había vertido todo su contenido en un foso de ardiente calor volcánico, toda el agua fría y estancada que había acunado los cuerpos de los compañeros de Cassandra Rubicon, así como el del viejo arqueólogo asesinado. Mientras corría, Mulder había visto la nube de fétido vapor que se elevaba en el cielo como en un hongo atómico…

Ahora el pozo estaba vacío y sus paredes agrietadas y resbaladizas; el vapor seguía elevándose despidiendo el olor acre y penetrante de los gases volcánicos.

Mulder miró en el interior del cenote, que semejaba las mismísimas puertas del infierno. De pronto, divisó un leve resplandor en las profundidades. No se parecía en absoluto al brillo del fuego ni a la deslumbrante refulgencia de la lava volcánica. Era más bien un fulgor frío, una luz trémula que parpadeaba y latía como un faro que enviara sus señales luminosas desde aquel pozo abismal.

Recordó que Scully le había dicho que durante su inmersión había visto un resplandor inquietante muy parecido, una especie de distante relampagueo, mucho más abajo de donde había descubierto los cuerpos de los arqueólogos. En opinión de ella se trataba de alguna especie de algas fosforescentes. Mientras Mulder contemplaba fijamente la débil neblina luminosa, le resultaba imposible aceptar la explicación científica de su compañera. Aquel brillo que subía y bajaba de intensidad de manera demasiado metódica, demasiado regular, como si siguiera una pauta, como si en verdad se tratase de una señal.

Mulder recordó también las palabras del mayor acerca de que las ruinas de Xitaclán eran la fuente de una misteriosa señal emitida de acuerdo con un código cuya clave el ejército de Estados Unidos no conseguía descifrar. Pero ¿y si la transmisión no estaba cifrada o codificada sino que sencillamente se trataba de un lenguaje que ni el mayor Jakes ni ningún ser humano podía comprender?

Vladimir Rubicon había regañado gentilmente a Mulder por su imaginativa interpretación de las tallas que se encontraban en el templo de la cima de la pirámide, según la cual el sabio dios Kukulkán, que había llegado en una nave plateada que despedía una estela de fuego tal vez hubiese sido un antiguo astronauta, un extraterrestre llegado a la Tierra en los albores de la civilización humana. Pero ahora, al observar el misterioso resplandor en las profundidades del cenote, Mulder tuvo la certeza de que debía de tratarse de una señal de petición de auxilio.

Mulder vio que las cuerdas enredadas, aún atadas a los nudosos árboles, colgaban dentro del pozo vacío. Contempló las escarpadas paredes de piedra caliza. Valiéndose de las cuerdas y los salientes rocosos del muro, tal vez consiguiese descender sin mayores problemas.

Tenía que bajar. Aquel resplandor lo llamaba.

Agarró las cuerdas y las notó húmedas y resbaladizas, pero aun así parecían hallarse en buen estado; confiaba en que soportasen su peso. Tiró de ellas para asegurarse de que los nudos fuesen firmes y se dejó caer por el borde, afirmando los tacones de sus botas contra la húmeda pared rocosa. Tal como esperaba, encontró suficientes salientes y puntos de apoyo como para descender con cierta facilidad... pero el fondo parecía hallarse increíblemente lejos.

Mulder forzaba los músculos de los brazos y a medida que ganaba confianza adquiría mayor velocidad, saltando de un saliente a otro, a menudo sin necesidad de valerse de la áspera cuerda.

Comenzó a sentirse mareado debido a los horribles efluvios que ascendían desde el abismo como el fétido aliento de un dragón. No lograba imaginar hasta dónde llegaría en realidad aquel pozo. Por fortuna, el resplandor que lo llamaba no surgía de las profundidades más absolutas, sino de algún punto intermedio.

El fragor de los disparos rasgó de nuevo el aire. Mulder pegó el cuerpo contra la pared del pozo, pero entonces advirtió que las balas no iban dirigidas contra él; ocurría, sencillamente, que los atacantes se habían recuperado del miedo y la confusión y tras los violentos temblores habían reanudado la batalla.

«Creo que será mejor que me apresure», pensó Mulder. No iba a permitir que algo tan trivial como una revolución centroamericana le impidiese descubrir lo que necesitaba saber.

Descendió hasta otro saliente, y el color de la roca caliza cambió de un blanco apagado a un tono más oscuro debido a los residuos fangosos. El agente se hallaba ahora por debajo de lo que había sido la superficie del agua.

Otro disparo sonó a lo lejos, por encima de su cabeza, y Mulder escuchó débiles voces que hablaban en español o en el gutural dialecto maya que habían utilizado los indios nativos. Se preguntó si Fernando Aguilar y sus ayudantes indígenas habrían regresado para verse atrapados en medio del fuego cruzado, o si acaso estarían relacionados de algún modo con Barreio y su movimiento de liberación.

Scully y Mulder tenían ahora otra serie de sospechosos de asesinato que añadir a su lista. Sin duda, el grupo de rebeldes encabezado por Barreio podría haber decidido asesinar a unos arqueólogos norteamericanos que profanaban sus tesoros nacionales. Era el precio de la revolución.

Sin embargo, si las sospechas de Mulder acerca del origen fantástico de aquella antigua ciudad maya resultaban fundadas, las reliquias de Xitaclán no pertenecían a ninguna nación de la Tierra.

Varios interrogantes lo obsesionaban: ¿Por qué el pueblo maya había abandonado ese lugar aislado y tantas de sus espléndidas ciudades? ¿Por qué habían construido Xitaclán precisamente en ese emplazamiento, lejos de las rutas comerciales, de ríos y carreteras? ¿Qué había favorecido el nacimiento de su vasto imperio? ¿Por qué los mayas demostraban un interés tan profundo por la astronomía, la medición del tiempo o las órbitas planetarias?

Los mayas habían estado obsesionados por el tiempo, las estrellas y el movimiento de la Tierra alrededor del Sol. Habían seguido meticulosamente el curso de las semanas y los meses, como un niño que tachase en su calendario los días que faltaban para su cumpleaños.

Mulder tenía el presentimiento de que todas las respuestas se hallaban allí abajo, en la fuente de aquella extraña luz.

Por debajo del antiguo nivel del agua, los salientes y afloramientos rocosos de las paredes del cenote eran más gruesos y nudosos y menos erosionados. Mulder continuó su descenso, cada vez más ansioso por hallar una respuesta a todas sus preguntas.

Entonces se terminó la cuerda. Mulder contempló el extremo deshilachado, los largos cabos que colgaban pegados a la pared rocosa y continuaban hacia arriba hasta el borde. No le quedaba otro remedio que seguir descendiendo sin ayuda.

El resplandor era ahora más intenso. Mulder sudaba a causa del vapor que los envolvía como si el pozo fuese una enorme sauna. En cambio, la luz se volvía cada vez más azulada y parpadeando a través de la roca que la rodeaba. Las paredes del pozo parecían incapaces de contener la energía que rezumaban.

Por fin, tras descender afirmando los pies y las manos en los resbaladizos salientes y nudosas protuberancias de piedra, Mulder llegó a un saliente más ancho en el que había una abertura en forma de arco que dejaba al descubierto un rectángulo de metal completamente liso.

Sonaron más disparos en la noche, pero el agente ni siquiera los oyó.

La placa metálica estaba corroída, pero extraordinariamente limpia tras siglos de permanecer sumergida bajo las aguas del cenote. La forma y apariencia de aquel rectángulo era inconfundible, y Mulder tendió las manos para tocarlo con dedos trémulos.

Estaba claro que lo que tenía ante los ojos era una puerta.

La puerta de una nave.

28

X *Ruinas de Xitaclán.*
Miércoles, 2.15

La vieja escotilla metálica se abrió repentinamente con un siseo como el que se produce al igualar la presión del aire, un sonido parecido al que podría emitir una serpiente emplumada antes de atacar...

A pesar de su curiosidad, Mulder volvió la cabeza y contuvo la respiración, pues temía inhalar las toxinas procedentes del interior de la cámara recién abierta. En otras ocasiones se había sentido descompuesto tras aspirar los efluvios de la nociva sangre de extraños cuerpos en descomposición. Fuera lo que fuese lo que se escondía bajo las ruinas de Xitaclán, había permanecido sepultado durante siglos dentro de aquella... ¿nave?

Le escocían los ojos a causa de los vapores que aún se elevaban desde las profundidades abismales del cenote. Mulder confió en que no se produjesen nuevos temblores de tierra.

Pero al percibir el ruido de los disparos, amplificado por las paredes de piedra, comprendió que no podía perder tiempo o energía en preocuparse por su propia seguridad. Debía hallar respuesta a sus interrogantes y luego regresar al lado de Scully.

Para eso necesitaba entrar cuanto antes allí.

Plantó un pie al otro lado de la puerta para comprobar la solidez del suelo. El túnel de entrada tenía las paredes lisas y curvadas, hechas de un material metálico pulido que absorbía la luz y la reflejaba de nuevo. Mulder no lograba ver la fuente de esa luminosidad. Era de una intensidad cegadora, claramente concebida, pensó, para ojos adaptados a la luz de un sol diferente.

Los mayas no habían sido expertos metalúrgicos, no poseían los medios ni los conocimientos de fundición para crear materiales como aquéllos. Continuó avanzando por el pasillo, como atraído por una fuerza invisible. Las paredes emitían una especie de zumbido agudo semejante a una música extraña. Mulder la sentía vibrar en sus huesos, en sus dientes y en la parte posterior del cráneo. Deseaba compartir su asombro con alguien, pero tendría que esperar a escapar de nuevo.

Recordó una situación mucho más terrenal vivida en un circuito deportivo al aire libre cerca de la oficina central del FBI, cuando tras finalizar una larga y estimulante carrera se había encontrado por segunda vez con el hombre a quien él mismo había dado el nombre de Garganta Profunda. Cuando Mulder lo había interrogado acerca de visitantes alienígenas y de la conspiración que se gestaba en los secretos sótanos acorazados del gobierno, Garganta Profunda había dado, como siempre, respuestas enigmáticas.

—Ellos están aquí, ¿verdad? —había preguntado Mulder, sudoroso a causa del ejercicio y ansioso por saber.

Con su sonrisa tranquila y una voz que denotaba seguridad, Garganta Profunda había enarcado las cejas y había dicho:

—Señor Mulder, llevan aquí muchísimo tiempo.

¿Muchísimo tiempo significaba tal vez miles de años?

Mulder se adentró en el pasadizo blindado para explorar los restos de lo que debía de ser una antigua nave abandonada, el vehículo espacial de un visitante extraterrestre que había aterrizado, o quizá colisionado, en la península del Yucatán siglos atrás, allí, en el lugar de nacimiento de la civilización maya.

«En cualquier caso –pensó Mulder–, eran alienígenas ilegales.»

Los sinuosos pasadizos se abrían para revelar cámaras oscuras cuyas paredes medio derrumbadas también habían sido de metal. Donde las corroídas planchas de aleación habían caído al suelo, los agujeros habían sido reparados con trozos de piedra tallada. Quedaba muy poco de la nave original, apenas un armazón de metal remendado con bloques de piedra caliza.

Mulder imaginó a los sacerdotes mayas entrando en la pirámide «sagrada» mucho después de que los visitantes alienígenas hubieran desaparecido, tratando de conservar la extraña estructura pero sin saber cómo. El paso de generaciones de atemorizados visitantes habría desgastado y pulido el suelo.

Quizá los trozos de metal y las vigas que faltaban habían sido recuperados de la estructura principal para ser utilizados en otros templos mayas, o tal vez habían sido arrancados y destruidos por buscadores de tesoros, o desechados por fanáticos religiosos como el padre Diego de Landa.

Mulder, maravillado, continuó explorando aquel lugar tan extraño como fascinador. Jamás había visto pruebas tan abrumadoras y a la vez increíbles de una construcción extraterrestre.

Los pasadizos de la nave abandonada reflejaban el mismo diseño que Mulder había encontrado el día anterior mientras recorría el laberinto de la pirámide en busca de Vladimir Rubicon. Mulder había explorado los oscuros túneles hasta detenerse ante la extraña cámara sellada. Tal vez, pensó, se trataba de una entrada superior a la nave enterrada.

Se preguntó si la nave se habría estrellado, abriendo un cráter en mitad de la selva. Seguramente, cuando los nativos, aún incivilizados, decidieron ir a investigar, Kukulkán, el «dios sabio de las estrellas» les transmitió unos conocimientos portentosos que dieron origen al nacimiento de una gran civilización.

El agente deslizó los dedos por los huecos en las paredes metálicas para acariciar la roca caliza pulida. Deseaba más que nada en el mundo que Vladimir Rubicon hubiese vivido lo suficiente para contemplar aquello.

A lo largo de los siglos, los mayas, o los posteriores buscadores de tesoros, habían saqueado la nave abandonada hasta dejar únicamente la armazón de ésta. Pero Mulder sabía que aquello era prueba más que suficiente, y que nadie podría rechazarla.

Si al menos pudiera llevar a Scully hasta allí para que lo viese con sus propios ojos... Sintió una punzada de angustia; esperaba que ella estuviese bien, que el mayor Jakes la hubiese protegido, aunque fuese en calidad de rehén. Deseó que Scully y él pudieran salir de allí con vida. En una ocasión, mientras huían del radiotelescopio de Arecibo, en Puerto Rico, ella le había dicho: «Las pruebas no sirven de nada si estás muerto.»

Mulder llegó a una rampa que ascendía en espiral y avanzó por ella atraído por el intenso resplandor. Ignoraba por completo a qué profundidad bajo tierra se hallaba.

Su asombro se duplicó cuando alcanzó el siguiente nivel; había llegado a la cámara de donde surgía la brillante señal. Tuvo que protegerse los ojos de la luz, pues era tan deslumbradora que le dolió el cráneo. «Éste debe de ser el puente de mando», pensó, al tiempo que observaba detenidamente el recinto.

La cámara entera permanecía prácticamente intacta, llena de extraños objetos que tal vez fueran artilugios mecánicos. Mulder comprendió al instante que aquel lugar debió de tener un enorme significado religioso para los mayas.

De repente vio algo que lo dejó paralizado. Una de las cámaras estaba repleta de una extraña sustancia translúcida, una especie de etérea sustancia gelatinosa que dejaba entrever una figura humanoide situada ante la puerta más lejana, con los brazos tendidos y las piernas un tanto separadas. Distorsionada por la oscuridad que la envolvía, la silueta parecía delgada, esquelética incluso.

Atraído como una mariposa nocturna hacia el fuego, Mulder avanzó con paso vacilante por el inclinado suelo del puente hasta llegar a la angosta cámara... y entonces vio que la silueta envuelta en la sustancia gelatinosa pertenecía a una mujer joven de pelo largo y rasgos humanos.

Mulder sacudió la cabeza, aturdido. La parte racional de su mente sabía que no podía tratarse de su hermana. No podía ser ella.

Mientras permanecía de pie ante la silueta, parpadeando y con los ojos entrecerrados a causa de la brillante luz que lo rodeaba, examinó a la mujer que permanecía suspendida como un insecto atrapado en una gota de ámbar.

Esforzándose por distinguir los detalles, Mulder advirtió que la mujer parecía sorprendida; tenía la boca medio abierta y los ojos desorbitados, como si hubiese sido apresada allí de repente. La sustancia gelatinosa se hizo menos espesa, como movida por invisibles corrientes de energía. Mulder observó los ojos verdosos y la figura menuda que tenía aspecto de caber perfectamente en el traje de buzo que Scully había utilizado. El cabello suelto era de color canela, y en una mejilla se apreciaban varios arañazos recientes.

De todos los prodigios que Mulder había visto y descubierto en el interior de la nave espacial abandonada, aquél era el que más increíble le parecía.

Después de días de búsqueda, finalmente había encontrado a Cassandra Rubicon.

29

X *Ruinas de Xitaclán.*
Miércoles, 2.33

El mayor Jakes ordenó a Scully que se arrojase al suelo, y ella no tuvo más remedio que obedecer.

El militar ordenó a sus hombres que contraatacaran. Las deslumbrantes bengalas lanzadas para compensar la pérdida de los focos destruidos por el fuego de los guerrilleros iluminaban el cielo creando un efecto de luz intermitente que acentuaba el resplandor de las explosiones y los disparos.

Dos soldados sacaron un lanzacohetes y un mortero de uno de los vehículos todoterreno blindados, y al instante la jungla se convirtió en un infierno. Sorprendidos, los guerrilleros intensificaron el fuego, pero a medida que los árboles estallaban en llamas y las detonaciones retumbaban a través de la maleza, Scully escuchó gritos de dolor y aullidos de pánico.

Una ráfaga de arma automática atronó en respuesta desde los árboles. Dos de los miembros del comando cayeron al suelo, desgarrados por balas de gran calibre. Uno gimió; el otro no.

—¡Permanezcan a cubierto! —gritó el mayor Jakes

mientras presionaba a Scully con mano firme para que se pegase más al suelo.

La selva circundante empezó a arder. Otro soldado ocupó el lugar del compañero caído en el lanzacohetes y disparó cuatro pequeños misiles hacia el lugar de donde provenía el fuego enemigo. Las detonaciones sonaron aún más fuertes que los recientes temblores de tierra.

Los disparos de los guerrilleros emboscados disminuyeron de nuevo. Por encima del crepitar de las llamas que consumían la maleza, Scully oyó gritos que se alejaban entre las caobas y las enmarañadas enredaderas. Las bengalas en el cielo iluminaban un desfile de sombras.

Uno de los jóvenes soldados llegó corriendo y, casi sin aliento, se agachó para ponerse a cubierto. Por las suaves y redondeadas facciones de su rostro, Scully imaginaba que no debía de tener más de veinte años, pero sus ojos de mirada fría y dura eran propios de un hombre mucho mayor.

—Al parecer el enemigo se retira, señor —informó el joven soldado—. Al menos por un tiempo.

El mayor Jakes asintió con la cabeza.

—Nuestro mayor poder de fuego al fin los ha intimidado. Quiero que evalúe inmediatamente los daños.

—Puedo darle un informe preliminar, señor —dijo el soldado—. Han caído al menos cuatro hombres; tres de ellos han muerto, y el otro tiene muy mal aspecto.

Jakes parecía terriblemente aturdido, como si se hubiese quedado sin aliento; luego respiró profundamente y dijo:

—Quedamos seis.

Otro soldado se acercó; tenía una herida en el costado derecho, pero no por ello iba más despacio.

—Los guerrilleros han desaparecido entre los árboles, señor —anunció—. Sospechamos que están reagrupándose para otro asalto.

—Saben que no pueden superarnos en armamento —declaró Jakes—. Pero pueden hacer que nos cansemos de esperar.

—¿Sugiere que salgamos tras ellos, señor? —preguntó el soldado, apretándose distraídamente el costado para restañar el flujo de sangre.

El mayor Jakes negó con la cabeza.

—¿Algún mensaje de su líder? ¿Ha hecho alguna petición?

—Nada nuevo, señor —informó el soldado. Apartó la mano de la herida y dobló los dedos húmedos y pegajosos. Scully vio un agujero de carne desgarrada, cauterizada por el calor de la bala que la había atravesado. El soldado contempló el destello de sangre en la palma de la mano y luego se la limpió tranquilamente en los pantalones como si se estuviese deshaciendo de un insecto aplastado—. Creemos que el cabecilla también ha corrido a ponerse a cubierto. Por desgracia, todo nos hace suponer que no está herido. La última vez que fue visto corría hacia la ciudadela principal de las ruinas, allí. —El soldado señaló con un gesto la pirámide de Kukulkán—. Quizá sea alguna clase de fortaleza de los rebeldes o una reserva adicional de armamento. Evidentemente, se trata de nuestro objetivo principal, señor.

—Esto no es un objetivo militar sino un emplazamiento arqueológico —intervino Scully al tiempo que se ponía de rodillas y se apartaba de Jakes. Le enfurecía ver la muerte y las heridas, la destrucción sin sentido causada tanto por los guerrilleros liderados por Barreio como por los miembros del comando del mayor Jakes—. Sólo son unas antiguas ruinas mayas, ¿es que no lo ven?

—Todos los indicios demuestran lo contrario. —El mayor Jakes la miró con expresión pétrea—. Si Xitaclán no es más que un lugar de interés histórico, ¿por qué entonces esta banda de rebeldes lo defiende a sangre y fuego? —Se volvió hacia el soldado herido, que aguardaba sus órdenes–. Procedan con los objetivos de esta misión. Quiero dos lanzadores de mortero montados y listos para disparar en diez minutos.

–Sí, señor –dijo el soldado, y luego corrió a ponerse a cubierto, agachándose y zigzagueando a través de la plaza destrozada.

–¿Con qué derecho vienen aquí, atacan un país soberano y destruyen unas ruinas de incalculable valor arqueológico? –preguntó Scully con tono perentorio–. Estas ruinas tienen miles de años de antigüedad y nunca antes habían sido estudiadas por científicos o historiadores. No poseen ustedes ninguna prueba de que esto sea una reserva de armas o una base de un grupo insurgente.

El mayor Jakes sacó del bolsillo de sus pantalones la pequeña cartera con el distintivo y la credencial confiscados a Scully, les echó un último vistazo y se los devolvió.

–Muy bien, agente especial Scully –dijo–. Deje que le muestre mis pruebas, dado que cuanto ha visto la ha involucrado en la misión y poco importan ya las restricciones de seguridad.

–Poseo inmunidad total, y sé mantener la boca cerrada –arguyó Scully–. Pero aún no tengo ninguna respuesta.

–Acompáñeme, por favor –pidió Jakes. Sin esperar a la agente, se agachó y corrió hacia uno de los vehículos todoterreno. Scully lo siguió imitando sus movimientos evasivos mientras recordaba el entrenamiento que había recibido en Quantico. Le pareció sorprendente el modo en que la presencia de peligro aguzaba su memoria.

Pero esa operación era muy distinta del simple tiroteo con un sospechoso: Xitaclán se había convertido en el escenario de una guerra total. Sin embargo, y por fortuna, el fuego emboscado no estalló de nuevo, y

Scully y Jakes llegaron al vehículo blindado sin ser atacados.

El mayor sacó una delgada carpeta de un compartimiento secreto; contenía fotografías e informes impresos en papel muy fino e hidrosoluble. Con manos firmes, extrajo dos fotografías en blanco y negro tomadas desde un satélite. Estaban borrosas, como si hubiesen sido enviadas por fax varias veces.

—Esta fotografía muestra lo que quedó de la fortaleza de uno de los principales narcotraficantes centroamericanos, Xavier Salida —explicó—. Tenía una vigilancia estricta y una buena provisión de armas. Desde hacía un tiempo teníamos conocimiento de sus actividades ilegales. La DEA había trabajado con la policía mejicana para intentar tenderle una trampa, pero Salida era intocable. Tenía a demasiados políticos corruptos en el bolsillo. Ése es siempre el problema con los capos de la droga en este país.

—Si trabajaron con policías como el jefe Carlos Barreio, lo comprendo perfectamente —dijo Scully con aspereza. Se acercó más para estudiar la fotografía del satélite—. Y bien, ¿por qué estoy observando un cráter? ¿Acaso su equipo se desquitó con Salida al no poder extraditarlo legalmente? ¿Es eso lo que pretende hacer aquí, en Xitaclán, dejar un enorme cráter?

—No —replicó Jakes tranquilamente. Ni siquiera el fuego cerrado de la batalla parecía alterarlo. La pequeña herida de su hombro había dejado de sangrar—. No tuvimos nada que ver con este suceso. El radio del cráter y el estado del terreno, así como la concurrente evidencia sísmica y un débil destello en la atmósfera detectado por uno de nuestros satélites, sólo nos permite concluir que se trata de un ataque nuclear táctico.

—¿Insinúa que alguien lanzó una bomba atómica a un narcotraficante mejicano? —preguntó Scully, incrédula.

—Eso es lo que las pruebas demuestran de modo concluyente, agente Scully. Ninguna otra cosa podría haber liberado tanto calor y energía en una sola explosión.

—Pero ¿cómo? –inquirió Scully–. ¿Dónde iba a conseguir un narcotraficante rival una cabeza nuclear?

Jakes asintió, y al cabo de una pausa, dijo:

—Es posible que cierta cantidad de armamento nuclear desechado fuese desviado durante la caída de la antigua Unión Soviética. Es posible también que algunas de esas armas «extraviadas» cayeran en manos de terroristas. A estos delincuentes escurridizos se les da mejor eliminarse mutuamente que a nosotros detenerlos.

Scully contempló la foto una vez más.

—¿Con una ojiva nuclear? ¿No es ir demasiado lejos?

El mayor Jakes eludió dar una respuesta.

—También sabemos que el grupo revolucionario Liberación Quintana Roo, los caballeros que nos han atacado esta noche, han estado adquiriendo armas en el mercado negro para su inútil lucha contra el gobierno mejicano. Nos preocupa enormemente que una o más de esas armas nucleares tácticas desaparecidas pueda haber caído en sus manos. Creemos que el grupo guerrillero tendría pocos escrúpulos a la hora de utilizarlas en una zona altamente poblada.

Scully asintió con la cabeza, intentando comprender el verdadero razonamiento que se escondía tras las drásticas acciones que el mayor Jakes y su comando habían emprendido. Frunció el entrecejo y se preguntó si la muerte de los arqueólogos tendría algo que ver con actividades de tráfico de armas o venta de armamento a capos de la droga. ¿Podía el grupo insurgente haber estado utilizando Xitaclán como base secreta, sin ser descubierto, hasta que un entrometido equipo de científicos norteamericanos llegó para curiosear?

Pero eso no ayudaba a Mulder, que hacía un par de horas había huido en dirección a la pirámide. Scully confiaba en que los revolucionarios no lo hubieran hecho prisionero, o le hubiesen disparado.

—Pero eso no explica por qué Xitaclán —alegó Scully—. ¿Por qué aquí? Estas ruinas aisladas han permanecido abandonadas durante siglos. No hay carreteras, ni instalaciones, ni fuentes de energía… es obvio que no se trata de una base de alta seguridad. Aquí no hay nada. ¿Por qué lanzar un ataque como ése en mitad de ninguna parte?

Jakes tendió la mano hacia el cuadro de mandos del vehículo todoterreno. Conectó la pantalla de localización, que emitió destellos azules y plateados antes de que las imágenes se ajustaran para formar el mapa topográfico de su situación, centrándose a partir de una imagen de la península del Yucatán. Jakes tecleó varias órdenes y el mapa se redujo progresivamente a escalas cada vez menores. Una luz intermitente parpadeó en un punto del mapa, como la señal de un sonar.

—Esta transmisión procede de este lugar, agente Scully. Antes de que la fortaleza de Xavier Salida fuese atacada, la señal apareció en nuestros receptores militares. Al parecer está codificada. No podemos determinar su origen ni su objetivo, pero creemos que está relacionada con estas actividades. Por lo tanto, mis hombres y yo hemos recibido órdenes de penetrar en cualquier defensa que pudiera rodear esta base aislada y destruir la fuente de emisión.

Scully observó la hipnótica luz intermitente que aparecía en la pantalla.

—¿Cómo sabe que se trata de una transmisión militar? —preguntó—. Si está en una clave que ustedes desconocen, no tienen motivos para creer que representa una amenaza. Es una conclusión bastante infundada.

El mayor Jakes siguió observando la pantalla atentamente.

—Nuestros servicios de inteligencia lo han clasificado como una amenaza militar.

—¿Con qué fundamento? —inquirió Scully, agarrándose al costado del vehículo—. ¿Qué más saben aparte de lo que acaba de contarme?

—No soy quién para poner en duda su trabajo, agente Scully —declaró el mayor Jakes—. Sólo necesito conocer la ubicación del objetivo final. Mi deber no es discutir las órdenes que recibo sino acatarlas. Sabemos por experiencia que eso es lo mejor para todos.

El primer soldado herido se acercó jadeando al vehículo todoterreno. Scully se dio cuenta de que la pequeña herida de su costado se había abierto de nuevo, manchando de sangre su uniforme.

—Todo a punto, señor. Listo para disparar cuando usted lo ordene.

—Muy bien... la orden está dada —dijo Jakes sin volverse hacia Scully—. Derribemos esa pirámide.

Scully contempló la silueta de la pirámide entre las llamas vacilantes de los incendios que devoraban la jungla alrededor y se preguntó si Mulder se habría puesto a salvo.

—¡Allá va eso! —gritó una voz joven.

Scully contempló con horror que los soldados empezaban a lanzar morteros explosivos en dirección a las ruinas.

30

X

Nave abandonada de Xitaclán.
Miércoles, 2.41

Cuando Mulder se recobró por fin de la sorpresa que supuso encontrar a Cassandra Rubicon atrapada en la nave abandonada como una mosca en una tela de araña, dio un paso atrás. Respiró hondo unas cuantas veces para calmarse mientras recordaba que debía evaluar la situación, estudiar cada detalle, reunir toda la información posible a fin de no hacer nada precipitado.

Se acercó a la figura suspendida tanto como pudo sin tocar la extraña barrera gelatinosa y luego se detuvo para considerar qué hacer a continuación. No podía arriesgarse a dañar nada, pero tampoco deseaba caer en la trampa tal como le había ocurrido a la joven arqueóloga.

Sin poder dar crédito todavía a lo que veía, se volvió y observó detenidamente la asombrosa sala en busca de más pistas. Con un sobresalto, descubrió que otras cámaras pequeñas y oscuras parecidas a aquella en que estaba atrapada Cassandra salpicaban las paredes como los ominosos nichos de un mausoleo; todos estaban vacíos excepto uno, que contenía algo...

Intentando olvidarse por un momento de la hija del arqueólogo, Mulder se acercó a la otra cámara ocupada que había descubierto en la pared de la sala, temiendo lo que pudiera encontrar allí.

—Veamos qué esconde la puerta número dos —musitó para sí.

La figura yacía desplomada; no era más que un montón de harapos y carne disecada, como si hubiese sido fulminada allí mismo. Los restos momificados revelaban jirones de un tejido muscular reseco y duro como el hierro que mantenía unidos los huesos medio astillados.

A primera vista Mulder no distinguió si la momia era realmente humana. Recordaba otros cadáveres parecidos que había encontrado mientras investigaba otros casos… en la tumba de un muchacho de instituto en Oregón, en un furgón enterrado en Nuevo México, restos de origen extraterrestre, o tal vez no.

Asombrado y expectante, se preguntó si aquella triste figura podría haber sido uno de los ocupantes originales de la nave abandonada. ¿Quizá incluso el propio Kukulkán?

Scully jamás aceptaría esa teoría hasta que pudiera realizar personalmente una autopsia. Pero unido al resto de evidencias, como la nave sepultada y sus artefactos, los grabados mayas de hombres del espacio y serpientes emplumadas, aquel cadáver milenario resultaría una prueba concluyente para el escéptico más recalcitrante. E incluso, tal vez, para Scully.

Se acercó nuevamente a la oscura y misteriosa cámara que contenía a Cassandra Rubicon, y no pudo por menos que sorprenderse ante las diferencias de los dos «especímenes». Mientras Cassandra estaba perfectamente conservada en un ataúd de luz petrificada, como si de algún modo el tiempo se hubiese detenido para ella, en el caso del otro ocupante daba la impresión de que el tiempo lo hubiese aplastado con una apisonadora. Aquel cuerpo totalmente seco había sufrido alguna clase de accidente. Mulder se preguntó qué habría sucedido.

Se resistió a entrar en el nicho donde yacía el cuerpo momificado. Todavía no. Las paredes de la cámara principal centelleaban con la luz intermitente que emitía aquel extraño zumbido que vibraba en la cabeza de Mulder, un mensaje enviado a unos seres lejanos que hacía miles de años habían dejado de escucharlo.

Mulder se obligó a alejarse del cadáver momificado y del cuerpo cautivo de Cassandra y examinó las paredes de piedra caliza de la cámara principal, allí donde el metal había desaparecido. Vio imágenes cinceladas muy parecidas a las que había en el templo de la cima de la pirámide. Pero las que tenía ahora ante los ojos eran menos estilizadas y más realistas.

Por lo que parecía, las escenas representaban una figura alta, un ser extraño rodeado de indios en actitud de veneración… o temor. La imagen de la divinidad –quizá correspondiente a Kukulkán– estaba acompañada de varias monstruosas serpientes emplumadas.

Mulder sintió que un escalofrío le recorría la espalda. Aquellas imágenes eran la representación fiel de la criatura que había vislumbrado bajo la pálida luz de la luna dos noches antes. Resbaladizas, brillantes, sobrenaturales.

El agente recorrió la sucesión de esculturas que adornaban las paredes, imágenes del pueblo maya construyendo templos, erigiendo ciudades en la selva, tratando con reverencia al antiguo cosmonauta. En cada escena el visitante aparecía de espaldas, con la cabeza levantada hacia el cielo, como si aguardase la llegada de alguien que acudiera a rescatarlo.

Pero por alguna razón, pensó Mulder, el tal Kukulkán había decidido regresar al interior de la nave para cobijarse en una de sus cámaras… y morir.

A menos que hubiese ocurrido un accidente.

Mulder se acercó una vez más al nicho donde estaba atrapada Cassandra para ver si se había movido, si parpadeaba o respiraba, pero nada había cambiado.

Sin embargo, la joven parecía estar aún con vida. Todavía tenía el rostro sonrosado por el flujo de la sangre y en sus mejillas se apreciaba un centelleo de diminutas heridas, como si hubiese recibido el impacto de metralla. Su cabello parecía húmedo de sudor y tenía la piel cubierta de polvo como si se hubiese abierto paso a través de las catacumbas medio derruidas arriba, en la pirámide. Parecía exhausta, acalorada, asustada.

Pero con vida. Mulder había visto suficientes cadáveres para saberlo.

Después de decidir que ese lugar era en efecto una nave espacial enterrada, el agente se preguntó si el lugar en que se encontraba no sería tal vez una especie de cámara de suspensión vital, una cabina de hibernación donde el tiempo se detenía para los exploradores extraterrestres que hacían un viaje inconcebiblemente largo a través del espacio interestelar. Había visto la misma idea reproducida en muchas películas de ciencia ficción, y no era descabellado pensar que tal vez a los alienígenas también se les hubiese ocurrido.

Inspeccionó las paredes contiguas al brillante nicho donde se hallaba Cassandra, pero no encontró mandos ni botones de colores que pudieran mostrarle cómo derretir la sustancia congelada.

Así pues, en vez de eso tendió la mano para tocar la sustancia ambarina fría y oscura, imaginando que tal vez sencillamente podría tomar a Cassandra Rubicon de la mano y sacarla de su sarcófago de cristal igual que el príncipe había despertado a la Bella Durmiente del Bosque.

Vaciló antes de dejar que las puntas de sus dedos rozaran aquella especie de gelatina, temeroso de que de algún modo lo tragara también a él, como arena movediza de otro planeta. Pero necesitaba saber. Tenía que correr el riesgo. Antes de que sus dudas fueran en aumento, tendió la mano.

Cuando tocó la fría masa gelatinosa, ésta estalló como una pompa de jabón, y un líquido resbaladizo y volátil se derramó sobre el suelo metálico.

Tosiendo y jadeando, casi sin aliento, Cassandra Rubicon se arrojó sobre Mulder como si se hubiese detenido en mitad de una frenética huida. Calada hasta los huesos, soltó un grito de terror, lo hizo caer y comenzó a golpearlo violentamente con los puños.

—¡No! —gritó Cassandra—. ¡Déjennos en paz! —Asió la pesada linterna que colgaba de su cintura y la blandió ante Mulder como si se tratase de un enorme palo de metal.

El agente reaccionó al instante y tendió los brazos para defenderse. Haciendo uso de sus mejores habilidades en el combate cuerpo a cuerpo, asió la muñeca de Cassandra, utilizó el otro brazo para arrebatarle la linterna, y sujetó las manos de la joven en el aire.

—¡Tranquila! Soy agente federal del FBI. Estoy aquí para salvarla.

La joven se detuvo, temblando, y dijo:

—Alguien me estaba disparando… y había una luz deslumbradora. —Miró alrededor, con expresión de pánico y los ojos desenfocados. Se limpió una fina capa de fango que cubría su rostro, aturdida y sin dejar de tiritar. Parecía debatirse entre la consciencia y la inconsciencia, como si su cerebro aún no se hubiese descongelado por completo.

Mulder se incorporó con cautela, sin apartar la vista de ella. Sabía que él debía de tener un aspecto espantoso, cubierto de barro tras su descenso por las resbaladizas paredes del cenote, sudoroso después de días de caminar penosamente a través de la selva. Pero bañada en aquella sustancia viscosa, la joven aún tenía un aspecto mucho peor.

–Supongo que eres Cassandra Rubicon –dijo el agente. Ella asintió con la cabeza, y él añadió–: Tú y los miembros de tu equipo habéis estado desaparecidos durante más de dos semanas.

–Imposible –replicó ella; luego tosió de nuevo y se frotó las manos en los pantalones con repugnancia–. Llegamos aquí hace apenas unos días. –Olió su camisa mojada–. ¿Qué es esto?

Mulder sacudió la cabeza.

–Tu padre se puso en contacto con nosotros el martes de la semana pasada. Mi compañera y yo vinimos con él a Xitaclán para buscaros. –Mulder vaciló, pero ella debía saberlo. Era mejor darle todas las malas noticias de una vez… aunque no se resignó a contarle todavía lo de su padre–. Me temo que encontramos a tus cuatro compañeros muertos… les dispararon y luego los arrojaron al pozo.

Cassandra parpadeó y miró furtivamente alrededor; se aclaró la voz y sus palabras resonaron en la cámara, más llenas de rabia que de miedo.

–Esos hombres… esos hombres armados –dijo–. ¡Cabrones! ¿Qué querían? ¿Quiénes eran?

–Creo que pertenecen a un grupo insurgente. Esta noche nos han atacado.

Cassandra bajó la mirada, parpadeando pero al parecer sin ver. Para ella todo aquello había sucedido hacía apenas unos instantes.

–Entonces ¿cómo… cómo conseguí escapar? –Apretó los dientes con fuerza y resopló–. Cabrones.

–Encontramos a los otros cuatro, pero aún faltabas tú –prosiguió Mulder–. He dado contigo aquí dentro por casualidad. Estabas atrapada en… te liberé de… la cosa ésa donde te habías metido.

Cassandra se frotó los ojos y contempló fijamente

las paredes metálicas que la rodeaban. Pero al parecer no conseguía enfocar la vista.

—Esta cosa me ha quemado los ojos… no veo bien. —Mulder utilizó la manga de su camisa para secarle la cara y ella continuó hablando—: Me metí en la pirámide para escapar… me perdí… y tropecé con esto. No sé qué sucedió después. La luz brotaba a raudales por todos lados, era fría, y a la vez quemaba. —Se sentó en el suelo, al lado de Mulder, profundamente desconcertada—. ¿Te he hecho daño?

El agente negó con la cabeza.

—Afortunadamente no sabes kárate —respondió al tiempo que se frotaba el brazo contusionado.

Entonces advirtió de repente que la palpitante señal de pedido de auxilio había cesado en cuanto él había liberado a Cassandra de su féretro de ámbar. La luz diáfana que iluminaba la cámara principal empezó a desvanecerse. La señal había cesado, y ahora la nave abandonada parecía sumirse nuevamente en el sueño, a la espera nuevamente de algo.

Las lágrimas inundaron los ojos irritados y enrojecidos de Cassandra.

Mulder le enjugó la cara una vez más y decidió que sería excesivo decirle a la joven que en su opinión se hallaba en el interior de una nave espacial extraterrestre enterrada bajo la pirámide de Xitaclán. O que creía que ella había tropezado con una especie de bote salvavidas. Cassandra debía de haber activado el sistema automático de hibernación.

Mulder se puso de pie y la ayudó a levantarse. Cassandra se desentumeció y flexionó los brazos. Sobre sus ropas y piel la gelatina fría y húmeda empezó a secarse hasta convertirse en una capa delgada y rígida. La joven pareció perder el equilibrio por un instante, tal vez mareada, pero se repuso de inmediato y respiró hondo.

El agente echó un vistazo alrededor, pero la señal

intermitente no se había reanudado. Se preguntó una vez más si los movimientos de Cassandra habrían activado una llamada de socorro que señalara su posición. Tal vez el tripulante original de la nave había intentado lo mismo, pero no lo había conseguido porque su cámara de salvamento había fallado por alguna razón.

Mulder decidió que era hora de ponerse en marcha.

—Por suerte también —dijo—, gracias a tus exploraciones sabemos que hay un pasadizo que conduce directamente al interior de la pirámide. No me apetece escalar otra vez la pared del pozo.

—Todavía no veo muy bien —dijo Cassandra, que se acercó a su salvador y preguntó con voz vacilante—: Mi padre... ¿vino contigo?

Mulder tragó saliva.

—Sí, vino con nosotros —respondió con expresión sombría—. Tratamos de convencerlo de que nos esperase en Estados Unidos, pero no quiso ni oír hablar de ello. Quería ayudarte personalmente. Pero... también fue víctima de los hombres que intentaron matarte. Lo siento.

Cassandra se tambaleó y tuvo que apoyarse en la pared rugosa donde las láminas metálicas habían caído al suelo. Las palabras de Mulder habían sido como un fuerte puñetazo en el estómago.

La joven no dijo nada, sino que se deslizó por la pared hasta quedar en cuclillas. Apretó las rodillas contra su pecho y bajó la vista hacia sus manos sucias.

Mulder le acarició la cabeza y luego le tocó ligeramente el hombro. Comprendió que Cassandra necesitaba estar sola.

—Iré delante y buscaré el camino de salida —dijo—. Tómate el tiempo que necesites.

La joven asintió con la cabeza, profundamente exhausta y abatida. Tras echarle un último vistazo, Mulder se puso en camino y ascendió con dificultad por la cuesta. Se sentía apesadumbrado por el dolor de Cassandra y asombrado por las cosas que ya había visto, pero también temeroso de lo que podía encontrar fuera, el campo de batalla, los guerrilleros emboscados, las explosiones. Esperaba que Scully estuviese sana y salva.

El pasadizo se hacía más oscuro, y las paredes eran ahora de piedra vitrificada. Bajo sus pies, las placas metálicas del suelo habían dado paso a un camino de roca caliza. Advirtió que se encontraba de nuevo dentro de la pirámide. Más allá, reconoció la misma zona que había visto cuando buscaba a Vladimir Rubicon, aunque ahora se hallaba en el lado opuesto de la barrera de escombros. De repente lo invadió una extraña alegría. ¡Libre!

Entonces dobló la esquina y se encontró cara a cara con Carlos Barreio. El haz de luz de la linterna del policía brilló a través de la oscuridad, atravesando a Mulder como un alfiler a una mariposa. Barreio le apuntaba con un revólver chapado en níquel.

–Agente Mulder –dijo el policía con una sonrisa carente de humor–. Se me ocurrió que podría encontrarlo aquí. Desgraciadamente, no puedo permitir que salga con vida.

31

X   *Ruinas de Xitaclán,*
pirámide de Kukulkán. Miércoles, 3.27

En un acto reflejo, Mulder dio un paso atrás, pero no tenía modo de escapar.

Barreio aún le apuntaba, pero él no podía ver su dedo en el gatillo, de manera que no sabía cuándo lo apretaría, cuándo sonaría el disparo.

Una vez más, el agente deseó fervientemente que el mayor Jakes le hubiese devuelto el arma.

—Permítame que haga una audaz deducción —dijo Mulder, dando otro paso atrás—, ¿verdad que fue usted el responsable de la muerte de los arqueólogos? —Empezó a retroceder por el túnel con cautela.

Barreio, con el rostro oculto en las sombras, seguía cada movimiento del agente. Se limitó a responder con una enigmática sonrisa. Mulder lo presionó:

—Así que dejó que los arqueólogos descubriesen nuevos tesoros para usted… inestimables reliquias precolombinas que alcanzarían precios fabulosos en el mercado negro.

El jefe de policía se encogió de hombros, y dijo:

—Liberación Quintana Roo necesitaba el dinero.

Mulder siguió retrocediendo, deslumbrado por el

haz de luz de la linterna. A Barreio parecía divertirle el que intentase escapar.

—Y supongo que Fernando Victorio Aguilar le proporcionaba los clientes —prosiguió el agente—. Él también está en esto, ¿verdad?

—A él sólo le importa enriquecerse —gruñó Barreio—. Resulta angustioso ver a un hombre sin otro objetivo en la vida que su propia codicia.

—Sí, comprendo que usted es mucho más admirable —repuso Mulder. Mientras hablaba, continuaba retrocediendo por la pronunciada pendiente. Barreio observaba cómo su víctima se adentraba cada vez más en la trampa—. Pero ¿por qué matar a los arqueólogos? —prosiguió Mulder—. No hizo más que llamar la atención sobre usted mismo. Eran ciudadanos estadounidenses en una visita autorizada por el gobierno de México.

Barreio se encogió de hombros una vez más.

—El gobierno ignora por completo los problemas de Quintana Roo. Nosotros tenemos nuestra propia tierra, nuestra propia historia. Deberíamos ser independientes, como Honduras, El Salvador o Belice.

—¿No tiene un folleto o algo que yo pudiera leer —dijo Mulder— en vez de soltarme todo el discurso?

—Nuestra intención era tomar a los arqueólogos como rehenes. Nada más que eso. Rehenes políticos.

Mulder enarcó una ceja.

—¿Debo suponer que les dispararon cuando trataban de escapar y que luego no tuvieron otra elección que arrojarlos al cenote?

—Algunos de nuestros revolucionarios aún creen en los sacrificios a los antiguos dioses —dijo Barreio, acercando más el revólver. Enfocó la linterna directamente a los ojos del agente, quien parpadeó y alzó las manos para protegerse de la potente luz al tiempo que retrocedía hacia una esquina—. Todos tenemos que hacer sacrificios.

Mulder dobló la esquina de espaldas, incapaz de creer que Barreio siguiera jugando con él.

El jefe de policía lo siguió y acortó la distancia por última vez. Sonrió, sus dientes blancos brillaron fugazmente en la oscuridad, y Mulder supo que se le había acabado el tiempo.

Mientras el fornido policía doblaba la esquina, Cassandra Rubicon apareció entre las sombras blandiendo una de las planchas metálicas que se habían desprendido de las paredes; propinó un fuerte golpe en la cabeza a Barreio, que cayó al suelo con estrépito.

Aún incapaz de ver con claridad, la joven arqueóloga dejó caer su improvisada arma, asombrada por lo que acababa de hacer. Carlos Barreio gruñó de dolor y sorpresa mientras tropezaba y se golpeaba contra la pared. No estaba muerto, ni siquiera inconsciente, sólo momentáneamente aturdido.

Mulder no quería arriesgarse a intentar arrebatarle el revólver, de modo que asió a Cassandra del brazo y la obligó a correr tras él.

—¡Vamos, tenemos que huir! —exclamó—. Ése es uno de los hombres que te disparó.

Ella lo siguió a la carrera en dirección al puente de mando.

—¿Ese hombre mató a Cait, John, Christopher y Kelly? —inquirió con voz glacial.

—Eso me temo —respondió Mulder.

—Entonces debería haberle golpeado más fuerte.

Mulder la ayudó a descender por la resbaladiza pendiente. Unos momentos después, Carlos Barreio apareció tras ellos soltando un grito de furia. Efectuó un par de disparos y las balas rebotaron en las paredes para perderse en la oscuridad.

—Hombres que disparaban —dijo Cassandra con la respiración entrecortada—. Eso fue lo que me trajo aquí la primera vez. Aún no veo... ¡los ojos me arden!

Corrieron de nuevo hacia el túnel, cuyas paredes aún chisporroteaban con una tenue luz que se hacía más débil por momentos. Los corroídos salientes de metal cristalino contrastaban de manera anacrónica con las inscripciones mayas cinceladas en la piedra caliza que se veían en algunos tramos: símbolos que los antiguos sacerdotes habían añadido con la intención de restaurar las partes dañadas o robadas de la nave.

Mulder guiaba a Cassandra hacia adelante mientras ella trataba de enfocar la vista para ver el camino. La ayudó a esconderse detrás de uno de los relucientes montículos metálicos y susurró:

–Quédate aquí.

–¿Tienes un plan, o sencillamente corremos? –preguntó Cassandra.

–Correr me pareció una buena idea. –Mulder tragó saliva y se detuvo, algo confuso, en la impresionante cámara.

Entonces Carlos Barreio apareció en el puente con paso vacilante. Sus ojos parecían desenfocados y sacudía la cabeza como si le zumbasen los oídos. De un corte en la cabeza brotaba sangre que humedecía su pelo oscuro y se deslizaba alrededor de la oreja y por la mejilla. Había dejado su gorra de policía en el túnel exterior donde había caído.

Tras dejar a Cassandra a cubierto, luchando por recuperar la visión, Mulder retrocedió en otra dirección, pero Carlos Barreio percibió el movimiento y disparó, aunque precipitadamente, lo cual le hizo errar el tiro. Varias balas rebotaron en las placas metálicas de la pared. Una de ellas dio en el interior de la oscura cámara de salvamento que contenía los restos momificados de lo que en opinión de Mulder era Kukulkán.

–¿Dónde están? –masculló Barreio al tiempo que se enjugaba la sangre que le cubría los ojos y se restregaba las mejillas. Soltó un gemido de dolor cuando involuntariamente se tocó la herida de la cabeza–. ¿Qué es este lugar? –Parecía completamente confuso y desorientado. Mulder se preguntó si con su golpe Cassandra le habría causado una conmoción cerebral.

Barreio avanzó tambaleándose y disparando a ciegas. Una de las balas dio en el montículo central de formas metálicas y cristalinas, levantando chispas y un fuego azul verdoso.

Con al esperanza de distraer a su perseguidor, Mulder cogió del suelo un pequeño trozo de cristal y lo lanzó contra la cabeza de Barreio, pero no acertó. Barreio se volvió al oír golpear contra la pared interior del estrecho nicho donde Cassandra había permanecido atrapada. El jefe de policía se dirigió hacia el lugar de donde provenía el sonido, blandiendo la pistola.

Disparó una vez y entró en la cámara de hibernación.

De repente un torrente de luz se derramó sobre él.

Mulder se llevó instintivamente una mano a los ojos.

Barreio se volvió y tendió los brazos hacia afuera, tembloroso, con las mandíbulas apretadas y los ojos muy abiertos. Una especie de gelatina deslumbrante y etérea se condensó de repente alrededor de él, solidificándose a medida que entraba en contacto con el aire. El jefe de policía quedó repentinamente inmóvil, atrapado por los sistemas automáticos de inmovilización de la cabina. La gelatina se endureció como el ámbar.

Barreio permanecía quieto, como un objeto expuesto en un museo con una expresión de ira y sorpresa en la mirada, y un hilo de sangre petrificada en la mejilla.

Mulder sintió que la sorda vibración empezaba otra vez dentro de su cabeza mientras el zumbido de la señal de auxilio de la nave abandonada reverberaba de nuevo en las paredes de metal.

Pero Mulder no podía adivinar a quién estaba dirigida.

Cassandra se puso de pie y se sacudió el polvo con aire de satisfacción. Sacudió la cabeza para aclararse las ideas y luego avanzó lentamente y se detuvo delante del brillante muro de luz, entornando ligeramente los ojos en un intento por enfocar la vista.

Mulder se colocó a su lado y miró fijamente el interior de la cámara al tiempo que sentía los violentos latidos de su corazón.

La joven arqueóloga asintió con la cabeza y dirigió una fría sonrisa a Barreio.

—Al menos esta vez estoy en el lado correcto —murmuró—. La verdad es que lo prefiero así.

32

X   *Ruinas de Xitaclán,*
pirámide de Kukulkán. Miércoles, 3.51

Cuando el estruendo estalló por encima de ellos, Mulder alzó la cabeza para ver el techo de la cámara vibrar y estremecerse. El ruido sordo de una segunda explosión resonó a través de las paredes, y el agente temió que otro temblor volcánico pudiera estar azotando Xitaclán, y esta vez él se hallaba atrapado bajo tierra dentro de una nave abandonada que no tenía aspecto de poder soportar semejante prueba.

Al oír otro estallido, distinto pero igualmente potente, Mulder se agachó. Una lluvia de polvo cayó desde el techo.

–Parecen detonaciones –dijo Cassandra, en cuclillas a su lado.

–Sí. Son explosiones de bombas. Creo que el mayor Jakes se está excediendo un poco en su táctica militar... y no sé si estas viejas ruinas van a soportar muchas sacudidas más. No me gusta demasiado la idea de que me entierren vivo, ¿y a ti?

Cassandra palideció y negó con la cabeza.

–Mi meta en la vida no es convertirme en objeto de estudio de un futuro arqueólogo.

—Intentémoslo de nuevo —sugirió Mulder, guiándola hacia la salida superior—. Nos abriremos camino hasta el nivel de la pirámide. Si Barreio pudo bajar hasta aquí, el paso debe de estar libre.

—Al menos por ahora —observó Cassandra.

Juntos ascendieron por la empinada rampa, dejando al jefe de policía asesino atrapado en su ataúd de luz. Si todo salía bien, Mulder siempre podía regresar más tarde para arrestarlo.

Cassandra iba en cabeza en su ascenso en dirección a la salida. Mulder enfocó el haz de luz de su linterna hacia adelante a medida que los pasadizos se volvían más oscuros, donde los esqueléticos restos de la nave daban paso a bloques de roca caliza cincelados a mano.

Ansiosa por escapar, la joven arqueóloga apresuró la marcha cuando llegaban al pasaje parcialmente bloqueado por las piedras derrumbadas. El corpulento Barreio había abierto un agujero lo bastante grande para que los dos se deslizasen por él con holgura.

Cassandra trepó y se introdujo por la polvorienta abertura, retorciéndose para llegar al otro lado. Mulder la ayudó dándole un pequeño impulso en los pies y la joven desapareció entre las sombras. Cassandra se volvió con dificultad y regresó para tender la mano en busca de la de Mulder y ayudarlo a subir. Con una fuerza sorprendente, lo arrastró a través del montón de escombros hasta la estrecha abertura. Mulder se abrió camino a través de un lecho de rocas y cayó al lado de Cassandra, en los corredores superiores de la pirámide de Xitaclán.

Mulder echó una ojeada alrededor y se sacudió la ropa.

El fragor de más explosiones, que ahora sonaban más cerca, llegó desde el exterior. Mulder apuntó hacia arriba el haz de luz de la linterna justo a tiempo para ver una fina lluvia de polvo caer a través de las piedras del techo. Una de las vigas de apoyo empezó a crujir a causa de las vibraciones.

–Será mejor que nos apresuremos antes de que esto se derrumbe –dijo Cassandra. Corriendo a lo largo del túnel serpenteante, ambos siguieron la línea de bloques vitrificados del templo interior que cubrían la nave enterrada–. ¡Un momento! –Cassandra metió la mano en un bolsillo del pantalón y sacó un arrugado trozo de papel cuadriculado en el que había dibujado un croquis del camino que había seguido cuando exploraba los pasadizos de la base de la pirámide–. Comprobemos la ruta. Tendrás que hacerlo tú, yo todavía no consigo enfocar la vista del todo.

–Yo mismo llegué hasta aquí hace un par de días –dijo Mulder, y al recordar que Scully lo había llamado al encontrar el cuerpo de Vladimir Rubicon en el cenote, añadió–: Pero no seguí más adelante. Me… interrumpieron.

La joven arqueóloga no percibió la gravedad con que Mulder había pronunciado aquellas últimas palabras. Se humedeció los labios y dijo:

–Bueno, en mi mente sólo ha pasado aproximadamente una hora. Creo que es por aquí. –Giró en dirección a otro pasadizo que conducía hacia arriba.

Una nueva explosión se escuchó mucho más cerca. El suelo de la pirámide y los gruesos muros de piedra temblaron.

–Ésa ha sonado terriblemente fuerte –dijo Cassandra–. La buena noticia es que debemos de estar cerca de la salida.

–Eso espero –respondió Mulder; luego escuchó otro ruido sordo acompañado de un susurro en el aire, instantes antes de que se produjese otra detonación–. Son morteros. Alguien está disparando con morteros. –Tragó saliva con dificultad al recordar al mayor Jakes y su misión secreta de búsqueda y destrucción–. Creo que pretenden derribar la pirámide.

–No hay nada como el respeto por las antigüedades –dijo Cassandra, sarcástica.

Doblaron la esquina y justo delante de ellos vieron la abertura que conducía a la amplia plaza. Fuera, la noche se hallaba iluminada por los incendios y el menguante resplandor de las bengalas que ardían en el cielo.

–No estoy seguro de que sea una buena idea salir corriendo en mitad de todo eso –dijo Mulder–. Mantén la cabeza gacha.

En ese instante el agente vio un resplandor, oyó un silbido y tras agarrar instintivamente a Cassandra del brazo se arrojó con ella contra la pared. Uno de los proyectiles impactó contra la fachada de empinados escalones, justo encima de la entrada, produciendo un monstruoso fragor de fuego, humo y escombros arrojados al aire.

Una lluvia de escombros, rocas y bloques de piedra caliza cincelados bloqueó la entrada. El techo bajo del claustrofóbico túnel se abrió de repente y se derrumbó al tiempo que Mulder arrastraba a Cassandra hacia el interior de los pasadizos; ambos estaban cegados por el resplandor y la súbita oscuridad.

Mulder tosió y casi se quedó sin respiración al aspirar la cáustica mezcla de gases calientes y polvo. Ambos desandaron el camino con paso vacilante.

–Jamás conseguiremos salir de esta pirámide –dijo Cassandra, resollando.

–Regresemos a la sala de mando –sugirió Mulder–. Lo intentaremos por el pasaje que utilicé para entrar en este lugar. A la tercera va la vencida.

En las entrañas de la tierra, Mulder seguía la imagen que guardaba en su excelente memoria, aunque hacía un poco de trampa al observar sus propias pisadas marcadas en el polvo de los pasadizos.

–Este túnel conduce al cenote –informó–. Una vez allí, tendremos que escalar la pared con cuidado.

–¿El cenote? –inquirió Cassandra–. Debemos de estar bajo el nivel del agua. ¿Se supone que tendremos que nadar? No estaría mal, al menos me quitaría toda esta mugre.

Mulder la miró, sorprendido.

–Olvidé decirte que, gracias a los últimos temblores, ahora el pozo de los sacrificios no es más que un enorme agujero vacío en el suelo.

–¿Temblores? ¿Qué temblores? –preguntó Cassandra.

–Has pasado demasiado tiempo dormida.

Llegaron a la antigua escotilla de la nave, la compuerta que Mulder había encontrado al descender por las paredes del cenote. De pie en la misteriosa entrada, la joven arqueóloga levantó la vista hacia los muros de piedra cubiertos de salientes en espiral que parecían moldeados con un sacacorchos. El pozo vacío continuaba húmedo y aún hedía a los sulfurosos gases volcánicos.

–He oído quejas acerca del modo en que los intrusos destruyen valiosos yacimientos arqueológicos –dijo Cassandra–. Pero supera mis peores pesadillas.

En lo alto, el cielo estaba iluminado por los destellos del incesante fuego de mortero y el resplandor de las llamas que arrasaban la espesura.

–Tranquila. –Mulder ofreció la mano a Cassandra mientras ambos salían a la repisa de piedra caliza cubierta de algas–. Durante la primera mitad de la escalada no tenemos ayuda –informó–, pero a partir de ahí podemos utilizar las cuerdas.

—¿Cuerdas? ¿Para qué necesitabais cuerdas? —preguntó ella.

Mulder tragó saliva.

—Verás, mi compañera, la agente Scully, utilizó tu traje de buzo para bajar al fondo del pozo. Allí fue donde encontró los cuerpos de tus cuatro compañeros... y yo usé las cuerdas para sacar a tu padre. Lo encontramos flotando aquí, en el cenote.

Cassandra apretó los labios con tanta fuerza que perdieron el color. Luego asintió con la cabeza.

—Me alegro de que lo sacaras antes de que la tierra se tragase toda el agua, aunque no se me ocurre un entierro más apropiado para un veterano arqueólogo como él.

Mulder tendió una mano hacia el primer saliente y trepó con cuidado; subir resultaba menos aterrador que descender. Ahora podía mirar hacia arriba y ver su objetivo en vez de deslizarse hacia las profundidades desconocidas de un abismo sin fondo.

Ágil y fuerte como un gato salvaje, Cassandra encontró diminutos salientes que Mulder ni siquiera se atrevía a considerar como posibles puntos de apoyo. Ambos escalaron siguiendo la disposición en espiral de los salientes rocosos hasta alcanzar la altura adecuada para agarrarse a los deshilachados extremos de las cuerdas que colgaban.

Abajo, en las profundidades del pozo, los vapores volcánicos continuaban borboteando. Mulder sabía que la erupción aún no había alcanzado su apogeo, sino que sencillamente había hecho una pausa para tomar fuerzas para el segundo asalto.

De pronto, Mulder perdió pie y a punto estuvo de caer, pero Cassandra tendió rápidamente el brazo y lo asió por la muñeca. Con la otra mano, el agente se cogió de una cuerda.

—Gracias —dijo.

—De nada —respondió Cassandra—. Me conformo con que hagas lo mismo por mí llegado el caso.

En cuanto Mulder recuperó el equilibrio, ambos escalaron los últimos metros hasta el borde del cenote, la plataforma plana de piedra caliza desde donde antaño las drogadas víctimas sacrificiales habían sido arrojadas al profundo pozo donde sus cuerpos permanecerían durante cientos de años.

Tras convenir en silencio mantenerse a ras de suelo, Mulder y Cassandra asomaron la cabeza para mirar por encima del borde, desde donde podían ver la silueta de la pirámide de Kukulkán iluminada por el resplandor del fuego.

La enorme construcción se había desmoronado en parte, y los impactos de los proyectiles de mortero habían abierto enormes cráteres en las escaleras artísticamente esculpidas con jeroglíficos. Mulder vio que unas siluetas cruzaban la plaza a la carrera y se escabullían para ponerse a cubierto.

Las dos estelas de las serpientes emplumadas se habían derrumbado, y sólo una de las tiendas permanecía en pie. Mulder distinguió figuras en uniforme de camuflaje moverse a gatas; una de ellas vestía un atuendo diferente: Scully.

Sin embargo, antes de que pudiera impulsarse por encima del borde, a sus oídos llegaron gritos en lengua maya, procedentes de la selva. Los guerrilleros se habían reagrupado y salieron súbitamente de su escondite entre los árboles, disparando sus armas. Los supervivientes del comando incursor respondieron el fuego al instante.

Los disparos aumentaron hasta convertirse en un fragor ensordecedor. Dos nuevas bengalas se elevaron en el cielo nocturno, eclipsando la luz de la luna.

Mulder observó todo aquello y no pudo evitar pensar en la relativa paz que había en el interior de la nave espacial abandonada.

33

X   *Ruinas de Xitaclán.*
Miércoles, 3.26

Scully se tapó los oídos mientras el mortero disparaba otro proyectil hacia la pirámide medio demolida. Los miembros del comando también se agacharon para protegerse.

El proyectil impactó en la base de la gran construcción, justo en el blanco. Con la explosión, fuego, humo y metralla brotaron con fuerza y arrojaron pedazos de roca en todas las direcciones. Después del impacto, aparecieron grietas a lo largo de las empinadas escaleras por las que un par de días antes los agentes habían subido para contemplar la selva circundante.

El estruendo había continuado durante casi una hora, pero la antigua estructura resistía el severo bombardeo a que la sometía el mayor Jakes.

Hasta el momento.

Scully había discutido repetidas veces con el jefe del comando, insistiendo en que pusiese fin a la destrucción de aquel importante tesoro arqueológico. Pero lo que más le preocupaba era saber dónde se encontraba Mulder. Ella ignoraba hacia dónde había huido su compañero, pero en cualquier caso, sabía que debía de encontrarse en algún lugar más peligroso.

–¿Cuánto tiempo va a seguir con esto? –gritó Scully–. ¡Podría haber gente dentro de esa pirámide!

–Sería lamentable –fue la fría respuesta del mayor.

–¿Acaso no le importa? –replicó Scully, asiéndolo de la manga como una niña insistente… y sintiéndose igual de impotente–. ¿Es que no ve lo que está haciendo?

Jakes dirigió una inexpresiva mirada a la agente y dijo:

–No, agente Scully, no me importa. No me está permitido. Es demasiado peligroso.

–¿Es eso lo que se repite a sí mismo para no cuestionar la temeridad e injusticia de sus acciones? ¿No es capaz de pensar en las consecuencias?

–Mi mente es mi instrumento –dijo él, imperturbable–, capaz de ejecutar misiones aparentemente imposibles, pero sólo porque jamás me permito desviarme de las órdenes. Pensar demasiado crea confusión, equívocos, dudas. He estado en el infierno en varias ocasiones, agente Scully. Los mapas lo llaman Bosnia, Iraq, o Somalia, pero era el infierno. –Ahora sus ojos ardían como ascuas a causa de la emoción–. Y si alguna vez hubiese permitido que mi conciencia pesara demasiado, ahora estaría loco o muerto.

Scully tragó saliva, y el mayor se volvió de nuevo hacia los hombres que le quedaban.

Tras recibir varios impactos directos, la antigua pirámide parecía a punto de derrumbarse. Pesados bloques de piedra arrancados del lugar donde habían descansado durante siglos bajaban rodando, destrozando las intrincadas tallas y jeroglíficos. Los pilares del templo de la cumbre se habían desmoronado y las estatuas de serpientes emplumadas se habían convertido en polvo. Un alud de piedras empezó a caer a lo largo de la cara este de la construcción, retumbando por las escarpadas escaleras.

–Ya casi lo hemos conseguido –dijo el mayor Jakes–. Unos cuantos impactos directos más y habremos cumplido con nuestra misión. Recojan los muertos. Podemos retirarnos.

–¡No! ¡No podemos abandonar a Mulder! –gritó Scully–. Tenemos que encontrarlo. Es un ciudadano estadounidense, mayor Jakes. Sus acciones lo han involucrado en una acción militar ilegal, y lo hago personalmente responsable de su seguridad.

Jakes la miró de nuevo con sus tranquilos ojos oscuros.

–Agente Scully, yo y mis hombres ni siquiera estamos aquí. Nuestra misión nunca ha existido. No somos oficialmente responsables de usted ni de nadie.

Entonces una bala le alcanzó en la parte alta del hombro izquierdo y el impacto lo lanzó contra Scully; ambos cayeron al suelo. El mayor gruñó, pero no emitió ningún grito de dolor.

–Los tiradores emboscados están regresando –vociferó uno de los miembros del comando.

Los demás soldados se alejaron a gatas del mortero cuando una nueva lluvia de disparos llegó desde la selva. Los guerrilleros aullaron en señal de desafío.

Los hombres del mayor Jakes se pusieron a cubierto, detrás de los vehículos todoterreno y el mortero; apuntaron sus armas automáticas en dirección a los brillantes destellos del fuego que salía de entre las sombras y el impetuoso ataque de los guerrilleros de Liberación Quintana Roo, que disparaban desde los árboles.

El mayor Jakes se apartó de Scully con un susurro de dolor apenas contenido. Se levantó y se apretó el hombro; la sangre empapaba su uniforme. Bajó la vista hacia la agente y ésta vio las salpicaduras de sangre que teñían su propia chaqueta.

–Siento haberla manchado –se disculpó el mayor; luego ofreció a Scully una mano para que se levantara.

El soldado más próximo al mortero cayó de espaldas sin emitir siquiera un gemido, con la cabeza bañada en sangre.

—Otra baja —musitó el mayor Jakes, y contempló su hombro ensangrentado—. Cada vez quedamos menos.

—Tenemos que salir de aquí —dijo Scully, apretando los dientes con fuerza—. Debemos encontrar a Mulder y marcharnos.

—Aún no hemos acabado con nuestra misión —replicó el mayor.

Los guerrilleros, ahora más intrépidos, salieron de su refugio entre los árboles sin dejar de disparar. Los hombres del mayor Jakes respondieron el ataque, aunque su defensa parecía desmoronarse por momentos. Uno de los soldados lanzó una granada que explotó en medio de un grupo de atacantes, cuyos cuerpos destrozados volaron por los aires.

La encarnizada respuesta del comando hizo que el ímpetu de los guerrilleros desfalleciera. El mayor Jakes cogió a Scully del brazo.

—Vamos, quiero que se meta de nuevo en su tienda de campaña. Se refugiará allí para que yo pueda concentrarme en nuestra defensa.

—No pienso volver a mi tienda —aseguró ella—. Necesito estar aquí fuera para buscar a mi compañero.

—De ningún modo —replicó Jakes—. Seguirá mis órdenes, y no se hable más.

—Esa tienda no va a ofrecerme protección alguna —arguyó Dana.

—La suficiente —repuso Jakes—. Los atacantes no podrán verla. No será un blanco específico. Es lo mejor que puedo hacer.

—Yo no le pedí que...

—Sí, lo hizo —la interrumpió el mayor—. Usted dijo que yo era personalmente responsable de su seguridad. Por lo tanto, quiero que se meta ahí dentro, donde yo no deba preocuparme por usted… y donde no me vea obligado a presenciar su constante actitud de insubordinación.

Con su brazo sano, Jakes obligó a Scully a meterse en la tienda, pero ella forcejeó, se volvió y gritó con toda la fuerza de sus pulmones:

–¡Mulder!

–Esté donde esté –dijo Jakes–, él no puede ayudarla. Yo sólo intento protegerla, señora.

Scully lo miró airadamente.

–Él debe saber dónde estoy.

–Limítese a entrar en la tienda, señora.

–No me llame señora –le espetó Scully, indignada.

–No me obligue a ser mal educado.

Vencida e impotente, Scully se introdujo a gatas en la tienda y se acurrucó entre las mantas antes de que el mayor Jakes dejara caer de nuevo la puerta de lona.

Scully se sentía dentro de una tumba de tela. Los sonidos del exterior se oían amortiguados, y el resplandor de la luna se filtraba a través de la gruesa lona, entremezclada con los entrecortados estallidos de luz de las bengalas militares, los disparos, otro lanzamiento de mortero y explosiones distantes.

Oyó el ensordecedor y caótico fragor de la batalla y se arrodilló sobre la manta. Se apresuró a levantar la almohada para asegurarse de que ningún escorpión se había escondido debajo.

El fuego no cesaba. Scully oyó un gemido procedente del lugar donde se encontraba el mayor Jakes, y luego un ruido sordo. Vio siluetas en el exterior, después una bala rasgó la tienda de campaña, pasando a escasos centímetros de su cabeza. Otro pequeño orificio circular desgarró la lona y chamuscó el tejido alrededor.

Scully se agachó, apretando su cuerpo contra el suelo, y escuchó mientras la batalla continuaba en el exterior.

34

X

Campo de batalla de Xitaclán.
Miércoles, 4.06

Mulder ayudó a Cassandra a subir por el borde de piedra del cenote y luego se irguió, aliviado por estar de nuevo sobre suelo firme. Exhausto, trató de decidir hacia qué dirección correr que les ofreciera menos posibilidades de que los mataran.

Al ver que la destrucción de la pirámide continuaba, sintió náuseas. Los artefactos encerrados en la nave abandonada habrían podido responder las preguntas que los arqueólogos se formulaban desde hacía casi un siglo. Pero cada nueva explosión sacudía y aplastaba las pruebas de la influencia extraterrestre en la cultura maya. Ahora las respuestas estaban reducidas a escombros y cascotes.

Cassandra y él corrían a toda velocidad rodeando el perímetro de la construcción para ponerse a cubierto a la menor oportunidad. El agente intentaba llegar al campamento de la plaza, pues a pesar de que la zona era peligrosamente abierta, era el lugar donde mayores probabilidades tendría de encontrar a Scully. Ése era su principal objetivo... además de evitar que los mataran.

Otro proyectil surcó el cielo nocturno e impactó en la plataforma superior de la pirámide, donde los antiguos sacerdotes habían celebrado sus sangrientos sacrificios. Los pilares que sostenían el frágil templo ya se habían desmoronado por completo.

Cassandra se restregó los ojos y miró consternada alrededor, con el rostro encendido de rabia.

—Primero mis compañeros, luego mi padre, y ahora esta… profanación. —Bufó de cólera y luego se irguió, blandió un puño y gritó en la noche—: ¡No pueden hacer esto!

Un nuevo proyectil explotó como si la desafiase, y la onda expansiva arrojó escombros de una de las terrazas escalonadas directamente sobre ellos.

—¡Cuidado! —exclamó Mulder al tiempo que se arrojaba de inmediato sobre Cassandra, pero un gran pedazo de piedra que mostraba parte de una inscripción maya, cayó sobre ella golpeándola en la cabeza. La joven arqueóloga dejó escapar un leve gemido de dolor y se desplomó. Su cuero cabelludo sangraba, y una mancha escarlata rezumaba entre su alborotado pelo color canela.

Mulder se inclinó sobre el cuerpo inerte, acunando la cabeza de la joven en su regazo mientras restos de metralla repiqueteaban alrededor. Milagrosamente, él sólo había sufrido una gran magulladura en el omóplato y un feo corte en la pierna derecha.

El costado de la gran pirámide parecía hundirse mientras los escombros y bloques de piedra caían hacia la base.

—Cassandra —dijo Mulder, acercando su cara a la de ella—. Cassandra, ¿me oyes?

La joven arqueóloga estaba pálida y tenía la frente perlada de sudor; se incorporó con un quejido, aturdida y sin dejar de parpadear. Sacudió la cabeza y luego hizo una mueca de dolor.

—Justo en el blanco —refunfuñó al tiempo que se llevaba una mano a la sien—. ¡Ay!

Mulder le palpó la cabeza con mucho cuidado para comprobar la gravedad de la herida. Aunque sangraba con profusión, parecía tratarse de un corte superficial. La principal preocupación de Mulder era que Cassandra hubiese sufrido una conmoción cerebral o una fractura de cráneo.

—No podemos quedarnos aquí —dijo el agente—. Debemos encontrar un refugio o en pocos minutos nos veremos en serios problemas. —Echó un vistazo alrededor, tratando de concentrarse bajo la vacilante luz de las bengalas que resplandecían en la oscuridad—. Si logramos encontrar a mi compañera Scully, ella te prestará cuidados médicos de urgencia.

Escudriñó la plaza, observó las siluetas que corrían, los destellos de disparos que brillaban en la noche como luciérnagas letales. Delante de él, en la plaza abierta, vio una figura alta que empujaba la silueta menuda de una mujer, obviamente Scully, hacia la tienda de campaña. Los dos parecían estar discutiendo, y luego el hombre la obligó a entrar, bajó la solapa de lona, y se puso de pie al lado de la tienda, como si montase guardia.

¿Aquel hombre la estaba protegiendo… o la retenía como prisionera? Mulder no distinguía si se trataba de uno de los miembros del comando o de uno de los guerrilleros de Carlos Barreio.

—Ven conmigo, Cassandra —dijo Mulder al tiempo que pasaba el brazo de la joven por detrás de su cuello para ayudarla a levantarse. Ella gimió; tenía las pupilas dilatadas y la cara cubierta de sangre.

—Eh, puedo andar —dijo, pero su voz sonó trémula, como la de una niña que tratara de impresionar a su padre con una bravata. Mulder la soltó con cuidado, pero ella empezó a deslizarse hacia el suelo.

—Creo que a pesar de todo te ayudaré —dijo el agente, rodeándola con un brazo para sujetarla, y caminaron tambaleándose en dirección a la plaza. Mulder no perdió de vista la silueta que permanecía de pie al lado de la tienda de Scully.

Parecía que los disparos no iban a terminar jamás. Una serie de estridentes detonaciones resonó con mayor intensidad. Los soldados del comando se dispersaron de nuevo, pero la silueta que hacía guardia al lado de la tienda de Scully no se movió con la suficiente rapidez. Mulder contempló cómo la ráfaga de un arma automática casi partía al tipo en dos. Varias balas atravesaron el extremo superior de la tienda y Mulder rezó para que Scully se hubiese mantenido a ras de suelo.

–Tenemos que llegar allí –dijo Mulder señalando la tienda. A su lado, Cassandra avanzaba tropezando; ambos iban agachados para presentar un blanco menor, pero Mulder esperaba recibir un disparo de un momento a otro.

Llegaron junto a la más distante de las dos estelas de serpientes emplumadas, que yacía derrumbada en un extremo de la plaza. Parte de los escombros habían caído sobre la lona alquitranada que cubría los cadáveres que Scully y él habían sacado del cenote... pero era improbable que a las víctimas les importase.

Por fortuna, Cassandra parecía demasiado aturdida para reconocer a sus compañeros de la expedición arqueológica o siquiera para saber qué podían ser esos bultos ocultos bajo la lona. Mulder la ayudó a ponerse en cuclillas al lado del monolito caído para refugiarse.

Entonces, para sorpresa de Mulder, el clamor del combate cesó. Fue como si un manto de silencio hubiese descendido sobre Xitaclán. Mulder dejó de moverse y permitió que Cassandra se apoyase contra el pilar derrumbado. El agente estiró el cuello para echar un vistazo alrededor. Mientras aguardaba, el silencio parecía hacerse más profundo, y algo extraño empezó a suceder.

Mulder sintió un hormigueo en la piel y que el vello de la nuca se le erizaba a causa de la electricidad estática. Se puso al lado de Cassandra, detrás de la estela, y una especie de vibración en el aire lo obligó a alzar la mirada.

Contempló la luz descender desde el cielo.

El resplandor provenía tanto del interior como del exterior de una enorme nave suspendida en mitad de la oscuridad. Mulder sólo tuvo una vislumbre de ella, pero su imaginación proporcionó todos los detalles precisos. Era una construcción inmensa, un deslumbrante claroscuro de ángulos y curvas que formaban una silueta geométrica jamás concebida por arquitecto alguno. La rodeaba un halo de luz que hacía imposible distinguir los detalles.

Era una nave extraterrestre.

Mulder no tenía duda de ello. Cuando Cassandra Rubicon había caído por accidente en la cámara de salvamento, debía de haber activado una señal de socorro que se transmitía a través de los espacios interestelares, un faro cuyo brillo alcanzaba distancias infinitas.

Hasta que por fin la nave de rescate había llegado.

Mulder recordó las confusas imágenes de Kukulkán en las paredes de la cámara sepultada: el alto visitante extraterrestre mirando esperanzado hacia las estrellas. Pero la nave de salvamento había llegado más de mil años tarde para él.

—¡Cassandra, mira eso! —exclamó el agente, bajando la mirada y sacudiendo los hombros de la joven—. ¡Míralo!

Cassandra gimió y parpadeó.

—Es demasiado brillante —dijo.

Mulder elevó nuevamente la vista al cielo. En el momento en que la luminosa nave alcanzó la pirámide parcialmente destruida, de su vientre surgieron rayos de una luz extraordinariamente brillante, como si tirasen de un hilo invisible. Mulder quedó boquiabierto y se protegió los ojos de aquel brillo deslumbrador.

Bajo sus pies, comenzó a temblar como una delgada chapa de hierro atraída por un potente imán. De la cima de la pirámide se desprendieron varios bloques de piedra que cayeron con estruendo cerca de Mulder y Cassandra.

Él intentó mirar de nuevo, pero tuvo que cubrirse los ojos porque la luz lo cegó. La extraña nave continuaba con sus excavaciones, haciendo caso omiso del comando estadounidense, los guerrilleros centroamericanos y los agentes del FBI. El poderoso rayo derribó por completo la pirámide, arrasando una plataforma escalonada tras otra.

Al instante, Mulder supo que sus especulaciones habían sido correctas. Kukulkán jamás había sido rescatado porque su cámara de salvamento había fallado y se había convertido en su tumba… pero el accidente de Cassandra había requerido una vez más la ayuda procedente de las estrellas.

Y la nave de auxilio había llegado por fin para desenterrar la antigua nave abandonada.

El suelo vibró y se sacudió mientras la pirámide quedaba reducida a ruinas. Los soldados y los guerrilleros, dominados por el pánico, soltaron gritos de horror.

—Por favor, no lo hagas —dijo la joven con tono quejumbroso.

—No podemos hacer nada para detenerlo —respondió Mulder, tratando de distinguir algún detalle a través de las aberturas entre sus dedos. La luz que salía de la nave suspendida en el aire era cada vez más brillante y abrasadora. Otra serie de rayos deslumbrantes atravesó la noche. Mulder, atemorizado, observaba atentamente cada detalle.

Finalmente, el interior de la pirámide, la estructura

original que envolvía la nave siniestrada, quedó al descubierto. Una repentina oscuridad que desorientó a Mulder cayó de nuevo mientras la nave de salvamento flotaba en silencio por encima de sus cabezas. El agente supuso que estaba explorando, buscando, y entonces los rayos brillantes aparecieron de nuevo, arrancando capas de tierra para desenterrar el esqueleto de la antigua nave de Kukulkán.

El suelo se agrietó y vibró hasta que por fin, con una enorme sacudida, la penetrante luz que se cernía sobre Xitaclán dejó al descubierto los restos de la nave accidentada. Mulder se había arrojado al suelo cuando las vigas metálicas y las curvadas planchas del casco aparecieron a través de lo que había sido la base de la gran pirámide. Aun a riesgo de quedar ciego, Mulder trató de ver cómo la nave de rescate izaba del suelo la de Kukulkán; semejaba un sacerdote maya arrancando el corazón de una víctima sacrificial.

Mulder se agachó, confuso por las llamativas sombras que se habían vuelto muy afiladas a causa de la estela luminosa.

Desafiando la ley de la gravedad, los restos aplastados de la nave de Kukulkán se elevaron en el aire arrastrados por la brillante nave de salvamento, que ganaba altitud a una velocidad asombrosa. Una lluvia de tierra y piedras cayó sobre la ciudad de Xitaclán.

Boquiabierto, el agente elevó la vista al cielo con la esperanza de encontrar artefactos y evidencias que ahora, sin embargo, estaban para siempre fuera de su alcance. La nave de salvamento había llegado como un soldado que cruzase las líneas enemigas para recuperar el cadáver de un compañero. Mulder ignoraba por completo adónde se dirigía la nave, qué descendientes de Kukulkán llorarían su muerte.

Con los ojos arrasados en lágrimas, Mulder observó que la luz se encogía hasta convertirse en una estrella cegadora que surcaba la noche como un rayo, dejando sólo intensas imágenes en su retina.

De pronto, Mulder recordó que Barreio, el jefe de los insurgentes, permanecía atrapado en una de las cámaras de hibernación. Quizá sobreviviese al viaje. O tal vez hubiese muerto en el proceso de desenterramiento. Comoquiera que fuese, la nave extraterrestre se llevaba consigo al líder revolucionario.

Mulder sabía que jamás se molestaría en investigar aquella abducción. Contempló el enorme y humeante cráter donde se había levantado la pirámide, y exclamó:

–¡Adiós, amigo!

35

X *Restos de las ruinas de Xitaclán.*
Miércoles, 4.19

Sin poder evitar sentirse impotente,
Scully se acurrucó en el imaginario ampa-
ro de la tienda de campaña mientras fuera parecía estar
teniendo lugar el fin del mundo, o al menos una versión
maya de los últimos días de Pompeya.

Oyó explosiones y el ruido de piedras que golpea-
ban contra el suelo, pero no parecían proceder del continuado fuego de mortero. Los soldados habían corrido a ponerse a cubierto, y ya nadie parecía disparar sus
armas automáticas. Varios impactos de bala habían
abierto agujeros en el techo de la tienda. El mayor Jakes
no daba señales de vida.

Dana trató de decidir cuánto tiempo esperar antes
de poner fin a aquella situación. Odiaba estar confina-
da allí dentro, como una princesa encerrada en la torre
del castillo. Jakes la había arrojado al interior de aquel
recinto sofocante sólo porque era una mujer, o una civil, pero ella no tenía más posibilidades de sobrevivir
acurrucada en una tienda de campaña que si echaba a
correr en dirección a las ruinas y la espesura, en busca
de Mulder.

–Ya he esperado bastante –dijo–. Voy a salir de aquí. –Abrió de un tirón la puerta de la tienda y salió a gatas, manteniéndose cerca del suelo, con la seguridad de que en cualquier momento uno de los soldados la obligaría a entrar de nuevo. El mayor Jakes podía incluso golpearla en la cabeza con la culata del fusil, «por su propia protección», desde luego.

Pero nadie advirtió su presencia. Scully se puso en cuclillas al lado de la tienda, lista para correr en busca de un refugio. Sin embargo, no oyó ningún disparo.

Se levantó lentamente y miró alrededor, parpadeando; iluminada por la vacilante luz de la selva en llamas, Xitaclán parecía estremecerse a causa de una gran conmoción.

Scully encontró al mayor Jakes donde había caído, alcanzado en el pecho por varias balas de gran calibre. Yacía tendido en medio de un charco de sangre, como si fuese una nueva víctima ofrecida en sacrificio a los antiguos dioses mayas. Aun muerto, su rostro permanecía inexpresivo, como si también aquello formase parte de su amada misión.

Un soldado corrió frenéticamente hacia ella, esquivando bloques de piedra y árboles desarraigados, con el uniforme sucio y desgarrado; venía desarmado, como si ya hubiese utilizado todas sus balas y granadas.

–Nos atacan desde el cielo –susurró con expresión de pánico–. Jamás he visto una cosa igual… ¡No podemos resistir! Ya han destruido la pirámide. –Entonces advirtió la presencia del cadáver ensangrentado del mayor Jakes–. ¡Oh, mierda! –gimió, y miró desconcertado a Scully–. Disculpe el lenguaje, señora.

–No me llame señora –murmuró ella, recordando que el mayor Jakes también la había llamado así, pero no esperó que el joven soldado lo comprendiera.

–¡Muy bien, es hora de retirarse! –gritó el soldado a sus compañeros invisibles. Se volvió hacia Scully y con tono sombrío, añadió–: Señora, será mejor que huya en dirección a la selva antes de que esa nave regrese. Puede solicitar asilo a las autoridades que encuentre. Nosotros, en cambio, no tenemos esa opción. Si nos capturan, somos hombres muertos. Sólo quedamos tres.

Sin añadir más, el soldado giró sobre sus talones y echó a correr por la plaza, en busca de la protección que proporcionaban los árboles. Scully volvió la vista hacia el lugar donde se había alzado la magnífica pirámide de Xitaclán... pero sólo vio un enorme cráter.

–Dios mío –exclamó atemorizada, y sintió un irresistible impulso de santiguarse. Los escombros yacían apilados, como si una fuerza titánica los hubiese lanzado a cientos de metros. Dana bajó la vista hasta el cuerpo inerte de Jakes y susurró–: Misión cumplida, mayor.

Sin embargo, en el fondo de su corazón sospechaba que ni un millar de disparos de mortero o explosiones de granadas podría haber arrasado de aquel modo una construcción tan sólida como esa pirámide. Pensó en lo que el soldado había dicho acerca de un ataque desde el cielo. ¿Una fuerza militar distinta? ¿Unas fuerzas aéreas? ¿Un bombardeo sorpresa?

¿Otra arma nuclear táctica? ¿Un proyectil de artillería atómico?

–¡Scully! –Aquel grito sonó como música para los oídos de la agente, quien se volvió al identificar la voz de Mulder–. ¡Scully, aquí!

Scully vio a su compañero, exhausto y cubierto de barro, sosteniendo a una mujer que se tambaleaba a su lado. Cruzaban la plaza en dirección a ella.

–¡Mulder, estás sano y salvo! –exclamó Scully, y corrió hacia él.

–No saquemos conclusiones precipitadas –dijo el agente. Tenía el rostro sonrojado y los ojos vidriosos a causa de la conmoción... o el asombro–. Scully, ¿lo has visto? –Señaló frenéticamente el cráter donde antes se había erigido la pirámide.

Scully negó con la cabeza.

–Estaba prisionera dentro de la tienda, así que no he visto demasiado –explicó–. El mayor Jakes ha muerto. Y también la mayoría de sus hombres. Nos han dicho que nos marchemos de aquí cuanto antes. Estamos solos, Mulder.

Por fin, como aprovechando una segunda oportunidad, más disparos esporádicos estallaron entre los árboles, y Scully se sintió muy vulnerable. Los tres soldados supervivientes del comando del mayor Jakes ya habían huido en uno de los vehículos todoterreno, adentrándose con estruendo en la espesura sin esperar a nadie.

–Está herida, Scully –dijo Mulder, señalando a la mujer de pelo color canela que parecía a punto de desfallecer–. Ha recibido en la cabeza el impacto de un trozo de roca, pero al menos está viva.

Scully echó un vistazo a la herida de la mujer y vio que la sangre ya se estaba coagulando sobre el corte.

–Mulder, ¿es Cassandra? ¿Dónde la encontraste?

–Se trata de una historia muy larga, Scully… y te aseguro que no vas a creerla. Pero ella está aquí, y es una prueba viviente.

Antes de que Mulder pudiera continuar con su explicación, el suelo empezó a temblar una vez más, como si un titán legendario enterrado bajo la corteza terrestre intentase abrirse paso hacia la superficie con un enorme mazo.

–Esta vez creo que va en serio –dijo Scully.

De pronto, un potente géiser surgió en el suelo lanzando hacia el cielo trozos de losas. La plaza entera se desplazó hacia un lado a causa del movimiento de las placas tectónicas. Una enorme grieta desgarró la plaza en dos, haciendo que el muro del patio del juego de pelota se derrumbase al lado de las ruinas de la pirámide.

—El suelo aquí es tremendamente inestable —dijo Mulder, aturdido. Sacudió la cabeza y añadió—: Con tanta explosión, creo que Xitaclán está a punto de convertirse en una leyenda del pasado.

Chorros de cenizas volcánicas surgieron del cráter abierto donde antes había estado la pirámide como una cascada invertida de lava y humo. Las rocas de piedra caliza se resquebrajaron y derritieron como cera. El suelo se abrió y las paredes del cenote se derrumbaron.

—¿Recuerdas el Paricutín, ese volcán que se formó en 1948? —dijo Mulder—. Me parece que este lugar va a continuar en erupción durante largo tiempo. —Se volvió hacia la aturdida Cassandra y la cogió del brazo para ayudarla a mantenerse en pie—. Si no te importa, Scully, preferiría que mi nombre no figurase en una pequeña placa conmemorativa cerca del centro turístico. Salgamos de aquí.

Los disparos habían cesado y los guerrilleros se habían dispersado; la victoria era total ahora que prácticamente todo en Xitaclán había sido destruido.

Scully señaló el vehículo militar que quedaba.

—Podemos coger este todoterreno, aunque no tengo ni idea de hacia dónde dirigirnos.

—¿Qué tal si nos alejamos de aquí? —propuso Mulder—. ¿Sabes conducir este trasto?

Scully miró a su compañero.

—Somos personas inteligentes, Mulder —dijo—. Deberíamos ser capaces de averiguarlo. —Pero la verdad era que no estaba demasiado convencida.

—No estés tan segura —replicó Mulder—. Es tecnología militar.

Los dos agentes ayudaron a la joven arqueóloga herida y se encaminaron hacia el vehículo, iluminados por el resplandor de la lava y los incendios en la selva circundante.

36

X *Selva del Yucatán.*
Miércoles, 5.01

Chorros de lava anaranjada se elevaron
hacia el cielo detrás de ellos mientras Mulder se esforzaba por poner en marcha el vehículo todoterreno.

–Tienes que darte prisa, Mulder –dijo Scully con el
tono apremiante.

Scully había acomodado a Cassandra Rubicon en
uno de los asientos del vehículo y miraba a la joven
arqueóloga herida mientras por encima de su hombro
veía las llamas, el suelo resquebrajado y los chorros de
vapor que surgían de él.

–Estoy acostumbrado a conducir coches normales
–observó Mulder–. Esto es un poco más complicado.

El motor del todoterreno se puso por fin en marcha
con un estertor y un zumbido. Mulder accionó los pe-
dales, el cambio de velocidades, y el vehículo arrancó
dando bandazos. Siguieron el sendero que el comando
había abierto a través de la espesura unas horas antes esa
misma noche. Los gruesos neumáticos del vehículo gi-
raban y rodaban por encima de la densa maleza, aplastando helechos y ramas caídas.

Scully hacía cuanto podía por sujetar el débil cuerpo de Cassandra Rubicon y utilizaba una tira de tela rasgada para limpiarle la herida de la cabeza al tiempo que examinaba la gravedad del corte.

—¿Qué es esta sustancia que tiene por todo el cuerpo? —preguntó a su compañero.

Cassandra hizo una mueca de dolor y trató de liberarse de las atenciones de Scully.

—Estoy bien —refunfuñó, y al instante perdió el conocimiento.

Mulder se adentraba cada vez más en la selva, pero el avance seguía siendo exasperadamente lento, pues debía esquivar troncos caídos y rocas y cruzar pequeños riachuelos y acequias poco profundas.

Las llamas que brotaban de la reciente grieta abierta en la tierra iluminaban la selva; un mar de magma rezumaba del agujero que la enorme nave de salvamento había hecho para desenterrar la de Kukulkán, tanto tiempo abandonado. Un humo gris y grasiento se alzaba donde los proyectiles habían barrido la vegetación.

Debido al fuerte retumbar y al incesante silbido de la erupción, Mulder apenas podía oír otra cosa, pero creyó vislumbrar siluetas que corrían y se ocultaban entre la espesura. Algunas tal vez correspondieran a los guerrilleros que huían, y otras a los miembros supervivientes del comando del mayor Jakes, que trataban de abrirse camino hasta un punto de reunión seguro.

—Esta mujer necesita atención médica —dijo Scully—, pero por el momento sobrevivirá. No es nada serio, pero las heridas que veo parecen recientes, no de semanas… —Echó un vistazo a Mulder y con expresión de curiosidad, preguntó—: ¿Dónde ha estado todo este tiempo?

—Atrapada dentro de la pirámide.

Scully frunció el entrecejo y con tono de escepticismo, dijo:

–No tiene aspecto de haber permanecido escondida durante tantos días. No hay indicios de desnutrición o fatiga física.

Mulder miró a su compañera y sintió que la pasión de sus convicciones encendía sus mejillas.

–Te lo contaré todo cuando consigamos salir de ésta con vida –prometió.

Scully acunaba la cabeza inerte de Cassandra para que no se golpeara contra el costado del vehículo. Detrás de ellos, otra enorme explosión hendió la noche, arrojando más cenizas y lava contra el cielo y escupiendo fuego en todas las direcciones. Mulder se agachó y luego trató de obtener una mayor velocidad del chirriante todoterreno.

El guardabarros delantero izquierdo chocó con el tronco de un árbol, y el agente dio un rápido viraje hacia la derecha y luego zigzagueó para volver a la senda. Pero en medio de la oscuridad y el caos, Mulder había perdido el sentido de la orientación. Miró hacia adelante con los ojos entrecerrados y viró de nuevo, esforzándose por encontrar el sendero abierto por el comando del mayor Jakes.

–Espero que no nos perdamos en mitad de la selva para el resto de nuestras vidas. Tengo abonos para los partidos de los Redskins. –Miró el cuadro de mandos y pidió a su compañera–: Mira en la guantera, Scully. A ver si encuentras un mapa topográfico.

Scully se inclinó y echó un vistazo a algunas de las pantallas.

–El mayor Jakes me mostró unas fotos tomadas por satélite de un enorme cráter cuando un narcotraficante del país fue supuestamente atacado por un misil nuclear. Tú sin duda considerarás que es el resultado de alguna clase de tecnología alienígena... pero no entremos en eso. El mayor tenía mapas muy precisos, contornos topográficos y estudios detallados de la selva. –Scully hurgó en la guantera, pero finalmente se dio por vencida–. Al parecer estaba en el otro vehículo. –De pronto, llevada por un impulso, conectó una pantalla en el panel de instrumentos que mostró una brújula digital y un brillante mapa a gran escala del Yucatán–. Bien, aquí lo tenemos.

Mulder dejó escapar un suspiro de alivio.

De repente una figura apareció delante del todoterreno. El hombre, que parecía sudoroso y exhausto, tenía el chaleco color caqui desgarrado y había perdido el sombrero de piel de ocelote. Con expresión amenazadora, les apuntaba con un fusil automático arrebatado sin duda a uno de los hombres del mayor Jakes que habían huido.

–No sé si dispararles ahora o más tarde –dijo entre dientes Fernando Victorio Aguilar–. Pero por el momento deténganse aquí mismo.

37

Selva del Yucatán, cerca de Xitaclán.
Miércoles, 5.26

Mulder manipuló desesperadamente los mandos para detener el vehículo todo-terreno, pues el fusil de Aguilar resultaba muy convincente.

Debido a la espesura del follaje o a una falta de confianza en sus habilidades como conductor, el agente no se atrevió a acelerar y atropellar al guía. Si no acertaba en el primer intento, Aguilar podría echarse fácilmente a un lado y dispararles a quemarropa. Mulder no pensaba exponer la vida de Scully o Cassandra de ese modo.

Desde su asiento, la joven arqueóloga gimió y logró recuperar la consciencia lo suficiente para mirar a Aguilar sin dejar de parpadear.

–¡Él! –exclamó–. ¡El muy cabrón nos abandonó…! –Entonces se desplomó de nuevo, como si aquel esfuerzo hubiese agotado todas las reservas de energía que había conseguido reunir.

Aguilar la observó perplejo y luego los amenazó con el fusil.

–¿Dónde encontraron a la hija del arqueólogo? Los

hombres de Barreio buscaron durante días, pero siempre se perdían en el interior de la pirámide.

—Cassandra encontró un excelente escondite —dijo Mulder—. De hecho, el señor Barreio también lo encontró... pero no creo que volvamos a verlo.

—Qué pena. De todos modos era un paranoico obsesionado con la política. —Aguilar sostuvo el fusil en alto, apuntando directamente entre los ojos de Mulder. El agente podía sentir el cañón negro perforando su frente, como si el guía estuviese realizando alguna clase de trepanación virtual.

—¿Qué quiere, Aguilar? —preguntó Scully.

El guía desplazó el cañón del arma hacia ella. Mulder observó que el oscuro cabello de Aguilar caía sobre sus hombros en mechones mugrientos y enredados.

—Por el momento, quisiera rehenes —dijo Aguilar con una sonrisa—, y este vehículo, señorita. —Se frotó las mejillas con una mano, como si la barba incipiente le molestara. Todos sus planes se habían desmoronado, pero aun así parecía encontrar divertida la situación—. Es demasiado tarde para decir que nadie resultará herido si hacen exactamente lo que les ordeno... pero, créanme, Liberación Quintana Roo deseaba hacer esto de forma incruenta. Yo sólo quería los objetos mayas y ellos sólo querían rehenes. Podríamos haberlo conseguido todo sin necesidad de víctimas, pero ¡ay! las circunstancias no lo permitieron, gracias a esos soldados norteamericanos y a su propia terquedad.

Mulder oyó el crujido de una rama por encima de su cabeza y alzó la vista hacia los árboles. Aguilar percibió el repentino movimiento del agente y le apuntó de nuevo con su fusil.

—No se mueva —dijo.

El agente obedeció, aunque seguía oyendo que algo se arrastraba en lo alto. Detrás de Aguilar las hojas de unos helechos empezaron a agitarse, pero el guía no apartó la vista del vehículo.

–Sacábamos objetos arqueológicos de las ruinas mayas abandonadas –informó Aguilar–. Nuestras ruinas mayas. Era como robar, pero nadie perdía nada ni resultaba herido. La selva había enterrado esos tesoros durante siglos y nosotros sencillamente obteníamos ganancias con ellos. Barreio malgastaba su dinero en utopías independentistas, lo cual le causaba muchos quebraderos de cabeza. Yo, en cambio, sacaba mejor partido de mis beneficios, procurándome cierto lujo y bienestar... por primera vez en mi vida. –Hizo una pausa, sacudió la cabeza y prosiguió–: Crecí en las calles de Mérida, agente Mulder. Mi madre era prostituta. Viví solo desde que tenía ocho años; buscaba en los cubos de basura, robaba a los turistas, y me acurrucaba bajo una caja cuando llovía.

»Pero gracias a Xitaclán me he convertido en un hombre razonablemente rico, y sin hacer daño a nadie, ¡hasta que demasiada gente metió las narices donde no debía! –Echó la cabeza hacia atrás–. Los indígenas sabían lo que hacían cuando abandonaron estas ruinas. Los arqueólogos norteamericanos deberían haber actuado con la misma sensatez... y ustedes también.

–Ya ha prometido asesinarnos –dijo Scully–. ¿Ahora trata de ganarse nuestra comprensión?

Aguilar se encogió de hombros. El mortífero cañón de su fusil subía y bajaba.

–Todos deseamos que nos comprendan –dijo con una sonrisa–. Es la naturaleza humana, ¿no?

Entonces las ramas por encima de su cabeza crujieron y se rompieron. Asombrado, Mulder vio que una gigantesca silueta, sinuosa y brillante, se dejaba caer como un tentáculo.

Aguilar miró hacia arriba, soltó un grito y levantó el fusil... demasiado lento, demasiado tarde.

Se produjo un destello de colmillos translúcidos, largos como punzones y afilados como agujas. Una boca enorme y hambrienta llameó encolerizada. Alrededor de la esbelta cabeza se extendieron unas escamas plumosas, de apariencia metálica. El monstruo se movió, rápido como el rayo.

Aguilar cayó al suelo bajo el peso del reptil, que se enrolló alrededor de su cuerpo oprimiéndolo como una trenza de cables de acero.

–Dios mío –susurró Scully.

Aguilar, aullando de pánico y dolor, soltó el fusil, que cayó entre la maleza, y empezó a arañar y aporrear el acorazado y flexible cuerpo de la serpiente emplumada, y mientras ésta lo estrujaba sin piedad, de su boca comenzó a manar sangre.

El guía chilló y sus huesos crujieron como madera seca. Entonces el enorme monstruo en forma de serpiente se alejó entre la maleza arrastrando a su víctima hasta que el enmarañado follaje los ocultó de la vista.

Se oyó todavía un par de gritos, y luego el ruido fue interrumpido por un fuerte y repentino borboteo. Los agentes y la joven arqueóloga no oyeron más que susurros y crujidos… el sonido de huesos quebrados y carne desgarrada.

Scully y Mulder permanecían paralizados por el horror, con el rostro blanco como la cera, los ojos desorbitados y los labios pálidos y exangües.

–Mulder… Yo…

Cassandra tosió débilmente y musitó:

–Kukulkán.

Algo veloz y flexible se precipitó a través de la maleza baja al otro lado del vehículo todoterreno, moviéndose a demasiada velocidad para que Mulder pudiera seguirlo. Se deslizó entre los helechos y enredaderas y luego apareció de repente con una explosión de hojas caídas y pequeñas ramas cubiertas de musgo. Los miró fijamente.

Otro reptil emplumado, más grande incluso que el anterior, se irguió frente a ellos como una cobra ante un encantador de serpientes, mostrando sus largos dientes con un siseo burbujeante, a escasos metros de distancia.

–¿Qué es eso, Mulder? –alcanzó a susurrar Scully.

–Propongo que por el momento no nos movamos –dijo su compañero entre dientes.

La criatura sinuosa osciló hacia atrás y hacia adelante frente a ellos, intimidatoria y más grande que cualquier cocodrilo que hubieran visto jamás. Sus escamas plumosas se erizaron como púas, y su aliento salió en un silbido intenso e interminable, como el vapor que escapa a presión de una caldera.

–¿Qué quiere?

La brillante e irisada serpiente se movió con la calidad borrosa de una ilusión óptica, como si todo su cuerpo estuviese hecho de mercurio, como si hubiese sido creada para una gravedad diferente, para unas condiciones ambientales totalmente distintas.

Mulder no podía moverse; se limitó a mirar fijamente a la bestia con la esperanza de que no los atacase.

El monstruo los observaba con ojos que semejaban perlas ardientes y reflejaban una inteligencia insondable creada por un cerebro de incomprensible naturaleza.

Mulder recordó los bajorrelieves, las estelas, las imágenes de Kukulkán en el interior de la nave. Para el antiguo extraterrestre aquellas criaturas en forma de serpiente habían sido animales de compañía, guardianes, ayudantes… o algo completamente distinto.

Aunque el propio Kukulkán había muerto muchos cientos de años atrás y su cadáver momificado no era más que jirones petrificados de carne unidos a hueso desnudo, los descendientes de las serpientes emplumadas originales habían sobrevivido, desamparadas en tierra extraña. A lo largo de los siglos debían de haberse establecido en las selvas centroamericanas, sobreviviendo ocultas en la densa espesura tropical.

La criatura que se hallaba ante ellos los contempló fijamente y luego se inclinó hacia el vehículo. En aquel momento el tiempo pareció detenerse.

–¿Qué podemos hacer? –preguntó Scully.

Mulder buscó los ardientes y opalescentes ojos de la criatura. Ambos se miraron fijamente por un instante; un destello de comprensión cruzó un abismo inmensamente mayor que cualquier barrera conocida entre especies.

El agente advirtió que estaba conteniendo el aliento.

Scully permaneció inmóvil, con los ojos muy abiertos, aferrada al asiento con tal fuerza que tenía los nudillos blancos. Cassandra Rubicon gimió, contemplando a la criatura con ojos vidriosos.

Por fin, la tensión se evaporó inexplicablemente y la serpiente emplumada retrocedió y se alejó reptando entre la maleza. Se desvaneció con tanta rapidez como había aparecido, dejando atrás ramas rotas y susurrantes.

El silencio cayó de nuevo sobre la espesura.

–Creo que no nos causarán más problemas –musitó Mulder.

–Espero que tengas razón, Mulder –replicó Scully, y luego tragó saliva con dificultad–. Pero salgamos de aquí antes de que cambien de idea.

38

X

Hospital Jackson Memorial,
Miami. Sábado, 11.17

Tras una larga noche de sueño, Mulder se afeitó, se puso ropa limpia y se dirigió hacia el hospital Jackson Memorial de Miami, donde Cassandra Rubicon había sido ingresada para recuperarse de sus heridas.

Ahora que había regresado a la civilización, la densa espesura de la selva, con sus insectos, escorpiones, serpientes, y la continua y desagradable lluvia, parecía a un abismo de distancia. Sin embargo, sólo habían pasado dos días, y la terrible odisea aún no se había desvanecido en su mente.

Con la ayuda del mapa digitalizado del vehículo militar, él y Scully habían conseguido abrirse camino hacia el este en dirección a una de las carreteras asfaltadas del estado de Quintana Roo. Luego, como un audaz jubilado que condujese un moderno y potente vehículo, Mulder avanzó a gran velocidad por las carreteras aterrorizando a pastores y peatones, indios de cabello oscuro que vestían ropas bordadas con vivos colores.

Luego de encontrar un pequeño botiquín de primeros auxilios, Scully había curado las heridas más graves de Cassandra con la ayuda de calmantes y desinfectantes. Era todo lo que podía hacer hasta que encontrasen un hospital de verdad.

Finalmente, un coche patrulla de la policía mejicana los obligó a detenerse y el agente exigió saber qué hacían allí en un vehículo militar de Estados Unidos, pero Scully pidió con amabilidad que los llevasen al consulado estadounidense más próximo.

Durante el agotador viaje a través de la selva habían encontrado raciones de comida preparada en el compartimiento de provisiones del vehículo, así como botellas de agua. Cassandra fue incapaz de hablar o comer, y parecía tan aturdida a causa de las penalidades que había sufrido que Mulder dudó que consiguiera recordar algo que respaldase su teoría sobre el rescate de la nave espacial extraterrestre, como tampoco esperaba encontrar testigo alguno entre los soldados del comando secreto. Sin embargo, los agentes dieron cuenta de algunas raciones de comida, y para cuando los detuvieron se sentían de nuevo relativamente fuertes y listos para regresar a casa.

Cassandra fue atendida en un centro médico de urgencias en México, mientras Mulder hacía las pertinentes llamadas telefónicas y Scully rellenaba el interminable papeleo. Nada más llegar a Miami, la arqueóloga fue ingresada en el hospital Jackson Memorial para recuperarse y permanecer bajo observación. Se encontraba tan fatigada tras su terrible odisea que consideraba su obligada estancia en el hospital como un alivio más que una carga.

Mientras avanzaba por el vestíbulo, Mulder se preguntaba si Cassandra lo reconocería ahora que se había lavado y cambiado de ropa. Nunca lo había visto con su uniforme de traje y corbata del FBI.

Mulder entró en el ascensor dispuesto a ver a Cassandra. Las pesadas puertas se cerraron frente a él, y al quedarse encerrado y solo en el pequeño cubículo, experimentó una inesperada aprensión al pensar en Carlos Barreio, atrapado en la cámara de salvamento a bordo de una nave que emprendía un largo viaje por los espacios interestelares.

Afortunadamente, el ascensor del hospital no resultaba ni la mitad de amenazador.

Cassandra Rubicon estaba sentada en la cama, con la cabeza vendada como un veterano de la Guerra Civil. Con aspecto entre aburrido y entretenido, miraba en el televisor un programa dedicado al público femenino. El tema de la acalorada discusión era «Mujeres que afirman estar casadas con extraterrestres».

–Vaya, se me olvidó programar el vídeo para grabar esto –dijo Mulder–. No quería perdérmelo.

Cassandra vio al agente de pie en el hueco de la puerta de su habitación y su rostro se iluminó.

–Hay algunas cosas que no echaba de menos en la selva –bromeó la joven. Cogió el mando a distancia y apagó el televisor.

–¿Te encuentras mejor? –preguntó Mulder, acercándose al lecho.

–Mucho mejor, gracias –respondió Cassandra–. Y tu aspecto también ha mejorado bastante.

Mulder observó la comida intacta y nada apetitosa que había en una bandeja junto a la cabecera.

–Deberías comer, después de todo ya estás acostumbrada a pasar algún que otro mal trago.

Cassandra se esforzó por sonreír. Los aparatosos vendajes cubrían la mayor parte de su cabeza.

–Bueno, la arqueología no está hecha para quejicas, señor Mulder.

–Vaya, ahora me llamas señor Mulder. Te pido por favor que no lo hagas; así era como llamaban a mi padre.

Al oír a Mulder mencionar a su propio padre, el rostro de la joven se ensombreció.

—Debo hacerte una pregunta, Cassandra —dijo el agente con tono más serio—, pues cuanto todo lo que vimos fue destruido sin dejar rastro. ¿Por casualidad tu equipo consiguió sacar clandestinamente notas o fotografías, alguna prueba de lo que había en Xitaclán?

Cassandra sacudió la cabeza y una mueca de dolor deformó su rostro.

—No, no hay nada. Todos mis compañeros encontraron la muerte allí, John, Cait, Christopher y Kelly... todos. Truncaron sus carreras cuando apenas habían comenzado. Mi propio padre fue asesinado por mi culpa... por culpa de Xitaclán. —Tragó saliva y luego miró de nuevo hacia el televisor como si deseara distraerse otra vez con aquel estúpido programa en un desesperado intento por evitar la conversación que estaba manteniendo—. No, Mulder. Todo ha desaparecido, incluidos nuestros informes. Lo único que me queda son mis recuerdos... y tampoco son demasiado nítidos.

El agente permaneció cerca de ella y por un instante volvió la cabeza hacia el televisor apagado, buscando las palabras adecuadas.

Cassandra parecía abstraída, como si intentase encontrar una última reserva de fuerzas en su interior. Cuando habló, Mulder se sorprendió.

—Todavía hay un millar de yacimientos sin excavar en el Yucatán, Mulder. Quizá cuando me recupere organice una nueva expedición. ¿Quién sabe qué más podríamos encontrar?

—¿Quién sabe? —dijo Mulder esbozando una sonrisa.

39

X

*Domicilio de Scully,
Annapolis, Maryland. Domingo, 13.07*

Mientras su perrito dormía acurrucado en el sofá, Dana encendió el ordenador, se sentó ante su escritorio y respiró profundamente. Aquello era tan distinto de vagar perdida por las húmedas selvas de América Central infectadas de insectos... Desde luego, pensó, su situación había mejorado notablemente.

Ahora que había regresado a casa, tenía que hallar el estado de ánimo adecuado para trabajar en su informe oficial sobre Xitaclán y reunir los cabos sueltos en su memoria hasta conseguir unirlos. Había otros casos, otras investigaciones, otros expedientes X. Scully debía cerrar éste y seguir adelante.

En unas cuantas horas de paz y soledad en su apartamento, Scully podría terminar con el papeleo atrasado que se había acumulado durante su viaje a México. Resultaba agradable estar de regreso en la civilización.

Cruzó las piernas y apoyó una libreta sobre su rodilla para tomar algunas notas antes de redactar su informe en el ordenador. Dividió la naturaleza de los acontecimientos pasados en categorías generales.

Su misión específica, buscar a los miembros del equipo arqueológico desaparecido, había sido cumplida. Scully se sintió agradecida de poder dar por cerrado, al menos en teoría, un caso oficial. El director adjunto Skinner sin duda lo apreciaría.

Escribió en la libreta una lista con los nombres de los cuatro miembros de la expedición arqueológica asesinados y añadió detalles acerca del modo en que había descubierto sus cadáveres sumergidos en el cenote y los había sacado del agua con la ayuda de Mulder. Describió la causa aparente de sus muertes: asesinato por herida de balas, vértebras rotas, y/o ahogamiento. Concluyó que Cait Barron, Christopher Porte, Kelly Rowan y John Forbin habían sido asesinados por miembros de la organización guerrillera Liberación Quintana Roo.

No sabía qué escribir debajo de «Cassandra Rubicon». La joven arqueóloga había sido hallada sana y salva... aunque Scully no comprendía cómo. Aún no tenía ninguna explicación satisfactoria para las dos semanas que Cassandra había permanecido desaparecida. ¿Habría estado vagando por la selva o escondida bajo las ruinas de Xitaclán mientras sus compañeros flotaban sin vida en el pozo de los sacrificios? Scully no podía incluir el discurso de Mulder acerca de una nave extraterrestre enterrada y cámaras de hibernación.

Como nota al margen, garabateó una frase acerca de cómo, tras el desastre de Xitaclán y el fracaso de la operación secreta del ejército de Estados Unidos, el gobierno mejicano había decidido por fin tomar medidas enérgicas contra las actividades insurgentes. Los soldados habían confiscado las armas ilegales que quedaban y arrestado a los guerrilleros supervivientes que se ocultaban en las aldeas cercanas a la selva.

El violento movimiento independentista había sido aniquilado. Su líder nominal, el jefe de policía Carlos Barreio, al parecer seguía en libertad. Mulder tenía su propia teoría sobre lo que le había ocurrido en realidad, y a pesar de los pacientes intentos de Scully por lograrlo, su compañero no había aportado las pruebas suficientes para que ella incluyera sus especulaciones en el informe. No tenían una relación específica con el caso.

En cuanto al arma nuclear táctica que supuestamente había borrado del mapa la fortaleza de Xavier Salida, sus investigaciones no habían descubierto evidencia alguna de que existieran más armas de esa clase en el mercado negro o de que otros ingenios nucleares hubiesen caído en manos de criminales centroamericanos. De todos modos, otras agencias federales, como la CIA o el Departamento de Estado, deberían proseguir con la investigación.

Bajo el encabezamiento de «Vladimir Rubicon», Scully resumió el modo en que había sido asesinado: Fernando Victorio Aguilar le había dado un fuerte golpe en la cabeza porque el anciano arqueólogo había amenazado con poner a las autoridades al corriente de la situación y pedir ayuda adicional al gobierno mejicano, lo cual habría supuesto una traba para el tráfico ilegal de objetos de artesanía maya que Aguilar llevaba a cabo.

Vacilante, Scully añadió que Aguilar, guía de la expedición y asesino de Rubicon, había sido asesinado por un «animal salvaje» en la selva.

Luego, sin acabar de decidirse, tragó saliva y garabateó con su lápiz antes de levantarse para prepararse una taza de café.

Las monstruosas serpientes emplumadas suponían la parte más complicada de explicar. La presencia de tales criaturas planteaba enormes dificultades a la hora de redactar un informe que sonase racional. No sabía cómo justificar la presencia de semejantes seres, pero los había visto con sus propios ojos. No podía pasar por alto su existencia.

Con anterioridad, Mulder le había descrito las criaturas sobrenaturales con forma de serpiente que había visto bajo la pálida luz de la luna, y Scully había creído que su compañero había sufrido alguna clase de alucinación. Pero ella había contemplado a la bestia enorme y sinuosa de largas escamas irisadas y afilados colmillos curvos.

Finalmente, Scully se armó de valor, se sentó de nuevo ante el escritorio y cogió el lápiz. Sin darle más vueltas, escribió su propia explicación, la mejor que se le ocurrió.

Las serpientes emplumadas debían de ser miembros de una especie desconocida de reptil, quizá al borde de la extinción, que habían sobrevivido desde tiempos inmemoriales y que explicaban las imágenes legendarias que se hallaban en construcciones y objetos mayas. Al recordarlo, Scully se dio cuenta de que Mulder había estado en lo cierto, la imagen de la serpiente emplumada aparecía en tantas inscripciones y estelas que parecía probable que los antiguos mayas hubiesen conocido la existencia de esas criaturas. Mulder incluso había sugerido que las serpientes emplumadas podían ser responsables de los numerosos casos de personas desaparecidas en las proximidades de Xitaclán.

Scully hizo observaciones acerca de la cantidad de nuevas especies que se descubrían cada año en las densas y húmedas selvas centroamericanas. Conjeturó que no era totalmente imposible que un enorme reptil carnívoro, al parecer dotado de gran inteligencia, no hubiese sido visto hasta el momento por las expediciones científicas.

El agente Mulder le había recordado que en las mitologías de todo el mundo existían criaturas parecidas: dragones, basiliscos, dragones acuáticos chinos. Cuanto más pensaba Scully en ello, tanto más posible le parecía que bestias tan extrañas hubiesen existido de verdad.

Con la destrucción de la antigua ciudad de Xitaclán y la nueva e intensa actividad volcánica en el lugar,

Mulder no había podido aportar ninguna prueba que corroborase su versión. La presencia de artefactos alienígenas seguía sin confirmar, y no quedaba rastro de su antigua nave espacial. Scully sabía que aunque incluyese en el informe el relato del testimonio ocular de Mulder, no podía hacer nada por corroborarlo.

Tomó un sorbo de café y tras echar un vistazo a sus notas se volvió hacia el ordenador. Tachó algunas líneas garabateadas en la libreta, y a continuación posó los dedos sobre el teclado.

Tendría que suavizar el testimonio. En el informe final Scully sólo podía decir que las anomalías que habían encontrado en Xitaclán permanecían inexplicadas.

40

X *Oficina central del FBI,*
Washington DC. Domingo, 14.12

Aunque en la oficina central del FBI
la actividad nunca desaparecía del todo,
la tranquilidad del domingo por la tarde envolvía a
Mulder con un agradable silencio muy distinto del bu-
llicio propio de un día de trabajo cualquiera.

En el techo sólo brillaba una hilera de tubos fluores-
centes; el resto permanecían apagados. El ambiente que
solía reinar en las oficinas del FBI rodeaba a Mulder
como una presencia tangible: las investigaciones en curso, los casos archivados, los teléfonos que sonaban y las
fotocopiadoras que zumbaban hasta bien entrada la
noche…

El teléfono que se hallaba al lado de su escritorio
permanecía en silencio, y a lo largo del pasillo, los despachos y oficinas estaban igualmente en calma.

Aunque era domingo, no era nada extraño que
Mulder estuviese allí; Scully a menudo bromeaba sobre
su falta de vida social.

Ahora Mulder permanecía sentado, pensativo, con
las persianas bajadas y una lámpara de escritorio encen-
dida. Mientras se frotaba el caballete de la nariz, apar-

tó con la otra mano el montón de libros sobre mitos y arqueología maya.

Examinó una pila de fotografías tomadas desde un satélite que había obtenido canjeándolas por sus entradas para los Washington Redskins. Mulder había adquirido abonos de temporada a pesar de que sus numerosos casos rara vez le permitían asistir a los partidos. Sin embargo, las entradas a menudo resultaban una moneda de cambio muy útil para obtener favores extraoficiales.

Sentado ante su mesa de despacho, contemplaba las fotografías, algunas de las cuales mostraban el cráter que había quedado donde antes había existido la finca privada de un magnate de las drogas. Pasó a otra fotografía y examinó la imagen del terreno asolado que rodeaba las ruinas de Xitaclán.

La aparición del lecho volcánico había generado enorme entusiasmo entre los geólogos. Supuestamente, aquella parte del Yucatán debería haber sido geológicamente estable, y resultaba extraordinario que surgiese un volcán en erupción, tal como había ocurrido en 1948 con el Paricutín. El cono del nuevo volcán ya había empezado a tomar forma, y los primeros informes geológicos apuntaban que la nueva erupción continuaría durante años.

Mulder se preguntó si existiría alguna conexión entre el Paricutín y Xitaclán, pero desechó la idea.

Él no tendría ocasión de regresar al Yucatán. No había motivo alguno para ello, pues la erupción de lava y los temblores volcánicos habrían aniquilado toda evidencia, incluidas las ruinas arqueológicas. No quedaba vestigio alguno de la antigua gloria de Xitaclán.

Mulder cogió la preciosa pieza de jade con la forma de una serpiente emplumada y acarició su lisa y resbaladiza superficie de un blanco verdoso.

Esta vez, la talla le produjo un horripilante escalofrío, pues él había visto aquella criatura. Recorrió las muescas con una uña y acarició las plumas y los colmillos. Tantos siglos de misterio permanecían cerrados bajo llave en aquel lugar, y también en el objeto que tenía entre las manos.

Pero puesto que Xitaclán ya no existía, nadie creería en sus explicaciones, como solía ocurrir.

Mulder suspiró y depositó el objeto de jade sobre el escritorio. Al menos tendría un pisapapeles decente.

Los **JET** de Plaza & Janés

BIBLIOTECA DE AUTOR DE

GINI HARTZMARK

BIBLIOTECA DE AUTOR DE

TREVANIAN

Senderos
de
corrupción

BIBLIOTECA DE AUTOR DE

RUTH RENDELL

FALSA IDENTIDAD

95550011 33+/54+